Jürgen Seibold

Sherlock ist ausgeflogen

PIPER

Zu diesem Buch

»Alfons ging nach dem ersten Klingeln dran.
›Chef, Chef, stellen Sie sich vor … Sherlock ist verschwunden!‹
›Verschwunden?‹
›Ja, er ist weg, verschwunden, entführt – wie der Hund und die Katze. Ich weiß gar nicht …‹
›Jetzt beruhige dich erst mal, Alfons. Sherlock ist weg, sagst du?‹
›Ja, und es ist wie im Fall der anderen beiden entführten Tiere. An der Stelle, an der Sherlock immer geschlafen hat, hängt ein kleines Teppichstück über der Stange. Es ist Blut dran.‹
Alfons versagte die Stimme.«
Nicht nur Tiere verschwinden in Remslingen, auch der Halter eines entführten Hundes wird ermordet aufgefunden. Kann Mondrian den Fall schnell genug lösen? Denn auch sein Mitarbeiter Alfons ist womöglich im Visier eines Serienmörders.

Jürgen Seibold, geboren 1960 in Stuttgart, arbeitete als Redakteur und freier Journalist. 1989 veröffentlichte der SPIEGEL-Bestsellerautor seine erste Musikerbiografie. Es folgten weitere Sachbücher, Theaterstücke, Thriller, Komödien und Kriminalromane.

Jürgen Seibold

SHERLOCK IST AUSGEFLOGEN

Kriminalroman

PIPER

Mehr über unsere Autorinnen, Autoren und Bücher:
www.piper.de

Wenn Ihnen dieser Krimi gefallen hat, schreiben Sie uns unter Nennung des Titels »Sherlock ist ausgeflogen« an *empfehlungen@piper.de*, und wir empfehlen Ihnen gerne vergleichbare Bücher.

Von Jürgen Seibold liegen im Piper Verlag vor:

Allgäu-Krimis:
Band 1: Rosskur
Band 2: Gnadenhof
Band 3: Landpartie
Band 4: Pferdefuß
Band 5: Schandfleck
Band 6: Spritztour
Band 7: Volltreffer

Lesen auf eigene Gefahr:
Band 1: Schneewittchen und die sieben Särge
Band 2: Sein oder Totsein
Band 3: Frodo war's nicht
Band 4: Sherlock ist ausgeflogen

Mein perfektes Ich kann mich mal

Die Apothekerin ermittelt:
Band 1: Schwarzer Nachtschatten
Band 2: Rote Belladonna
Band 3: Weißes Teufelskraut

Unser Versprechen für mehr Nachhaltigkeit
• Klimaneutrales Produkt
• FSC®-zertifiziertes Papier
• Hergestellt in Europa

FSC www.fsc.org MIX Papier | Fördert gute Waldnutzung FSC® C021394

Originalausgabe
ISBN 978-3-492-31766-5
Mai 2023

Redaktion: Kerstin von Dobschütz
Umschlaggestaltung: FAVORITBUERO, München
Umschlagabbildung: Bilder unter Lizenzierung von Shutterstock.com genutzt
Satz: psb, Berlin
Gesetzt aus der Adobe Garamond
Gedruckt von ScandBook in Litauen
Printed in the EU

PROLOG

Nach dem Frühstück ging er mit seinem Begleiter durch das Foyer und trat vor das imposante Gebäude des Englischen Hofs. Überall waren Gespräche in hartem Schwyzerdütsch zu hören, es gab Tipps für Wanderungen und Tagesausflüge sowie Informationen zum Hotelmenü am Abend. Das Wetter war trocken, aber nicht allzu sonnig für einen Tag Anfang Mai. Ihm war das ganz recht, denn er spürte nach den Wanderungen der vergangenen Tage ein leichtes Ziehen in den Beinmuskeln.

Der Hotelier empfahl den beiden Männern in fast akzentfreiem Englisch eine Bergwanderung hinauf zu einem kleinen Weiler am Fuß des Rosenlauigletschers und eine Einkehr im dortigen Kurhaus, zuvor aber einen Abstecher zu den spektakulären Wasserfällen, für die sie unterwegs einen kleinen Umweg machen müssten. Die beiden Männer antworteten ebenfalls auf Englisch, und er wunderte sich nur kurz, dass das plötzlich seine Muttersprache zu sein schien.

Es ging die Dorfstraße hinunter, nach dem Ortsausgang von Meiringen aber schon bald steil bergan, erst umgeben von Wiesen und einzelnen Waldstücken, dann führte ihr Weg hinein in den dunkler werdenden Bergwald. Nach einer Weile blieb er stehen, um zu verschnaufen. Sein Begleiter war weniger hoch aufgeschossen als er, zeigte sich aber zäh und etwas besser in Form als er selbst.

Der andere hatte ein sympathisches Gesicht, eine hohe Stirn, einen buschigen Schnauzer und ebensolche Koteletten. Er trug eine altmodische Mischung aus Wander- und Ausgehkleidung: eine Bundhose und grobe Wollstrümpfe, darüber jedoch die vertraute Kombination aus Hemd, Weste und Überrock. Er sah an sich hinunter: Bis auf die Bundhose war er ganz ähnlich gekleidet, etwas weniger zweckmäßig für eine Bergwanderung vielleicht als der ihn begleitende Arzt, aber das alles kam ihm eigenartig bekannt vor. Die englische Sprache, die Kleider wie aus einem vergangenen Jahrhundert, ein Begleiter, der ihn siezte, obwohl sie sich seit Jahren sehr vertraut waren …

Bevor er sich darüber wundern konnte – und darüber, dass man sich in einem Traum überhaupt über etwas wundern konnte –, ging es auch schon weiter den Berg hinauf. An der Abzweigung zu den Reichenbachfällen machten sie noch einmal eine kurze Pause, dann marschierten sie den zunehmend schmaler werdenden Pfad entlang auf die Sehenswürdigkeit zu. Der Boden wurde feuchter, sie mussten ihre Schritte vorsichtiger setzen, und als der Weg kaum mehr einen Meter breit war, links begrenzt von steil aufragendem Fels, rechts mit prächtigem Blick auf einen schwarzen Abgrund, war er froh, dass er schwindelfrei war.

Für den Blick, der sich ihnen am Ende bot, hatte sich der Umweg auf jeden Fall gelohnt. Tosend stürzte das Wasser des Wildbachs in die Tiefe, überall waren Gischt und Nebel und ein anhaltendes Donnern, das alles übertönte. Eine Weile betrachteten sie das Spektakel schweigend, dann wandte er sich um. Plötzlich war der Begleiter verschwunden, kurz darauf sah er ihn noch einen Moment talwärts eilen, dann kam ein anderer Mann auf ihn zu. Ein Mensch, der ihm in Größe und Statur auffallend ähnelte, der sehr ähnlich gekleidet war und ihm mit einem spöttischen Lächeln entgegentrat, wie er es selbst gern zur Schau trug.

Einen Moment lang hatte er das Gefühl, in einen Spiegel zu schauen. Dann wieder hob sich der andere durch markante Unterschiede von ihm ab: mit einer verschlageneren Miene, einem gebeugteren Oberkörper, mit deutlich lichterem Haar und einer formelleren Kleidung.

Er wusste sofort, wer das war. Und er wusste, als wer er träumte. Er hatte diesen Mann gejagt, bevor er von seiner Existenz wusste. Er hatte ihm eine empfindliche Niederlage beigebracht. Jetzt war nur noch eins zu tun und dafür womöglich nur noch eins zu erleiden. Und so traten die beiden Männer einander gegenüber. Der andere ließ ihn kurioserweise noch einen kurzen Brief schreiben, in dem er letzte Angelegenheiten regeln und den er mit seinem Zigarettenetui beschwert in eine Felsnische legen konnte, dann stellten sie sich zum Zweikampf.

Eigentlich hätte er dem anderen klar überlegen sein sollen. Der andere noch weniger austrainiert als er und obendrein von einem weiten Mantel in seinen Bewegungen behindert.

Er dagegen mit der Übung aus zahllosen Kämpfen, gefährlichen Einsätzen und so viel Erfahrung, sich auch gegen übermächtige Gegner am Leben zu halten.

Doch all seine Erfahrung, all seine Übung schienen wie weggeblasen. Er hatte das Gefühl, seit Jahren nur noch im Morgenmantel im Lehnstuhl gesessen und Pfeife geraucht und eher mit dem Kopf als mit dem Körper gearbeitet zu haben. Entsprechend ausgeglichen ging es hin und her auf dem schmalen Bergpfad über der Schlucht. Mal war der eine im Vorteil, mal der andere, und als sich schließlich das Handgemenge ganz langsam zu seinen Gunsten entwickelte, merkte er, dass er an Standfestigkeit verlor. Dass seine Schuhe auf dem glitschigen Grund keinen rechten Halt mehr fanden. Dass der andere nicht mehr auf sein Gleichgewicht achtete und dass er selbst, so eng ineinander verschlungen, wie sie waren, die Balance für sie beide nicht halten konnte.

Und so hatte er den anderen zwar endlich in seiner Gewalt, hatte ihn überwunden und besiegt, aber im selben Moment neigte sich sein Gegenüber dem Abgrund zu, und er fiel mit ihm.

Das Letzte, das er sah, war ein triumphierend grinsendes Gesicht unmittelbar vor seinem. Danach waren da nur noch Nässe, Dunkelheit und harter Fels.

Robert Mondrian wachte gerade noch rechtzeitig auf. Im nächsten Moment hätte sein Körper zerschmettert auf dem Grund der Schlucht gelegen, wäre vom gischtenden Wasser davongetragen und irgendwann zerschunden, aufgedunsen und in Treibholz verheddert aufgefunden worden.

Was für ein seltsamer Traum!

Er setzte sich auf und sah sich um. Alles war wie immer in den vergangenen Jahren. Sein Bett, in dem ab und zu auch seine Freundin Selina Brand übernachtete, stand in einem zweckmäßig eingerichteten Schlafzimmer. Die Tür zum Flur stand offen, und dahinter konnte er das diffuse Licht sehen, das die nächtliche Beleuchtung des Marktplatzes verursachte und das durch Wohnzimmer- und Küchenfenster drang.

In der ersten Zeit nach seinem Umzug nach Remslingen hatte er noch von alten Aufträgen geträumt, von denen hier niemand wissen sollte. Von seinem alten Leben, das ihn damals mehr plagte als heute. Dann waren seine Träume anders geworden, nicht immer friedlicher, aber doch nicht mehr von den Jahren im Geheimdienst geprägt, sondern eher von seiner Buchhandlung und der idyllischen Umgebung des Hauses, das er gekauft hatte. Manchmal auch von Selina.

Aber wieso schlich sich eine literarische Figur in seine Träume? Wieso träumte er sich als Sherlock Holmes, der mit Watson wandert und mit Professor Moriarty auf Leben und Tod kämpft?

Er versuchte ein Lachen, weil dieser Traum doch nur seinen Ursprung darin haben konnte, dass sein Mitarbeiter Alfons vor einigen Jahren zwei herrenlose Gelbhaubenkakadus vor seiner Wohnungstür entdeckte, sie behielt und – Krimifan, der er war – sie Sherlock und Watson nannte.

Das Lachen klang hohl und bitter. Denn er wusste, dass es möglicherweise auch ganz anders war.

Früher hatte er geträumt, was Ahnungen und Befürchtungen ausgelöst hatten, die in seinem Unterbewusstsein rumorten. Details, die er mit geübtem Blick nicht übersehen, denen er aber keine Bedeutung beigemessen und sie deshalb in seinem Gedächtnis einstweilen in eine dunkle Ecke verbannt hatte.

Noch einmal versuchte er, sich die beiden Kakadus als Auslöser seines Traums vorzustellen. Es gelang ihm nicht. Seufzend schlug er die Bettdecke zurück und schlurfte in die Küche, um Kaffee zu kochen.

1

Gustaf Kruse, der Puppenspieler, ging mit weit ausgreifenden Schritten auf die Buchhandlung zu. Er beeilte sich nicht nur, um dem anstehenden nächsten Regenguss zu entgehen. In der Bäckerei gegenüber hatte er zwei besonders schön geratene Vanilleschnecken ergattert und freute sich nun auf einen entspannt verplauderten Kaffee mit Robert Mondrian, in dessen Buchhandlung um diese Zeit oft nicht viel los war. Zwei-, dreimal die Woche trafen sich die beiden inzwischen in Mondrians Leseecke. Der Puppenspieler steuerte die süßen Stückle bei, der Buchhändler spendierte den Kaffee, und was sich so in der Stadt tat, bot den Anlass für ihre Gespräche.

Die neugierige Frau Heberle, die in Remslingen an jeder Ecke ihre Ohren spitzte, hätte über die Themen der beiden Männer nur milde gelächelt. Keine Skandale, keine Aufreger, eigentlich nicht einmal richtiger Tratsch – Robert und sein Nachbar waren nicht auf die dunklen Geheimnisse der Stadtbewohner aus. Sie erzählten sich vom neuen Spanier, der sehr leckere Tapas anbot, oder von Lino Fontanas Versuchen, einem Teil seiner Speise-

karte einen veganen Anstrich zu geben, was er dann meistens mit leckerer Sahnesoße wieder selbst torpedierte.

Frau Heberle wäre dazu noch eingefallen, dass das sicher an Linos neuer Freundin lag, die sich nicht nur vegan ernährte, sondern auch eine der treibenden Kräfte hinter dem veganen Frühstücksbrunch im nahen Winnenden war. Die Heberle hatte sogar herausgefunden, dass Linos Liebste das Gleiche für Remslingen plante, und ihre korpulente Freundin Marianne Pfuderer hatte dazu verständnislos den Kopf geschüttelt und schnell noch ein Stück Torte zwischen ihre Lippen gestopft.

Robert Mondrian und Gustaf Kruse dagegen interessierte nur, dass Lino Fontana seit einigen Monaten sehr glücklich war und dass seine Freundin einen sehr sympathischen Eindruck hinterließ, solange sie nicht über vegane Ernährung sprach und dabei ihren missionarischen Eifer offenbarte.

Gustaf Kruse zog die Tür der Buchhandlung auf und betrat das Geschäft, während über ihm die altmodische Ladenglocke schellte. Die beiden Gelbhaubenkakadus Sherlock und Watson, die wie immer in ihrem Käfig neben dem Regal mit den englischen Originalausgaben standen, imitierten die Glocke täuschend echt, wenn auch deutlich lauter. Dann wurde es still im Raum, und Kruse stutzte. Sonst machten er und die Vögel sich immer noch einen Spaß daraus, sich ein wenig zu necken. Heute hockten Sherlock und Watson nebeneinander auf der Stange und schauten abwechselnd zum Puppenspieler und zur Leseecke. Sie wirkten bedrückt, und als Kruse ihrem

Blick folgte, sah er dort Robert Mondrian sitzen. Der Buchhändler war in einen Roman vertieft und sah aus, als habe er die halbe Nacht wach gelegen und gelesen.

»Na, müde?«

Gustaf Kruse ließ sich schwer auf einen der Sessel fallen und legte die Bäckertüte auf den Tisch. Robert blätterte um, bevor er aufsah und mit den Schultern zuckte.

»Ziemlich, ja.«

Und als der Buchhändler auch jetzt noch keine Anstalten machte, zur Teeküche zu gehen, nickte Kruse zu dem kleinen Raum hinter der Verkaufstheke hinüber.

»Dann würde uns beiden doch ein Kaffee jetzt sehr guttun, nicht wahr?«

Über Roberts blasses Gesicht huschte nun ein schwaches Grinsen. Er nickte, stand auf und hantierte wenig später an der Kaffeemaschine. Es zischte, mahlte und pumpte, und dann stellte der Buchhändler zwei Tassen mit dampfendem Cappuccino und zwei Teller auf den Tisch. Kruse holte die Schnecken aus der Tüte, verteilte sie und schob seinem Gastgeber einen der Teller hin.

»Sieht sehr lecker aus«, murmelte Robert und nippte an seiner Tasse.

»Das will ich meinen!«, schwärmte Kruse übertrieben euphorisch und lachte. »Und in was für einen Schmöker warst du vorhin so vertieft?«

Roberts Freundin Selina Brand war inzwischen eine Art freie Mitarbeiterin in Kruses Puppentheater, sie schrieb bereits am zweiten Stück mit ihm, und darüber hatten sich die beiden angefreundet und waren irgendwann zum Du übergegangen. Da blieb es nicht aus, dass sich wenig später auch die Männer duzten.

Robert drehte das Buch so, dass sein Gast den Titel lesen konnte. *The Memoirs of Sherlock Holmes* stand auf dem Einband.

»Sherlock Holmes?« Kruse war überrascht. »Ich dachte, du bist kein Krimifreund.«

»Die Klassiker mag ich schon. Holmes, auch Edgar Allan Poes Geschichten um Detektiv Dupin und George Simenons Maigret-Romane. Nur mit neueren Krimis habe ich so meine Schwierigkeiten. Ganz im Gegensatz zu meinem Mitarbeiter Alfons, wie du weißt.«

Er lachte.

»Apropos Alfons, wo ist er eigentlich?«, fragte Kruse. »Hat er es gestern mit dem Wandern übertrieben und liegt heute mit Muskelkater im Bett?«

»Das würde ich gern sehen: Alfons Weber am ersten Mai in Wanderstiefeln, und dann womöglich noch einen Handkarren mit Bier hinter sich herziehend …«

Robert grinste und biss ein Stück von der Vanilleschnecke ab.

»Nein, Alfons ermittelt«, fuhr er in leicht spöttischem Ton fort, als er den Mund wieder leer hatte.

»Wegen der verschwundenen Tiere, um die er sich sorgt?«

»Ja. Und das ist genau seine Kragenweite, wenn du mich fragst. Ein Hund ist weg, eine Rassekatze auch – und Alfons ist natürlich davon überzeugt, dass die beiden Vierbeiner entführt wurden. Und weil er sofort Feuer und Flamme war für seinen neuesten Fall, habe ich ihm angeboten, ihm jedes Mal freizugeben, wenn er einer Spur nachgehen will. Und so fehlt er in der Buchhandlung mal für einen ganzen Tag, mal nur für ein oder zwei Stunden.«

»Und ist er schon auf eine vielversprechende Spur gestoßen?«

»Ich glaube nicht, aber er ist ziemlich hartnäckig. Vielleicht sollte er eine Detektei eröffnen, das Nachforschen scheint ihm zu liegen.«

»Und jetzt bereitest du dich darauf vor, ihm zu helfen?«

»Ich werde mich hüten! Wie kommst du denn auf diese Idee?«

Kruse nickte zu dem Sherlock-Holmes-Buch hin.

»Ach so, das. Ich hatte heute Nacht einen sehr seltsamen Traum, der mich an eine Kurzgeschichte von Arthur Conan Doyle erinnerte. Da wollte ich ein paar Details nachlesen.«

»Im englischen Original? Das wäre mir zu anstrengend.«

»Das solltest du ruhig auch mal machen. Englische Klassiker in der Originalsprache – da reichen nur wenige Übersetzungen heran.«

»Und hilft dir die Geschichte dabei, deinen Traum zu deuten?«

»Na ja, deuten … Ich wollte überprüfen, worin der Traum mit der Geschichte übereinstimmt und worin nicht.«

»Und zu welchem Ergebnis bist du gekommen?«

»Diese Anthologie enthält die Geschichte *The Last Problem,* und darin lässt Doyle seinen legendären Ermittler sterben. Er hatte wohl keine große Freude mehr daran, sich immer neue Geschichten um Sherlock Holmes auszudenken. Also ließ er ihn in einer Schlucht in der Schweiz auf seinen Erzfeind treffen, den genialen Verbrecher James Moriarty, genannt Professor. Die beiden kämpfen miteinander, und am Ende stürzen sie gemeinsam in die Tiefe.«

»Und wie lief das in deinem Traum ab?«

»Da war ich …«

Robert unterbrach sich und überspielte die Pause, indem er einen Schluck Cappuccino trank. Er setzte die Tasse ab, biss vom Plunderstück ab und schaute zur Tür. Draußen fielen die ersten Tropfen, die ein böiger Wind vor sich hertrieb. Ihr leises Klatschen gegen die Fenster war für eine Weile das einzige Geräusch in der Buchhandlung.

»Hast du häufiger solche Träume?«, fragte Kruse, als ihm die Pause zu lang wurde.

»Ab und zu. Aber Kurzgeschichten träume ich selten, eher gingen mir in den ersten Jahren hier in Remslingen Erinnerungen nach.«

»Erinnerungen aus deinem früheren Leben?«

Robert kniff die Augen zusammen und versuchte, in Kruses Miene zu lesen.

»Früheres Leben … wie das klingt.«

Kruse bemerkte, dass sein Gegenüber plötzlich angespannt wirkte. Trotzdem wollte er noch nicht lockerlassen. Die Vorgeschichte des Buchhändlers interessierte ihn sehr. Er witterte eine spannende Geschichte.

»Na, du warst ja nicht immer Buchhändler, nicht wahr?«

Robert forschte noch intensiver im Gesichtsausdruck des Puppenspielers.

»Ich meine, du warst nicht immer Buchhändler hier in Remslingen«, schob Kruse schnell nach. Ihm war schon aufgefallen, dass Mondrian Fragen nach seiner Vergangenheit nicht gut aufnahm. Sie waren inzwischen gut genug miteinander befreundet, dass er ihm das gelegentliche Nachforschen nicht wirklich übel nahm, aber dennoch wich er jedes Mal aus, wenn Kruse die Sprache darauf lenkte, was der Buchhändler vor seinem Umzug nach Remslingen gemacht hatte. Und manchmal lag in solchen Momenten etwas in Mondrians Blick, als dürfe in Remslingen um keinen Preis jemand erfahren, was er damals gemacht hatte. Was war der dunkle Fleck in Mondrians Vergangenheit? Es konnte keine Kleinigkeit sein.

Alfons Weber störte sich nicht am stärker werdenden Regen. Das Treffen war ein voller Erfolg gewesen. Sowohl der pensionierte Oberstaatsanwalt Dr. Heinrich Jäckel als auch die Kriminalkommissarin Hanna Lier hatten ihn ausführlich mit Informationen versorgt. Jäckel vermisste seinen Belgischen Schäferhund, Lier ihre Norwegische Waldkatze. Spätestens als die beiden die Namen ihrer Lieblinge genannt hatten, konnte Alfons einen guten

Draht zu ihnen aufbauen. Jäckel hatte seinen Hund nach Agatha Christies Privatdetektiv Hercule Poirot benannt, und Liers Katze hieß Wisting, weil ihr die Krimis um den norwegischen Kriminalkommissar William Wisting und seine Tochter so gut gefielen. Also erzählte Alfons von den beiden Gelbhaubenkakadus, die er in ihrem Vogelkäfig eines Morgens vor der Tür seiner Wohnung vorgefunden und denen er die Namen Sherlock und Watson gegeben hatte.

Das zerstreute in den Augen von Kommissarin Lier die letzten Zweifel daran, dass Alfons es ernst meinte mit seinem Versprechen, nach den verschwundenen Tieren zu suchen. Jäckel hatte dem jungen Mann sofort geglaubt, und es schien ihm selbstverständlich zu sein, dass von Alfons nach seinem Hund gefahndet wurde – während er der Polizei ankreidete, dass sie das nicht als Fall von höchster Wichtigkeit einstufte.

Ohnehin führte der pensionierte Staatsanwalt gern das große Wort, und sie hatten sich auch in seinem Haus getroffen, hatten sich in seinem Wohnzimmer besprochen. Zwischen altmodischen Möbeln aus dunklem Holz war Alfons fast versunken in dem schweren Sessel, den Jäckel ihm zugeteilt hatte. Aber die Informationen, die ihm anvertraut wurden, hatten die trockenen Kekse und den dünnen Kaffee mehr als wettgemacht.

Nun war er auf dem Heimweg. Zu Hause wollte er seine hastig hingekritzelten Notizen ins Reine schreiben, danach würde er in die Buchhandlung zurückkehren. Zwei Entführungen innerhalb einiger Tage, auch wenn es sich »nur« um Haustiere handelte. Und er, Alfons Weber, ermittelte in diesem Fall. Ein zufriedenes Lächeln legte sich auf sein regennasses Gesicht.

Hanna Lier hatte Jäckels Haus zusammen mit Alfons Weber verlassen. Doch während er sofort hinaustrat in den Regen, war sie noch eine Weile im Windfang vor der Eingangstür stehen geblieben. Sie mochte Regen nicht, und wenn er ihr von Böen ins Gesicht getrieben wurde, mochte sie ihn noch weniger. Aber es half nichts. Sie musste zurück zum Dienst, bevor die Kollegen ihr unangenehme Fragen stellten. Dass der pensionierte Staatsanwalt die Kripo seit dem Verschwinden seines Hundes mit seiner Forderung danach nervte, doch endlich eine Ermittlungsgruppe einzurichten und Spuren zu sammeln und den Verbleib seines Tiers zu klären, sorgte auf den Fluren der Direktion für Heiterkeit. Damit durfte sie auf keinen Fall in Verbindung gebracht werden.

Sie kramte den Schirm aus der Handtasche und entfaltete ihn mit der einen Hand, während sie mit der anderen den Kragen ihrer Jacke unter dem Kinn zusammenzog. Wenn sie den Regenschirm schräg vor sich halten würde, müsste sie leidlich geschützt sein und dennoch genug vom Gehweg sehen, um nicht zu stolpern.

Eilig machte sie sich auf den Weg. Tatsächlich kam sie gut voran, allerdings verwehrte ihr der Schirm den Blick auf die Gestalt, die sich in diesem Moment aus einem Hofdurchgang auf der anderen Straßenseite löste.

Den Kragen hochgeschlagen, die Schultern eingezogen achtete die Gestalt darauf, von dem jungen Mann nicht entdeckt zu werden, der mit etwa fünfzig Metern Vorsprung gemächlich durch die Straßen ging, als bemerkte er den stetig zunehmenden Regen nicht. Von Jäckels Haus war es ein gutes Stück Weg, bis er in die Winnender Straße einbog und schließlich in einem Mehrfamilienhaus verschwand. Die Gestalt drückte sich schräg gegenüber in einen Hauseingang und behielt die Fenster in den verschiedenen Etagen des Gebäudes fest im Blick. Doch es war noch Tag, also wurde nirgendwo ein Licht angeknipst. Und es war auch keine Bewegung hinter einem der Fenster auszumachen, daher wurde leider nicht klar, in welchem Geschoss der junge Mann wohnte.

Das würde sie ein anderes Mal herausfinden müssen. Und bedächtig machte sie sich auf den Fußweg in die Innenstadt.

Gustaf Kruse hatte das Gespräch inzwischen wieder auf unverfänglichere Themen gelenkt, schließlich trank er seinen Cappuccino aus und verabschiedete sich von Robert Mondrian. Draußen kam ihm eine Frau entgegen, die sich unter dem strömenden Regen duckte, obwohl sie ohnehin schon völlig durchnässt aussah. Kruse sah sie kaum an und beeilte sich, sein Haus halbwegs trocken zu erreichen.

Die Frau betrat die Buchhandlung, schüttelte sich und wollte nur schnell ein bestelltes Buch abholen. Robert war noch ganz in Gedanken, erinnerte sich aber an den Titel des gewünschten Buchs, holte es aus dem Regal, kassierte ab und grübelte noch immer über seinen seltsamen Traum nach und darüber, ob er eine tiefere Bedeutung haben konnte, als die Kundin schon wieder durch den strömenden Regen eilte.

Robert sah ihr kurz nach, dann wandte er seinen Blick nachdenklich dem Gebäude zu, in dem sein Nachbar Gustaf Kruse wohnte und im Erdgeschoss sein kleines Theater betrieb. Er hielt Kruse für einen netten Kerl, aber immer wieder brachte sein Nachbar wie nebenbei das Gespräch auf Roberts Vergangenheit. Es war dem Puppenspieler anzusehen, dass er Robert nicht für so einfältig hielt, dass ihm diese »Zufälle« nicht auffielen. Und trotzdem versuchte er sein Glück immer wieder. Aber in diesem Punkt musste er die Neugier des anderen unbefriedigt lassen.

Denn sollte er ihm sagen, dass er vor seiner Zeit als Buchhändler Agent von Deutschlands geheimstem Geheimdienst gewesen war? Dass er Auftragsmorde ausgeführt und Unfälle arrangiert hatte, wenn das der Sicherheit des Landes diente? Und dass er seine Aufträge zwar selbst nachrecherchiert, aber am Ende kein Problem mit dem Töten gehabt hatte, wenn er zu dem Schluss gekommen war, es träfe die Richtigen? Und dass er den Dienst quittiert hatte, als einer der Aufträge eben nicht der Richtigen gegolten hatte?

Robert rieb sich die Schläfen und kehrte in die Leseecke zurück. Er räumte Teller und Tassen in die Teeküche und ließ sich dann wieder in den Sessel sinken. Und während er noch einmal in der letzten Kurzgeschichte der Sherlock-Holmes-Anthologie blätterte, fragte er sich zum wiederholten Mal, was sein Traum wohl bedeuten mochte. Er hatte gelernt, auf Träume ebenso zu achten wie auf Gefühle oder auf Gedanken, die ihm scheinbar zufällig und zusammenhanglos in den Sinn kamen. Die Jahre im Geheimdienst hatten seine Sinne geschärft, und es kam vor, dass ein Gedanke oder eine Beobachtung, die es nur bis in sein Unterbewusstsein schaffte, ihn auf diese Weise vor einer drohenden Gefahr warnte.

Aber warum träumte er von Professor Moriarty, der nahe des Reichenbachfalls im Kanton Bern mit seinem Erzfeind Sherlock Holmes kämpft und am Ende mit ihm zusammen in die Tiefe stürzt? Warum hatte er im Traum gewusst, dass es Moriarty gewesen ist, obwohl er das Gesicht des anderen nicht klar sehen konnte? Und warum hatte er diese Episode aus der Perspektive von Sherlock Holmes erlebt?

Die Türglocke riss ihn aus seinen Gedanken.

Alfons Weber drückte die Ladentür gegen den Druck einer Windbö zu und schüttelte sich. Wenig später war rund um ihn der Boden nass von den Regentropfen, die von ihm herunterliefen. Robert saß in der Leseecke, ein aufgeschlagenes Buch vor sich, und sah mit einer Miene zu ihm her, die Alfons nicht zu deuten wusste.

»Tut mir leid, Chef«, beeilte er sich zu sagen und zeigte zerknirscht auf den nassen Boden. »Ich wisch das sofort weg. Draußen ist ein fürchterliches Sauwetter.«

»Du siehst nicht so aus, als würde dich das wirklich stören. Warst du erfolgreich mit deinen … Ermittlungen?«

»Und wie!«

Alfons strahlte und flitzte nach hinten, um einen Putzlappen zu holen.

»Darf ich Ihnen davon erzählen?«, fragte er, während er den Boden trocken wischte.

Robert lächelte. Ihm war im Moment jede Abwechslung recht, die ihn aus seinem Gedankenkarussell holte, also konnte er seinem Mitarbeiter die Freude gern machen.

»Vorhin habe ich die Besitzer der beiden entführten Tiere getroffen«, begann Alfons nach einer Weile. Der Boden war wieder trocken, und zwischen ihnen auf dem Tisch standen zwei dampfende Kaffeetassen.

»Ob sie entführt wurden, weißt du nicht sicher«, korrigierte Robert ihn.

»Ich bin überzeugt davon, aber lassen wir das. Der Hund heißt Poirot, die Katze Wisting.«

Alfons warf seinem Chef einen schelmischen Blick zu, den der richtig deutete.

»Der Hund wurde also wohl nach Agatha Christies Meisterdetektiv Hercule Poirot benannt – aber Wisting?«

»Kommissar William Wisting und seine Tochter Line, eine Journalistin, sind die Hauptfiguren einer norwegischen Krimiserie, deren Verfilmungen seit ein paar Jahren auch im deutschen Fernsehen laufen.«

»Schön, die beiden Tiere heißen also wie Krimifiguren. Damit wären Sherlock und Watson ja auch in großer Gefahr.«

Alfons schaute erschrocken zu den beiden Gelbhaubenkakadus, die friedlich in ihrem Käfig hockten.

»Tut mir leid, Alfons«, fügte Robert hinzu, »ich wollte dir keine Angst einjagen. Es ist wahrscheinlich Zufall, dass beide verschwundenen Tiere die Namen von Figuren aus Kriminalromanen tragen.«

Alfons kaute auf der Unterlippe, dann zuckte er mit den Schultern.

»Wie auch immer, jedenfalls hat mir das einen guten Draht zu den beiden Besitzern verschafft. Als ich ihnen erzählt habe, wie ich die beiden Vögel genannt habe, war das Eis zwischen uns gebrochen.«

»Das freut mich für dich.«

»Dr. Jäckel ist pensionierter Oberstaatsanwalt. Mit seinem Belgischen Schäferhund war er am Vormittag Gassi gegangen, die übliche Runde zur Rems und durch die Remsauen wieder nach Hause. Danach machte sich Herr Jäckel eine Kleinigkeit zu Mittag und versorgte auch Poirot. Nach dem Essen legte sich Poirot wie üblich in seinen Hundekorb, der im Flur im Erdgeschoss steht, und sein Herrchen ging für gut eine Stunde ins Bett. Als er aufstand, war Poirot spurlos verschwunden. Im Hundekorb lag ein kleines, blutverschmiertes Teppichstück.«

»Hat er Einbruchspuren an der Haus- oder an der Terrassentür bemerkt?«

»An der Terrassentür konnte er keine Auffälligkeiten erkennen. Das Schloss der Haustür ist zerkratzt – ich konnte es vorhin selbst in Augenschein nehmen. Aber Herr Jäckel gab zu, dass das nichts bedeuten muss: Er sieht nicht mehr so gut und stochert deshalb manchmal eine Weile mit dem Schlüssel herum, bis er ihn endlich ins Schloss bekommt.«

Alfons beugte sich grinsend etwas zu Robert hin.

»Außerdem glaube ich, dass er nicht immer nüchtern nach Hause kommt. In der Küche konnte ich durch die offene Tür einige leere Weinflaschen sehen, auch ein Schnäpschen scheint er sich gern mal zu gönnen.«

»Und er scheint einen gesegneten Mittagsschlaf zu haben. Ich meine, der Hund hat sich doch sicher nicht einfach so mitnehmen lassen. Da müsste doch jemand etwas gehört haben.«

Alfons nickte und setzte eine bedauernde Miene auf.

»Eigentlich schon, aber Jäckel wohnt allein im Haus, und er selbst hat beteuert, keinen Mucks gehört zu haben.«

Die Ladenglocke schellte, die Kakadus imitierten den Klang, und die Frau, die in diesem Moment die Buchhandlung betrat, lachte lauthals auf.

»Na, da haben Sie ja zwei ganz spezielle Mitarbeiter«, sagte sie.

»Gaaaanz speziell! Gaaaanz speziell!«, zeterten die Kakadus.

Alfons sprang auf und herrschte die Vögel an.

»Sherlock! Watson! Seid ihr wohl still?«

Er eilte zu der Kundin, setzte eine entschuldigende Miene auf und bediente sie. Sie kaufte zwei Thriller, einen aktuellen Bestseller und einen älteren, der seit Jahren gut nachgefragt wurde. Als sie wieder in den Regen hinausgegangen war, kehrte Alfons in die Leseecke zurück.

»Und die Katze?«, fragte Robert, um das Gespräch von eben wieder in Gang zu bringen.

»Gehört einer Kollegin von Kommissar Neher. Sie hält ihre Norwegische Waldkatze in der Wohnung, das Tier darf nicht raus. Als sie vom Dienst nach Hause kam, war Wisting weg. Die Balkontür stand einen Spalt weit offen, aber Kommissarin Lier war sicher, dass sie die Tür geschlossen hatte, bevor sie zur Arbeit ging.«

»In welcher Etage befinden sich ihre Wohnung?«

»Dritter Stock.«

»Könnte die Katze da irgendwie runtergeklettert sein?«

»Eher nicht. Es gibt keine Katzentreppe oder so etwas, es reicht auch kein Ast direkt bis an ihren Balkon, und dass die Katze einfach so vom Balkon gesprungen ist, halte ich nicht für wahrscheinlich. Die Kommissarin hat mir ihre Katze außerdem als nicht sehr sportlich beschrieben. Direkt neben dem Balkon von Frau Lier befindet sich ein zweiter, aber die Tür in die dazugehörige Wohnung war verschlossen, und von der Katze gab es auf dem anderen Balkon keine Spur.«

»Und wenn sie nach unten gefallen wäre, hätte das Tier vermutlich tot oder verletzt auf dem Boden gelegen.«

»Es gibt dort Büsche, auch ein Stück Wiese, aber wenn sie hinuntergefallen wäre, hätte sie sich doch sicher bemerkbar gemacht und geschrien, damit ihr Frauchen ihr hilft.«

»Oder es hätte jemand anderes die Katze gesehen und hätte Frau Lier informiert.«

»Eben. Außerdem lag auch in der Wohnung der Kommissarin ein Teppichstück.«

»Ebenfalls blutverschmiert?«

Alfons nickte bedeutungsvoll.

»Weiß man, ob das Blut von den verschwundenen Tieren stammt?«

»Jäckel hat die Kripo geradezu bedrängt, dass sie das Teppichstück ins Labor geben sollen, aber dort wollte ihm niemand helfen.«

»Eigenartig. Natürlich sind Laboruntersuchungen nicht unbedingt für verschwundene …«

Alfons hob die Augenbrauen.

»… oder meinetwegen für *entführte* Haustiere gedacht. Aber wenn man nett fragt, vor allem als ehemaliger Staatsanwalt, der ja lange mit der Polizei zusammengearbeitet hat, wird ihm doch normalerweise jemand den Gefallen tun.«

»So heftig, wie Herr Jäckel über die Kripo geschimpft hat, vermute ich, dass sein Verhältnis zur Polizei nicht das beste war. Und wenn er in der Direktion tatsächlich so auf den Putz gehauen hat, wie er mir das geschildert hat, kann ich mir gut vorstellen, dass die Polizisten auf stur geschaltet haben.«

»Notfalls hätte Herr Jäckel die Laborkosten ja auch privat übernehmen können. Als pensionierter Oberstaatsanwalt kann er sich das doch locker leisten.«

»Hat er jetzt auch gemacht. Er hat eine Probe des Blutflecks zu einem privaten Labor geschickt, dazu ein paar Haare seines Hundes. Auf das Ergebnis wartet er noch.«

»Und das Blut, dass die Kommissarin auf dem Teppichstück in ihrer Wohnung vorgefunden hat: Für eine Kollegin werden das die Kripobeamten doch sicher mal aus Gefälligkeit einschicken, oder nicht?«

»Als wir vorhin in Jäckels Haus beisammensaßen, hatte ich den Eindruck, dass Frau Lier ihren Kollegen gar nicht erzählt hat, dass ihre Katze verschwunden ist.«

»Ach, du hast ihren Namen nicht von der Polizei erfahren? Von wem denn dann?«

»Von Jäckel. Sie muss mitbekommen haben, was für einen Aufstand er in der Kripodirektion gemacht hat. Daraufhin ist sie zu ihm und hat sich ihm anvertraut. Er musste ihr versprechen, dass er ihren Namen nicht nennt – vielleicht hat sie Angst, sich vor den Kollegen lächerlich zu machen.«

Robert versuchte sich zu erinnern, was er bisher über die beiden verschwundenen Haustiere in der Zeitung gelesen hatte. Tatsächlich war immer nur Jäckels Name genannt worden, die Besitzerin der Katze war anonym geblieben.

»Sie ist noch nicht lange in Remslingen«, fuhr Alfons fort. »Gut möglich, dass sie auf keinen Fall bei den anderen anecken will. Sie hat allerdings schon einige Erkundigungen eingezogen.«

»Und was haben die ergeben?«

»Nichts Konkretes, aber es scheint einige Aktivisten zu geben, die zuerst gegen ein geplantes Tierkrematorium in der Gegend protestiert haben und sich nun gegen Tierheime und einen kleinen Zoo in Rommelshausen positionieren. Vielleicht gibt es da einen Zusammenhang.«

Robert spürte ein Kribbeln im Nacken, das er aus früheren Jahren gut kannte und das ihm schon mehr als einmal das Leben gerettet hatte. Nur war es sehr unwahrscheinlich, dass hier im friedlichen Remslingen jemand aus einem Versteck heraus mit einem Scharfschützengewehr auf ihn zielte. Er wandte sich um, sah zur Ladentür hin. Dort war niemand. Robert stand auf, schaute durch die Fenster auf den Marktplatz hinaus. Alle, die jetzt draußen unterwegs waren, beeilten sich, zügig wieder ins Trockene zu kommen. Es gab nur zwei Passanten, die nicht besonders schnell unterwegs waren. Der eine war Pasquale Fontana, der Seniorchef des *Ristorante Fontana,* der immer sehr gemächlich ging. Sonst bewegte sich nur eine Frau langsamer als die anderen durch den Regen. Er sah sie lediglich von hinten, ihr Gesicht war ihm verborgen. Es konnte die Kundin von eben sein – oder eben jede andere schlanke Frau, die er nicht kannte. Sie schlenderte zum *Café Journal* hinüber, betrat das Lokal und verschwand drinnen aus seinem Blickfeld.

Aus den Augenwinkeln bemerkte er, wie Alfons neben ihn trat und neugierig seinem Blick folgte.

»Haben Sie was Verdächtiges entdeckt, Chef?«

Alfons klang so angespannt, dass Robert lächeln musste.

»Nein, ich hatte nur gerade so ein Gefühl. Aber ich habe mich wohl getäuscht.«

Die Frau hatte ein paar Tage freigenommen. Für den Rest der Woche, womöglich auch noch etwas länger, hatte sie so viel vor, dass zum Arbeiten keine Zeit mehr blieb.

Also konnte sie direkt vom Marktplatz in die Tiefgarage gehen und bei diesem Sauwetter nach Hause fahren, sich duschen und umziehen. Dafür ließ sie sich eine Menge Zeit, und den Nachmittag über bereitete sie alles vor, was sie für die Nacht plante.

Dann legte sie sich schlafen. Den Wecker hatte sie auf 21 Uhr gestellt, das sollte reichen. Denn erst spät in der Nacht würde sie tun, was nun anstand. Wichtig war nur, dass sie in der frühen Morgendämmerung startete, wenn man mit bloßem Auge noch nicht alles sah, aber mit dem Auto auf einem Feldweg auch mal ein Stück ohne angeschaltete Scheinwerfer fahren konnte.

Sie rechnete noch einmal alles durch. Das müsste reichen.

Gerade als Robert nach einem sehr ruhigen Tag die Buchhandlung schließen wollte, kamen noch zwei Kunden. Er hielt ihnen die Tür auf, nahm sich Zeit, sie zu beraten, und sah ihnen lächelnd nach, als sie mit zwei Bestsellern gingen, die er ihnen empfohlen hatte: einem Roman um eine kalifornische Chemikerin in den 1950er- und 1960er-Jahren und der Geschichte eines alten Buchhändlers, der eine ganz besondere Verbindung zu seinen Kunden pflegt und ihnen während seines täglichen Spaziergangs die Bücher bringt, die er für sie passend findet.

So ein Buchhändler wollte auch Robert sein, obwohl er nicht unbedingt Lust hatte, jeden Abend Bücher zu Fuß in der Stadt zu verteilen. Zu Fuß aber würde er jetzt zum Essen gehen. Eine Pasta im *Ristorante Fontana,* dazu ein Glas Wein, das klang nach einem angenehmen Abend. Der Marktplatz war belebt, aber nicht überlaufen, und seit sich die Regenwolken verzogen hatten, waren die Pflastersteine in der Sonne getrocknet.

Auch Pasquale Fontana hatte seinen Stuhl wieder vor das Ristorante gestellt und saß nun auf seinem angestammten Schönwetterplatz ein paar Meter neben dem Eingang zum Lokal. Er hatte das rechte Bein behaglich ausgestreckt, das linke hielt er ein wenig angewinkelt, und in einer Hand hielt er die Pfeife, die er immer wieder für einen kräftigen Zug an den Mund führte.

»Na, *signor libraio*«, knarzte er mit seiner heiseren Stimme und zwinkerte Robert vergnügt zu. »Schon wieder in Ermittlungen unterwegs?«

»Nein, eigentlich wollte ich mir nur einen Teller Pasta und ein Glas Wein schmecken lassen.«

»Guter Plan, aber sagen Sie meinem Sprössling unbedingt, dass Sie Pancetta in der Carbonara haben wollen. Der Junge hat mir das doch gestern tatsächlich mit Räuchertofu und Hafersahne vorgesetzt!«

Pasquale Fontana schüttelte sich, lachte dann aber herzlich.

»Na ja, wo die Liebe hinfällt, nicht wahr?«, fuhr er fort. »Seine neue Freundin ist ja schon ein heißer Feger, aber ihr veganer Tick würde mir auch in anderer Hinsicht den Appetit verderben, wenn Sie wissen, was ich meine.«

Robert wusste es, da hätte es das anzügliche Grinsen des Alten gar nicht gebraucht. Er verabschiedete sich vom Patron und trat ins Ristorante. Der Dekoration des

Lokals hatte Linos neue Lebensgefährtin gutgetan. Die alten Magnumflaschen Lambrusco waren von den Fensterbrettern verschwunden, auch die Plastikblumen fehlten, stattdessen gab es kleine Tischsträußchen in schlichten Vasen, edle Stoffservietten und auf jedem Tisch eine halbe Handvoll winziger Kieselsteine, die hübsch neben den Vasen verstreut waren.

Lino Fontana stand gerade in der Tür zur Küche und besprach etwas mit dem Koch. Er wandte sich kurz um, und auf Roberts fragenden Blick hin deutete er auf ein kleines Tischchen im hinteren Bereich des Restaurants. Kurz darauf war er alle Anweisungen losgeworden und eilte zu seinem neuen Gast. Es war noch zu früh für die meisten Stammgäste, fast alle Tische waren noch unbesetzt, aber schon mit »Reserviert«-Schildchen versehen.

»Herr Mondrian, wie schön, dass Sie mal wieder vorbeischauen.«

Robert musste lächeln. Er kam alle paar Tage zum Essen hierher, aber der Wirt begrüßte ihn jedes Mal, als habe er sich monatelang nicht blicken lassen.

»Was darf ich Ihnen bringen? Einen Primitivo, wie immer?«

Robert nickte.

»Und heute vielleicht mal etwas Leichtes, etwas ganz Bekömmliches? Ich habe ein ganz neues Rezept, ganz ohne Käse und Sahne und …«

»Ihr Vater hat mir gerade davon vorgeschwärmt.«

Linos Gesicht verzog sich zu einer säuerlichen Miene.

»Verstehe. Dann doch lieber Tagliatelle al ragù?«

»Sehr gern, und vorneweg einen kleinen Salat.«

Lino wand sich ein wenig.

»Der Haussalat, den Sie sonst immer nehmen, steht jetzt ohne Thunfisch auf der Karte. Meine Freundin hat mir das erklärt, und ich fürchte ...«

»Da hat sie recht, den nehme ich dann also ohne Thunfisch. Aber Ihr wunderbares Dressing mit Joghurt und Sahne ...«

»Gibt es natürlich«, versicherte Lino Fontana eilig. Dann räusperte er sich und fügte etwas leiser hinzu: »Noch.«

»Das freut mich«, sagte Robert und bemühte sich, ernst zu bleiben.

Der Wirt schien seine Speisekarte nicht ganz aus freien Stücken etwas veganer zu gestalten, und offenbar leistete er den Wünschen seiner Freundin in manchen Details noch Widerstand.

Die Nudeln mit Hackfleischsoße waren jedenfalls so lecker wie immer, die Atmosphäre im Ristorante, das sich allmählich füllte, war angenehm wie gewohnt, und als Robert sich nach dem Zahlen erhob, den Geschmack des würzigen Espresso noch auf den Lippen, waren fast zwei Stunden wie im Flug vergangen. Er schob seinen Stuhl näher an den Tisch und wandte sich gerade zum Gehen, da war plötzlich eine erregte Unterhaltung aus der Küche zu hören. Dann schoss eine sehr attraktive Frau in den Gastraum, schwer beladen mit Essen in mehreren Behältern, und flitzte grußlos an den Gästen vorbei. Sie schob mit der Hüfte die Eingangstür auf und eilte über den Marktplatz davon. Während Robert den Abgang der Frau verfolgte, kam Lino aus der Küche und blieb neben ihm stehen. Er wirkte unglücklich, und es war ihm sichtlich peinlich, dass seine Gäste die kurze Szene mitbekommen hatten.

»Ihre Freundin?«, fragte Robert.

»Ja. Sie hat viel Temperament, das gefällt mir eigentlich, aber …«

»Ach, das wird sich schon wieder einrenken.«

»Hoffentlich. Allerdings finde ich es nicht gut, dass sie ständig Essen zu ihren Freunden trägt. Wissen Sie, Herr Mondrian, Stammgäste wie Sie lade ich gern einmal ein, aber von diesen Leuten habe ich noch nie auch nur einen hier im Lokal gesehen.«

Robert war noch nie von ihm eingeladen worden, und genau in diesem Moment fiel ihm ein, dass der Wirt ihm heute auch keinen Grappa spendiert hatte.

»Kennen Sie die Freunde denn?«, fragte er, anstatt Lino Fontana darauf hinzuweisen.

»Nur vom Hörensagen. Hier waren sie ja noch nie, wie gesagt. Aber jedes Mal, wenn Maren sich mit ihnen zu einer Besprechung trifft, schleppt sie hier die Gerichte nur so raus. Ich meine, ich muss schließlich auch von irgendetwas Strom und Heizung bezahlen, nicht wahr?«

Miete musste er nicht bezahlen, das Haus gehörte der Familie seit Jahren. Und auch sonst musste sich niemand um die Fontanas Sorgen machen. Soweit Robert wusste, hatten sie ihre Gewinne klug investiert und von den Erträgen die eine oder andere Wohnung gekauft. Aber

Lino hatte offenbar sehr gut die erste Kaufmannsregel verinnerlicht: Lerne klagen, ohne zu leiden. Doch so aufgewühlt der Wirt war, plapperte er einfach weiter.

»Immerhin nimmt sie nicht das teure Fleisch. Das war alles vegan, was sie mitgenommen hat.«

»Ach, dann geht's in den Besprechungen um den veganen Brunch, der bald auch in Remslingen angeboten werden soll? Davon habe ich mal gehört, das stößt sicher auf einiges Interesse.«

Lino Fontana winkte genervt ab. Die Tür zum Ristorante wurde geöffnet, Linos Vater schlenderte herein, klopfte seine Pfeife an einem Aschenbecher aus, der am Rand des Tresens stand, nestelte eine Packung mit Tabak auf und füllte den Pfeifenkopf neu. Er konzentrierte sich sehr auf diese Tätigkeit, aber es war ihm anzusehen, dass er die Ohren spitzte, um nur ja kein Wort der Unterhaltung seines Sohnes mit dem *signor libraio* zu verpassen.

»Veganer Brunch … Blödsinn«, schimpfte Lino, der gar nicht darauf achtete, dass sein Vater in Hörweite war. »Das sind militante Tierschützer, und darüber, worum es in diesen Besprechungen geht, verrät mir Maren kein Wort. Ich hoffe nur, dass sie sich nicht in Schwierigkeiten bringt.«

Militante Tierschützer? Robert fragte sich, ob das etwas mit den verschwundenen Haustieren zu tun haben könnte, also versuchte er, das Gespräch am Laufen zu halten.

»Welche Schwierigkeiten meinen Sie denn?«

»Was weiß ich, aber man liest das doch überall. Diese

Aktivisten sind nicht mehr damit zufrieden, demonstrieren zu gehen. Da klebt man sich auf die Straße oder wirft Kartoffelbrei auf berühmte Gemälde.«

Er schüttelte sich. Unfug mit Lebensmitteln war für ihn offensichtlich eine Vorstellung, die er nur schwer ertrug.

»Und so etwas hat Ihre Freundin vor?«

»Hoffentlich nicht. Wie gesagt, sie erzählt mir nicht, worum es in diesen Besprechungen geht.«

»Wissen Sie, wo sich die Gruppe trifft?«

Lino war so in Fahrt, dass er Roberts Frage beantwortete, bevor sie ihn hätte misstrauisch machen können.

»Nicht weit von hier. Nur ein Stück die Kurze Straße runter, bis zu der schmalen Gasse, die zum Bädertörle führt. Dort wohnt einer aus der Gruppe, in seinem Wohnzimmer baldowern sie Gott weiß was aus.«

Linos Blick flackerte.

»Und wenn Maren dann spätabends nach Hause kommt, ist sie oft so aufgewühlt, dass gar nichts mehr …«

Er räusperte sich, warf Robert einen kurzen Blick zu und wurde ein wenig rot.

»Gut, Herr Mondrian, ich muss dann auch wieder weitermachen. War schön, dass Sie hier waren. Bis bald.«

Er drehte sich um, machte ein paar Schritte, blieb stehen, dachte kurz nach und wandte sich wieder Robert zu.

»Ach, da rede ich vorhin noch davon, dass ich Stammgäste gern auch mal einlade – und dann habe ich Ihnen noch nicht mal einen Grappa angeboten!«

Er lachte nervös und machte Anstalten, hinter den Tresen zu eilen. Da stoppte ihn sein Vater.

»Geh du mal in die Küche und sag dem Koch, er muss jetzt nicht mehr an Fleisch und Speck sparen – die Tofuprinzessin ist ja gerade nicht da.«

Lino holte scharf Luft, aber bevor er noch etwas erwidern konnte, wedelte Pasquale unleidig mit der Hand.

»*Avanti, avanti*, den Grappa für *il signor libraio* kann auch ich einschenken.«

Grinsend schaute der Alte seinem Sohn hinterher, bis der in der Küche verschwunden war, dann wandte er sich an Robert.

»Gehen Sie doch schon mal raus, ich komme gleich mit dem Grappa nach.«

Robert zog sich einen freien Stuhl zu dem kleinen Tisch, an dem Fontana senior Hof hielt, und als der Patron sich ihm gegenübersetzte, hatte er die Pfeife im Mund, eine Flasche Grappa in der einen Hand und zwei nicht besonders kleine Gläser in der anderen. Ächzend ließ er sich auf seinen Stuhl sinken, danach schenkte er großzügig ein.

»*Salute!*«, knarzte Pasquale Fontana und prostete seinem Gast zu.

»So geht das zwei-, dreimal die Woche«, erzählte der Alte. »Sie lässt den Koch veganes Zeug zubereiten, verpackt dann alles und trägt es zu ihren seltsamen Freunden. Stellen Sie sich vor, *signor libraio*, die essen kein Fleisch und keinen Fisch, da kommt kein Käse an die Nudeln und keine Sahne – muss ich noch mehr sagen? Womöglich trinken sie nicht einmal Alkohol!«

Fontana senior war ehrlich entsetzt, auch der zweite Schluck Grappa konnte ihn nicht wirklich beruhigen.

»Ich bin der Freundin meines Sohnes mal nachgegangen. Man will ja wissen, wo sie sich herumtreibt. Nicht aus Neugier, *naturalmente,* aber am Ende bringt sie noch meinen Sohn in Schwierigkeiten. Wissen Sie, der ist total verliebt in das Mädchen. Gut sieht sie ja aus, und sie hat auch ordentlich Feuer unterm Hintern – woher immer sie das nimmt, da sie doch kein Fleisch isst. Aber sie ist halt auch etwas launisch, und wer etwas gegen ihre Essgewohnheiten sagt, dem gibt sie sofort ziemlich frech raus. Nachdem sie versucht hat, mir die Ravioli auszureden, die wir seit jeher nach dem Rezept meiner *nonna,* Gott habe sie selig, zubereiten, habe ich ihr untersagt, mit mir über unsere Speisekarte zu sprechen. Aber was soll ich machen? Mein Lino ist wie Butter in den Händen dieser Frau.«

Er lachte heiser und griff erneut zum Glas.

»Ich sollte wohl besser sagen: wie Margarine.«

Pasquale Fontana kicherte.

»Einmal habe ich ihr einen Artikel gezeigt, den ich im Internet gefunden und extra für sie ausgedruckt hatte. Da wurde beschrieben, welche tierischen Produkte in vielen Margarinen mit drin sind. Hat ihr nicht gefallen, das kann ich Ihnen sagen.«

Ein dritter Schluck, dann füllte der Alte das Glas erneut.

»Kennen Sie jemanden von diesen Aktivisten?«, fragte Robert.

»Nicht persönlich, aber die eine nennt sich Gaba und

singt in einem Gospelchor. Außerdem ist sie Sängerin in einer christlichen Heavy-Metal-Band, die hatten mal einen Auftritt während des Altstadtfests. Nichts für mich, muss ich zugeben. Wenn jemand so laut kreischend von Gott und vom Paradies singt, kann man schon mal vom Glauben abfallen.«

Er grinste.

»Dann gibt es noch den Tillmann Stepaniak, in dessen Elternhaus sich die Gruppe trifft. Ein fürchterlich verbohrter junger Mann, dabei hat er so nette Eltern. Die beiden kommen immer mal wieder zu uns, bestellen einen schönen Fisch oder ein Steak – wie ein Junge mit solchen Wurzeln so missraten kann, ist mir wirklich ein Rätsel. Der Vater ist nicht mehr so gut zu Fuß, deshalb haben sie sich am Rand der Altstadt eine Wohnung gekauft, die sie mit dem Aufzug erreichen können. Tillmann hat das Elternhaus übernommen und im Erdgeschoss ein Parteibüro, einen Seminarraum und eine Showküche eingerichtet.«

»Ein Parteibüro?«

»Ja, er ist Kreisvorsitzender einer Tierschutzpartei, deren Name mir gerade nicht einfällt. Der steht aber auf einem Schild neben der Haustür. Und in die Showküche lädt er Köche aus der Veganerszene ein, und dort bringen die dann den Kursteilnehmern bei, wie man ohne Butter, Fleisch und Milch kocht.«

Er schüttelte den Kopf und tröstete sich mit dem nächsten Schluck Grappa. Dann schaute Pasquale Fontana an Robert vorbei zum Marktplatz, und als Robert sich umdrehte, um seinem Blick zu folgen, sah er Kommissar Klaus Neher näher kommen.

»Was für eine Idylle«, sagte Neher ohne Begrüßung und nickte grinsend zu der Schnapsflasche hin.

»Nehmen Sie sich einen Stuhl«, lud der Alte ihn ein. »Ich hole gleich noch ein Glas.«

»Nein danke, und gegessen habe ich auch schon«, erwiderte Neher. »Ich würde Ihnen gern Ihren Gast entführen, wenn Sie gestatten.«

»Ah, wieder ein Kriminalfall, in dem Sie ihn um Hilfe bitten?«

Pasquale Fontana musterte den Kripobeamten, und seine Augen blitzten dabei so auffällig, dass Neher lachen musste.

»Nein, da muss ich Sie diesmal enttäuschen, Signor Fontana. Heute Abend habe ich nur ein Bier mit einem Freund im Sinn. Kommst du, Robert?«

Mondrian leerte sein Glas, bedankte sich für den spendierten Grappa und machte sich mit Neher auf den Weg zu *Richies Scottish Pub.*

Nach einigen Metern kamen sie zu dem Haus, in dem Fontanas Angaben zufolge die Besprechung stattfand, die Linos Freundin Maren mit veganen Speisen versorgt hatte. Robert blieb kurz stehen und ließ seinen Blick über die Fenster im ersten Stock schweifen.

»Was ist denn?«

Neher hatte ebenfalls nach oben geschaut. Aus zwei Fenstern drang warmes Licht, dahinter befand sich vermutlich das Wohnzimmer, in dem sich die Gruppe traf. Aber es war hinter den Scheiben keine Bewegung zu erkennen.

»Erzähl ich dir bei Richie.«

»Genau, ein Bericht zu kühlem Bier ist genau das, was mir im Moment vorschwebt.«

»Wenn es in meinem Fall heute auch ein Sprudel sein darf, wäre mir das lieber.«

Lachend erreichten sie den Pub, sie drängten sich durch die eng beieinanderstehenden Gäste und hatten Glück: Gerade standen zwei Männer auf und gaben Barhocker frei. Sie hatten kaum ihre Getränke bestellt, da warf Pubbesitzer Richie McCafferty einen kurzen Blick auf die Wanduhr über der Tür, die zu den Toiletten führte. Die nächsten Griffe galten dem CD-Spieler und dem Lautstärkeregler, und schon donnerte wie zu jeder vollen Stunde ein Song der schottischen Hardrockband Nazareth ohrenbetäubend durch die Gaststube.

Klaus Neher und Robert Mondrian kannten das Ritual wie alle Stammgäste, und sie wussten, dass Richie damit der Rockgruppe seine Reverenz erwies, die in seiner Heimatstadt Dunfermline gegründet worden war. Wieder einmal nahm sich Robert vor, Richie danach zu fragen, ob er mit dem Sänger der Gruppe verwandt war, schließlich trugen sie denselben Nachnamen. Doch der Song war so laut aufgedreht, dass kaum ein Gedanke gefasst und schon gar keiner behalten werden konnte.

Und so warteten alle einfach, bis der Song verklungen und die Musik wieder sanfter und vor allem leiser geworden war. Nun setzten die Gespräche wieder ein, und Robert brachte Klaus Neher auf den neuesten Stand, was Lino Fontanas vegane Freundin und ihre Freunde anging.

»Sag bloß, du recherchierst in dieser seltsamen Geschichte mit den verschwundenen Haustieren!«, rief Neher verblüfft aus.

»Nein, nein, das überlasse ich lieber meinem Mitarbeiter. Alfons ist Feuer und Flamme für diese Geschichte. Er ist überzeugt, dass die Tiere entführt wurden, und es scheint ja auch einiges dafür zu sprechen.«

»Die blutigen Teppichflicken, ich weiß. Übrigens Stücke, die vermutlich aus demselben Flokati zugeschnitten wurden. Die Schnittkanten passen zueinander.«

»Flokati? Sind das nicht richtig teure Teppiche?«

»Die echten schon. Schurwolle, geknüpft in Griechenland und so weiter. Aber wir sprechen hier von einem günstigen Imitat aus Polyester, das immerhin recht schön gearbeitet ist. Aber im Internet bekommst du so einen Teppich in der Größe ein auf eineinhalb Meter für fünfunddreißig Euro.«

»Warum habt ihr dem pensionierten Staatsanwalt denn den Gefallen nicht getan, den Flokati-Flicken und das Blut im Labor untersuchen zu lassen?«

Neher seufzte und nahm einen großen Schluck Bier.

»An mir wäre es nicht gescheitert, aber zu Mord und Totschlag ist er wegen seiner verschwundenen Töle ja wenigstens nicht gleich gekommen«, versetzte er mit einem traurigen Lächeln. »Weißt du, der alte Jäckel hat sich zu seiner Zeit als Oberstaatsanwalt nicht viele Freunde in der Direktion gemacht. Und wegen seines Hundes ist er den Kollegen auch nicht besonders feinfühlig gegenübergetreten. Der hat ziemlich auf dicke Hose gemacht, hat auf seine angeblich so guten Beziehungen gepocht. Da haben die halt auf stur geschaltet.«

»Inzwischen hat er das Blut auf dem Flokati selbst in ein Labor gegeben.«

»Das hätte ich an seiner Stelle auch gemacht. Jäckel hat wohl nicht nur bei der Polizei keine Freunde, er ist auch in seiner Nachbarschaft als ziemlicher Stinkstiefel verrufen. So wurde es mit der Zeit eben sehr einsam um ihn, da ist der Verlust seines Hundes ein harter Schlag. Mir tut er leid, aber das muss ich den Kollegen gegenüber für mich behalten. Die machen sich über den alten Mann eher lustig, und nicht wenige gönnen es ihm, dass nun auch noch gewissermaßen sein letzter Freund weg ist.«

»Eigentlich ziemlich billig, ihn dafür auszulachen.«

»Finde ich auch. Aber Jäckel ist keiner, den man mögen muss. Und unter meinen Kollegen haben manche wohl noch eine alte Rechnung mit ihm offen. Es menschelt auch bei der Polizei, weißt du?«

Robert nickte und stieß mit Neher an. Der Kommissar trank, stellte das Glas ab und starrte dann schweigend auf sein Bier.

»Eine Kollegin ist übrigens auch in diese Geschichte verwickelt«, sagte er nach einer kurzen Pause.

»Inwiefern?«, fragte Robert, obwohl er ahnte, was Neher meinte.

»Eine Kommissarin aus meiner Inspektion ist die Frau, deren Hauskatze verschwunden ist.«

Robert blinzelte, und Neher verstand seine Reaktion falsch.

»Tja, es menschelt wirklich bei uns, auch im Hinblick auf Haustiere.«

»Woher weißt du das? In der Zeitung wurde ihr Name bisher nicht erwähnt. Hat es dir die Kollegin erzählt?«

»Nein, sie wird sich hüten. Nicht einmal ich spreche ja laut aus, dass ich die Scherze über Jäckel nicht gut finde. Und die Kollegin ist noch recht neu in Remslingen, die will natürlich noch weniger, dass jemand sie in Verbindung mit dem pensionierten Staatsanwalt bringt.«

»Und wie hast du es dann erfahren?«

»Sie hatte am Anfang ab und zu von ihrer Rassekatze erzählt, hatte auch gefragt, ob wir ihr einen guten Tierarzt empfehlen können. Zuletzt hat sie das Tier nicht mehr erwähnt, sie richtet Dienstfahrten so ein, dass sie zwischendurch immer mal wieder etwas privat erledigen kann. Und einmal habe ich sie zufällig in der Nähe von Jäckels Haus gesehen. Was soll ich sagen? Ich konnte der Versuchung nicht widerstehen und habe sie ein paar Minuten lang im Auge behalten – und gesehen, wie sie zu Jäckel ging.«

Robert lächelte.

»Du liegst übrigens vollkommen richtig«, sagte er. »Alfons hat heute mit den beiden Tierbesitzern gesprochen – deine Kollegin Hanna Lier war ebenfalls dabei.«

Neher nickte nachdenklich.

»Eigentlich traurig, dass sie sich deinem Mitarbeiter anvertraut, aber nicht mir als ihrem Vorgesetzten.«

»Alfons musste ihr versprechen, ihren Namen keinem der Kollegen zu verraten. Es ist ihr wohl nicht leichtgefallen, mit ihm über das Verschwinden ihrer Katze zu reden. Sie hat sie nach einer norwegischen Krimifigur benannt – was für eine Norwegische Waldkatze ja keine schlechte Idee ist. Jäckels Hund heißt Poirot, und als Alfons von seinen Kakadus Sherlock und Watson erzählte, hatten die drei gleich einen guten Draht zueinander.«

Nazareth platzten mit dem nächsten Song brachial in die Unterhaltung. Die beiden Männer warteten den Schlussakkord ab, und bevor die schottische Rockband eine Stunde später wieder an der Reihe war, sahen sie zu, dass sie Richies Pub den Rücken kehrten.

Klaus Neher hatte sich verabschiedet und eilte davon, um noch zu Hause einzutreffen, bevor seine Frau ins Bett ging. Robert hatte es nicht so eilig und schlenderte die Kurze Straße hinauf. Einige Nachtschwärmer waren unterwegs, zwei Autos kamen im Schritttempo vom Marktplatz herunter, und die Tür des Elternhauses von Tillmann Stepaniak schwang auf. Robert näherte sich dem Gebäude gerade so weit, dass er die Frauen und Männer, die jetzt auf die Straße traten, sehen und beiläufig beobachten konnte, ohne der Gruppe aufzufallen. Lino Fontanas Freundin umarmte die anderen und machte sich dann auf den Weg zum Ristorante. Der Rest der Gruppe zerstreute sich in alle Richtungen, und die beiden Frauen, die ein paar Meter an Robert vorbei in Richtung Beinsteiner Tor gingen, waren nicht mehr ganz sicher auf den Beinen. Immerhin schien Pasquale Fontanas Befürchtung, die Aktivisten würden womöglich auch keinen Alkohol trinken, unbegründet.

Der junge Mann, der noch kurz in der Haustür stehen blieb und den anderen nachschaute, war schlank, fast schon hager. Er trug seine dunkelblonden Haare knapp schulterlang und hatte sie seitlich gescheitelt. Schließlich ging er ins Haus zurück, zog die Tür hinter sich zu, und als das Licht im Treppenhaus erlosch, sah man ihn oben hinter den erleuchteten Fenstern hin- und hergehen. Vermutlich räumte er Gläser und Geschirr weg. Robert wartete, und als er im ersten Stock des Hauses keine Bewegung mehr wahrnahm, überquerte er die Kurze Straße und ging zu Stepaniaks Elternhaus.

Neben der Eingangstür waren zwei Metallschilder angebracht. Auf einem stand »Stepaniak – Beratung für ein richtiges Leben«, auf dem anderen »FTP – Freie Tiere Partei«. Das Parteischild trug am unteren Ende noch ein Wappen, das die Silhouetten mehrerer Tiere zu einem Logo stilisierte, darunter las Robert: »Member of IFoA – International Friends of Animals«.

Der Marktplatz leerte sich zusehends, Lino Fontana stand in der Tür seines Lokals und winkte Robert zu, und oben unter dem Dach schwang ein Fenster auf. Dort nahm Linos Vater nun wohl seinen Beobachtungsposten ein, für den ihm Frau Heberle die Anschaffung eines kleinen Fernglases empfohlen hatte.

Robert musste lächeln, und er lächelte noch, als er sein Haus betrat. Eigentlich hätte er jetzt doch noch Lust auf ein Glas Wein gehabt, aber er war zu müde. Kurz darauf schlüpfte er unter die Bettdecke, da fiel ihm Alfons ein, den er mit seiner Bemerkung zu den Namen der gesuchten Haustiere unnötig beunruhigt hatte. Natürlich hatte er auch seinen beiden Kakadus Namen gegeben, die aus Kriminalromanen stammten, aber dass ausgerechnet ein Poirot und ein Wisting verschwunden waren, war ganz sicher nur ein seltsamer Zufall. Gleich morgen früh würde er mit seinem Mitarbeiter sprechen, bis Alfons sich auch wirklich keine Sorgen mehr machte.

Dann fiel ihm ein, dass er morgen endlich seine Freundin Selina wiedersehen würde, die nach einem mehrtägigen Besuch bei ihren Eltern nach Remslingen zurückkehrte. Im nächsten Moment waren Alfons und seine Vögel vergessen, und Robert schlief mit schönen Gedanken ein.

2

Robert wusste nicht, wie lange das Telefon geklingelt hatte, bis er es endlich wahrnahm. Als er jedoch nach dem Hörer griff, hatte der Anrufer bereits aufgelegt. Er erkannte die Festnetznummer von Alfons auf dem Display und registrierte die Uhrzeit. Was mochte sein Mitarbeiter um kurz nach sechs Uhr früh von ihm wollen?

Er rief zurück, Alfons ging nach dem ersten Klingeln dran.

»Chef, Chef, stellen Sie sich vor …!«

Alfons verhaspelte sich, musste sich räuspern und setzte neu an.

»Sherlock ist verschwunden!«

»Verschwunden?«

»Ja, er ist weg, verschwunden, entführt – wie der Hund und die Katze. Sie hatten doch recht mit Ihrem Hinweis wegen der Tiernamen! Ich weiß gar nicht …«

»Jetzt beruhige dich erst mal, Alfons. Das mit den Namen ist doch sicher nur ein Zufall, aber das ist im Moment auch nicht so wichtig. Sherlock ist weg, sagst du?«

»Ja, und es ist wie im Fall der anderen beiden entführten Tiere. An der Stelle, an der Sherlock immer geschlafen hat, hängt ein kleines Teppichstück über der Stange. Es ist Blut dran.«

Alfons versagte die Stimme. Im Hintergrund waren Schritte zu hören und die Stimme einer Frau.

»Ist Marie da?«, fragte Robert, in der Hoffnung, die Freundin seines Mitarbeiters könnte ihn beruhigen.

»Nein, das ist Ivanka. Ich habe sie mit meinem Anruf wohl geweckt. Aber Marie ist schon auf dem Weg hierher.«

Alfons wandte sich nun seiner WG-Mitbewohnerin zu und erklärte ihr, was passiert war. Er steigerte sich immer mehr in seine Aufregung hinein, zu einer Panikattacke fehlte nicht mehr viel.

»Alfons!«, rief Robert, aber sein Mitarbeiter hatte das Telefon offenbar vom Ohr genommen. Also musste er sich gedulden, bis Alfons ihn wieder hören konnte.

»Chef, ich kann heute früh nicht in die Buchhandlung kommen«, sagte er, nachdem er Ivanka alles geschildert hatte. Schritte entfernten sich, und kurz darauf rumorte eine Kaffeemaschine.

»Kein Problem, Alfons. Aber sag mal, Sherlock ist verschwunden – und Watson ist noch da?«

»Ja, aber ihm geht es nicht gut. Er ist benommen, kann sich kaum auf den Beinen halten. Und natürlich ist er verwirrt, weil er sonst ja nie allein im Käfig ist.«

»Weißt du was? Ich komm kurz zu dir rüber und schau mir das mal an. Notfalls mache ich den Laden heute etwas später auf.«

»Das ist nett, Chef, aber …«

Robert legte auf, zog sich an und machte sich auf den Weg. Zu Fuß waren es nur etwa zehn Minuten bis zu Alfons' Wohnung, die frische Luft machte ihn leidlich wach. Es versprach ein sonniger Tag zu werden, am Himmel waren nur wenige Schönwetterwolken zu sehen, und als er das Haus erreichte, in dem sein Mitarbeiter lebte, fuhr gerade ein Kombi in die letzte Parklücke vor dem Gebäude. Der Wagen war schwarz, aber rundum mit Tierfotos in knalligen Farben beklebt, und auf der Heckklappe stand die Internetadresse der hiesigen Tierklinik.

Den Mann, der aus dem Auto stieg, kannte Robert, und er fand ihn sympathisch. Dr. Jacob Haukes las viel, deckte sich mit neuen Büchern fast ausschließlich in seiner Buchhandlung ein, und er hatte einen trockenen Humor.

»Ah, Herr Mondrian!«, rief er aus, als er seine Arzttasche von der Rückbank holte. »Gut, dass Sie da sind. Dann können Sie sich ja um Herrn Weber kümmern, während ich nach seinem gefiederten Freund sehe.«

Der Türöffner summte, noch bevor sie hatten läuten können, und oben wurden die beiden Männer schon von dem völlig aufgelösten Alfons erwartet. Aus der Wohnung drang Kaffeeduft ins Treppenhaus, aber Robert ließ die WG-Küche erst einmal unbeachtet und folgte Haukes zum Vogelkäfig. Watson saß ziemlich bedröppelt auf dem Boden das Käfigs und schaute verwirrt in die Runde. Kein Mucks war von ihm zu hören, auch nicht, als der Tierarzt ihn vorsichtig aus dem Käfig holte und mit seiner Untersuchung begann.

»Na, Watson«, sagte er in beruhigendem Tonfall zu dem Kakadu, »wollen wir doch mal schauen, wie es dir geht.«

Robert musterte unterdessen den Käfig und dessen direkte Umgebung. Wie von Alfons beschrieben hing ein sorgfältig ausgeschnittener Flokati-Flicken über einer der kleinen Holzstangen, auf denen die Kakadus gern saßen. Ob der rote Fleck darauf Blut war oder lediglich Farbe, konnte er auf den ersten Blick nicht unterscheiden. Im Käfig herrschte keine große Unordnung. Es lagen ein paar kleine Federn herum, und neben dem Käfig waren etwas Sand und Vogelfutter auf dem Fußboden verstreut. Robert ging in die Hocke. Es lag zu wenig Sand auf dem Boden, als dass sich darauf zum Beispiel ein Fußabdruck hätte abzeichnen können.

Alfons trat neben ihn und sah ihm zu, bis sich Robert wieder erhob.

»Unterstützen Sie mich jetzt, Chef, ich meine, wegen meiner Ermittlungen?«

»Falls ich kann, werde ich dir natürlich helfen, deinen Kakadu wiederzufinden. Magst du mir mal beschreiben, in welchem Zustand du das Zimmer, die Fenster und Türen heute Morgen vorgefunden hast?«

Das half Alfons, seine Fassung zurückzugewinnen. Er straffte sich, die Panik wich aus seinem Blick, und er berichtete Robert von den verschlossenen Fenstern und Türen, von dem Sand und dem Vogelfutter auf dem Boden und davon, dass eine kleine Vase, die auf der Kommode neben dem Vogelkäfig gestanden hatte, umgefallen war.

»Es musste auch schnell gehen«, meldete sich Tierarzt Haukes zu Wort. »Die Kakadus wurden wohl im Schlaf überrascht und dann gleich betäubt. Sonst hätten die hier einen Radau veranstaltet, den Sie, Herr Weber, ganz sicher nicht verschlafen hätten.«

Das Geschäft lief an diesem Tag eher schleppend, und das war Robert nur recht. Er hatte die Buchhandlung mit nur wenigen Minuten Verspätung geöffnet, und natürlich hatte er Alfons freigegeben. Sein Mitarbeiter war an diesem Tag ohnehin zu nichts anderem zu gebrauchen, als nach Sherlock zu forschen. Und auch Robert musste unentwegt an den verschwundenen Kakadu denken. Alfons hatte sich von Jäckel die Fotos aufs Handy schicken lassen, die dieser nach der vermuteten Entführung seines Hundes gemacht hatte. Die Detailaufnahmen zeigten alles, was zur Einschätzung des Tatorts notwendig war. Auch Kommissarin Lier hatte Fotos gemacht; sie war mit der Akribie einer Kriminaltechnikerin vorgegangen. Und so wischte sich Robert in jeder freien Minute durch die umfangreiche Bildergalerie, die ihm von Alfons geschickt worden war, und glich sie mit den Fotos ab, die er selbst in der Wohnung seines Mitarbeiters aufgenommen hatte.

Die beiden, die kurz vor elf Uhr die Buchhandlung betraten, kamen nicht als Kunden. Kommissar Klaus Neher sah betrübt aus, und ihm folgte eine Frau von Mitte dreißig, eher klein, schmächtig und mit halblangen schwarzen Haaren.

»Darf ich vorstellen, meine Kollegin Hanna Lier«, begann er.

Neher schlug einen etwas steifen Ton an, und Robert verstand das so, dass sie sich vor der Kollegin nicht allzu vertraut geben sollten.

»Angenehm«, erwiderte Robert und gab ihr die Hand. »Sollen wir uns kurz in die Leseecke setzen? Ich kann uns Kaffee machen.«

Die beiden nahmen Platz. Kurz darauf kam Robert mit einem Tablett zu ihnen, auf dem sich drei gefüllte Tassen, Zucker, Kaffeesahne und ein paar Kekse befanden. Zu gern hätte er gefragt, warum sich die Polizei nun doch um die drei verschwundenen Haustiere kümmerte und wieso Kommissarin Lier jetzt plötzlich mit ihrer Verwicklung in diese Geschichte herausgerückt war. Aber Nehers Verhalten ließ ihn zögern. Hier war noch etwas anderes im Busch.

»Wie kann ich helfen?«, sagte er deshalb nur.

Hanna Lier nahm einen Schluck, um Zeit zu gewinnen, aber als sie danach noch immer zögerte und ihren Kollegen fragend ansah, nickte der ihr ermutigend zu.

»Herr Neher hat mir gesagt, dass Sie ihm schon manchmal eine große Hilfe waren für seine Ermittlungen.«

Es stand der Frau ins Gesicht geschrieben, dass sie das seltsam fand. Ein Buchhändler, den die Kripo ab und zu als eine Art freien Mitarbeiter gewähren lässt. Der sich auf eigene Faust umhört und der Polizei Tipps gibt. Robert grinste, weil ihn das ja selbst amüsierte. Lier bemerkte seine Reaktion. Sie entspannte sich ein wenig, und ein Lächeln spielte um ihre Mundwinkel.

»Ich bin noch nicht lange in Remslingen«, fuhr sie fort. »Es scheint hier etwas anders zu laufen als in der Stadt, in der ich vorher gearbeitet habe. Aber vielleicht ist das diesmal auch ganz gut, denn … wie soll ich sagen … der Fall, mit dem wir es zu tun haben, ist auch etwas anders gelagert, als ich das bisher erlebt habe.«

Robert musste sich sehr beherrschen, sie nicht zu unterbrechen. Dass die Polizistin das Gespräch so umständlich auf ihre verschwundene Katze zu bringen versuchte, fand er etwas albern. Zumal sie ja gewissermaßen privat zu ihm gekommen war – schließlich war die Inspektion, in der sie mit Neher zusammen Dienst tat, eher für Mord und Totschlag zuständig, nicht für die Suche nach Hund, Katze, Kakadu. Auch Neher war nicht einverstanden damit, wie sie herumeierte. Er kürzte das Ganze ab, allerdings ganz anders, als es Robert erwartet hatte.

»Um auf den Punkt zu kommen«, fiel er ihr ins Wort: »Aus drei verschwundenen, möglicherweise entführten Haustieren ist inzwischen ein Mordfall geworden.«

Robert blinzelte. War eines der Tiere tot aufgefunden worden, womöglich Sherlock? Dann müsste er in den kommenden Tagen ohne die Hilfe seines Mitarbeiters auskommen, und zusätzlich würde er ordentlich damit zu tun haben, Alfons zu trösten und ihm vermutlich auch für die Suche nach demjenigen zu helfen, der den Tod des Kakadus zu verantworten hatte.

Aber Neher hatte von einem Mordfall gesprochen, und seiner Stimme war nicht die geringste Spur von Ironie anzuhören. Würde er sich so ausdrücken, wenn ein Tier gestorben wäre? Auch jetzt noch saß der Kommissar mit ernster Miene da und musterte Robert, als wartete er darauf, dass der Groschen fiel.

»Heute Vormittag«, sagte er schließlich, »wurde Dr. Heinrich Jäckel, pensionierter Oberstaatsanwalt, in seinem Haus tot aufgefunden.«

Klaus Neher fasste die Geschichte der ersten beiden vermissten Tiere kurz zusammen, erwähnte die blutgetränkten Teppichstücke, sprach über Jäckels Hund und benannte seine Kollegin als Besitzerin der mutmaßlich entführten Katze, als wisse der Buchhändler von alldem noch nichts. Robert spielte mit und stellte die eine oder andere Zwischenfrage zu Punkten, die ihm wirklich neu waren. Dann kam der Kommissar auf die Umstände von Jäckels Tod zu sprechen.

»Er lag im Wohnzimmer, direkt neben dem Hundekorb des verschwundenen Poirot, und sein Leichnam war so drapiert, dass es aussah, als umarme der Tote das vermisste Tier. Auf dem Toten abgelegt war ein Teppichstück, wieder ein Flokati und womöglich aus demselben Teppich herausgeschnitten wie im Fall der verschwundenen Haustiere. Auch dieses Teppichstück war blutverschmiert. Das Blut müsste von Jäckel stammen, wir warten aber noch auf das Laborergebnis.«

»Von dem Hund fehlt noch immer jede Spur?«

Neher nickte und wartete Roberts nächste Frage ab.

»Wie wurde Jäckel getötet?«

»Nach der ersten Einschätzung der Kriminaltechniker wurde er im Schlaf überrascht und betäubt. Noch im Bett wurde ihm ein Messer ins Herz gestoßen, auf die Wunde wurde der Flokati-Flicken gedrückt, bis die Blutung gestillt war. Dann wurde der Leichnam ins Wohnzimmer geschafft und dort arrangiert wie beschrieben.«

»Gibt es Einbruchsspuren?«

»Das Schloss an der Haustür ist zerkratzt, aber es ist schon alt, die Kratzer, also auch einige neuere, könnten von Jäckel selbst stammen.«

Robert erinnerte sich daran, was Alfons dazu erzählt hatte. Wer mit einem Dietrich umgehen konnte, wäre also problemlos in das Haus des pensionierten Staatsanwalts gekommen, ohne dass er Spuren hinterlassen hätte, die einem Einbruch zweifelsfrei zugeordnet werden konnten. Er? Robert fiel auf, dass er unbewusst an einen männlichen Täter gedacht hatte.

»Wie wurde der Tote denn vom Schlaf- ins Wohnzimmer gebracht?«

»Er wurde getragen, nur ein Fuß schleifte auf einem Teil des Wegs über den Boden.«

»Gibt es Hinweise darauf, dass mehr als ein Täter vor Ort war?«

»Nein, aber wir haben natürlich auch noch nicht alle Spuren gesichert. Was uns gleich auffiel: Jäckel bewegte sich selbst nur auf Strümpfen oder in Hausschuhen durch seine Wohnung, seine Straßenschuhe zog er im Hausflur aus, wo alle seine Schuhe auch in einem kleinen Regal aufgereiht sind. Innerhalb der Wohnung haben wir bisher die Abdrücke von drei verschiedenen Paar Straßenschuhen gefunden. Eines konnten wir meiner Kollegin zuordnen, für ein zweites tippen wir auf Alfons Weber – die beiden haben sich gestern mit Jäckel wegen der verschwundenen Tiere besprochen, und sie haben die Schuhe nicht ausgezogen. Meine Kollegen wollen ihn gleich in seiner Wohnung besuchen.«

»Darf ich ihn vorher kurz anrufen? Alfons ist ziemlich durch den Wind, seitdem heute früh einer seiner Kakadus verschwand.«

Neher zuckte mit den Schultern.

»Er wird nichts vertuschen wollen«, gab Robert zu bedenken, »sondern wird im Gegenteil sehr daran interessiert sein, der Polizei zu helfen. Ich würde ihn nur gern auf den Besuch der Beamten vorbereiten. Außerdem trägt er fast immer so eine Art Trekkingschuh, einen knöchelhohen Sportschuh mit grobem Profil.«

»So hat sich auch meine Kollegin erinnert. Bliebe, Stand jetzt, ein letztes Paar Schuhe für einen Täter: normale Größe, vermutlich Sneaker, die Sohlen ziemlich glatt.«

»Das tragen Männer und Frauen. Der Täter könnte also ein Mann oder eine Frau sein, müsste aber stark genug sein, einen Toten tragen zu können.«

»Und um ihn im Wohnzimmer so abzulegen, dass der Leichnam nicht mehr allzu stark hin und her geschleift werden musste, bis er im gewünschten Szenario positioniert war.«

Hanna Lier hatte dem Gespräch der beiden Männer aufmerksam zugehört. Nun lächelte sie Robert an.

»Waren Sie schon immer Buchhändler?«, fragte sie ihn.

Neher schmunzelte.

»Auf diese Frage gönnt uns Herr Mondrian leider keine Antwort«, sagte er. »Aber jetzt wissen Sie, warum ich ihn immer mal wieder um seine Einschätzung bitte oder auch mal froh bin, wenn er sich sogar ...«

Er verstummte mitten im Satz, aber Hanna Lier hatte ihn auch so verstanden. Das jedenfalls deutete ihr Lächeln an, das nun breiter wurde. Vermutlich wurde in der Kripodirektion auch darüber gesprochen, dass der seltsame Buchhändler sich durchaus mal handfest in einen Fall einmischte.

»Ich rufe kurz meinen Mitarbeiter an, ja?«

Damit ließ Robert die beiden Beamten in der Leseecke zurück, zückte sein Handy und ging für das Telefonat in den hinteren Bereich der Buchhandlung. Als Alfons nach dem zweiten Rufton dranging, fiel ihm auf, dass er sich neben dem Regal mit den englischen Klassikern befand – dort, wo sonst tagsüber die Voliere mit Sherlock und Watson stand.

Er brachte Alfons die Nachricht von Jäckels Tod so schonend bei wie möglich und kündigte an, dass zwei Polizisten seine Schuhe untersuchen würden, um sie mit Spuren in Jäckels Haus abzugleichen. Zum Glück war Alfons wegen Sherlocks Verschwinden noch so durcheinander, dass er zumindest während des Telefonats keine voreiligen Schlüsse zog. Denn wenn erst Jäckels

Hund entführt und dann sein Halter ermordet wurde – schwebte dann vielleicht auch Alfons in Lebensgefahr?

Nachdem er sich von ihm hatte versichern lassen, dass sein Mitarbeiter zurechtkam und dass seine Freundin Marie ihm zur Seite stand, waren Roberts ärgste Sorgen fürs Erste zerstreut. Und als Alfons sogar noch ein paar Fragen stellte, die offenbarten, wie sehr er sich schon wieder in den Fall der entführten Haustiere vertieft hatte, war er vollends beruhigt.

»Eure Kollegen können jetzt gern zu Alfons fahren«, sagte er, als er in die Leseecke zurückkehrte. »Sie müssen allerdings damit rechnen, dass er Ihnen nicht nur seine Schuhe zeigt – er wird Ihnen auch Löcher in den Bauch fragen. Alfons ermittelt nämlich sehr ernsthaft und hartnäckig, wenn er sich mal in einen Fall verbissen hat.«

In Tillmann Stepaniaks kleinem Büro im Erdgeschoss seines Elternhauses stand das Telefon nicht mehr still, seit das Radio die erste Meldung zu dem Leichenfund in Remslingen gebracht hatte. Nach und nach meldeten sich alle Mitglieder seiner Gruppe. Manche waren zu Tode erschrocken, als sie von dem Mord an Jäckel hörten, dem Herrchen des entführten Poirot. Andere sorgten sich, ob die Polizei wohl sie, die Aktivisten, ins Visier nehmen würde. Maren Sattmann, die resolute Freundin von Lino Fontana, wirkte allerdings beherrscht wie immer und schlug vor, sich möglichst bald wieder in Tillmanns Wohnzimmer zu treffen.

»Till, wir treffen uns so früh, wie es die anderen eben

einrichten können, und dann besprechen wir, wie wir mit der Neuigkeit umgehen. Die für die nächsten Tage geplanten Aktionen müssen wir vielleicht verschieben, aber das entscheiden wir im Plenum. Ich kann heute nur nicht schon wieder Essen aus dem Ristorante mitbringen. Linos Vater motzt eh schon die ganze Zeit rum, und allmählich will auch Lino selbst nichts mehr gratis rausrücken.«

»Das ist kein Problem, Maren, ich hab noch Falafel im Gefrierschrank, die kann ich uns schnell frittieren.«

Er und Maren Sattmann mussten bis zum frühen Nachmittag warten, vorher hatte kaum jemand Zeit für das Treffen. Gegen halb drei trafen die Ersten in Tillmanns Haus ein, Gabriela, die sich als Sängerin »Gaba« nannte, kam als Letzte. Sie hatte sich nicht früher von der Probe ihrer Metalband Möther Mary loseisen können.

»Wir haben doch am Wochenende unseren Auftritt beim Heavenly-Metal-Festival in Stuttgart«, plapperte sie ungefragt los, während alle anderen dazu die Augen verdrehten, »da müssen unsere Songs sitzen. Wisst ihr, wenn wir da volle Lotte auf dem Schlossplatz losbrettern, können wir nicht …«

»Danke, Gaba«, fiel ihr Maren ins Wort, »mehr müssen wir darüber im Moment nicht wissen, glaube ich.«

Gaba zog eine Schnute und ließ sich beleidigt auf einen freien Stuhl fallen.

»Jäckel wurde ermordet«, lenkte Maren das Gespräch auf das eigentliche Thema. »Und wir sind ein paarmal mit ihm aneinandergeraten. Also kann es durchaus sein, dass die Polizei uns dazu befragt.«

»Aber wir haben doch nichts mit einem Mord zu tun!« Friedemann empörte sich, aber seine dünne Stimme klang eher ängstlich als aufgebracht. Er schluckte ständig trocken, und sein hervorstehender Adamsapfel sprang dabei auf und ab, was Tillmann so sehr irritierte, dass er es meistens vermied, ihn anzusehen.

»Und genau das müssen wir der Polizei klarmachen«, pflichtete Maren ihrem Mitstreiter bei. »Überlegt euch am besten schon mal, wo ihr zur Tatzeit wart und wer das notfalls bezeugen kann.«

»Wann war denn die Tatzeit?«, fragte Sabine.

Alle Augen gingen zu Maren, weil sie in der Regel am besten von ihnen allen informiert war. Aber diesmal konnte sie nur mit den Schultern zucken.

»Gefunden wurde Jäckels Leichnam wohl am Morgen.«

»Von wem eigentlich?«, meldete sich Monika zu Wort. Sie gehörte erst seit drei Monaten zu der Gruppe, damals war sie aus Hessen in einen Nachbarort von Remslingen gezogen. Doch in dieser kurzen Zeit hatte sie sich als zielstrebig und tatkräftig erwiesen, und sie hatte sich schnell mit allen angefreundet, inzwischen nannten sie auf ihren Wunsch hin alle nur noch »Mo«. Und neben ihrer Freundschaft genoss sie längst auch den Respekt der anderen. Ohne ihre Planung wäre zum Beispiel der nächtliche Einbruch in den Schweinestall bei Nellmersbach wohl ein Desaster geworden. Sie hatte die Alarmanlage ausgekundschaftet, und als ein Radfahrer, mit dem niemand gerechnet hatte, so spät in der Nacht noch auf der Landstraße unterwegs war, stellte sich ihre penible Vorbereitung als Glücksfall heraus. Der Radler meldete der Polizei übers Handy, dass in dem Stall irgendjemand mit Taschenlampen herumfuchtelte. Die erste Streife war auch bald vor Ort, und es war allein Mos Weitsicht zu verdanken, dass sie nicht zu Fuß vor den Beamten fliehen mussten. Sie hatte ihr Auto an einem Feldweg abgestellt, den sie rennend und über einen Bach springend schnell erreichen konnten, zu dem die Streifenwagen aber einen großen Umweg nehmen mussten. Bis die Polizei die Stelle erreichte, an der das Auto gestanden hatte, waren sie schon längst über alle Berge, und die Beamten hatten weder den Wagen richtig zu Gesicht bekommen noch eine Chance gehabt, sich das Kennzeichen zu notieren.

»Wer ihn gefunden hat, wurde im Radio nicht gemeldet«, sagte Maren. »Vielleicht kam seine Putzfrau, oder ein Nachbar hat nach ihm geschaut.«

»Das mit dem Nachbarn ist eher unwahrscheinlich«, wandte Tillmann ein. »Den konnte doch eigentlich niemand leiden. Meine Güte, wie hartnäckig er uns immer wieder bei der Polizei angeschwärzt hat … Ich könnte mir gut vorstellen, dass er das mit seinen Nachbarn auch so gemacht hat, dass für jedes falsch geparkte Auto oder für jede Party, die etwas lauter ausfiel, eine Beschwerde rausging.«

»Lass mal gut sein, Till«, unterbrach ihn Maren. »Wisst ihr alle, wo ihr heute früh wart? Und habt ihr jemanden, der das bezeugen kann?«

»Ich …«, setzte Friedemann an, aber ihm versagte die

Stimme vor Aufregung. Er räusperte sich und begann noch einmal: »Ich war daheim. Allein, wie immer, aber ich habe von fünf Uhr früh an gezockt, das ging bis etwa halb zehn, zehn. Das müsste die Polizei eigentlich über meinen Router überprüfen können.«

Sabine schmunzelte. »Mein Freund kann bezeugen, dass wir nach dem Aufwachen noch eine Zeit lang miteinander beschäftigt waren. Der Wecker hat kurz vor halb sieben geklingelt, aber er kam zu spät ins Büro. Eigentlich hätte er um zehn Uhr ein Meeting gehabt.«

Sie gluckste vor Vergnügen. Vermutlich malte sie sich aus, wie die Beamten ihr Alibi aufnehmen würden. Friedemann gab ihr schon einen Vorgeschmack darauf, er schluckte mehrmals und schaute betreten zu Boden.

»Ich war mit unserem Bassisten zusammen«, warf Gaba ein. »War nicht besonders, aber wir haben danach bis zehn Uhr geschlafen. Eben bis Tillmann mich mit seinem Anruf geweckt hat.«

»Ich war joggen«, sagte Mo. »Knapp zwei Stunden lang an der Rems entlang. Da haben mich jede Menge Leute gesehen, aber ob mich jemand davon kennt, weiß ich natürlich nicht. Ich wohne ja noch nicht so lange in der Gegend. Und du, Tillmann?«

»Ich habe Newsletter getextet und Mails an meine Parteifreunde verschickt. Ich verstehe nicht so viel von Computern wie du, Friedemann – aber auch da sollte man doch die Zeit nachvollziehen können, die ich am Computer verbracht habe, oder?«

Friedemann nickte.

»Gut«, fasste Maren zusammen. »Dann sollten wir von der Polizei nichts weiter zu befürchten haben.«

Stadtführer Wolle Wieber nutzte seine Mittagspause, um die nächste Nachtführung durch Remslingen vorzubereiten. Seit Jahren schon platzierte er im Karzer auf der Stadtmauer einen Totenkopf, natürlich aus Kunststoff, mit dem er den Teilnehmern seiner Rundgänge einen gelinden Schrecken einjagte. Vor allem nachts funktionierte das gut: Er ließ seine Begleiter durch das kleine Fenster in der Karzertür nach innen lugen, und wenn er dann mit der Handylampe hineinleuchtete und sich der bleiche Schädel plötzlich aus der Dunkelheit schälte …

Der makabre Scherz hatte längst Kultcharakter, auch ein lokaler Krimiautor hatte ihn schon in eines seiner Bücher eingebaut. Aber leider wussten inzwischen auch Zeitgenossen von dem Gag, die nur auf Unfug aus waren. Und so musste Wolle immer wieder einen neuen Totenkopf in den Karzer bringen, weil dessen Vorgänger mal wieder geklaut worden war.

Er betrat am Beinsteiner Tor den Wehrgang und sammelte unterwegs Bonbonpapiere und eine Bierdose auf, die Passanten weggeworfen hatten. Als er den Karzer erreicht hatte, schaute er aus Gewohnheit durch die kleine Luke, die in die Tür eingelassen war. Der Totenkopf war noch da, aber er stand nicht auf seinem üblichen Platz, sondern war umgefallen und lag wenig angsteinflößend auf der Seite.

Wolle räusperte sich und nestelte den Schlüssel aus seinem Rucksack. Da hörte er von drinnen ein Geräusch, als habe sich etwas bewegt. Er erstarrte. Sollte der Totenkopf doch noch gestohlen werden? Hatte er den Dieb überrascht und zum ersten Mal auf frischer Tat ertappt? Wolle beugte sich noch einmal zu dem kleinen Fensterchen, legte die Hände links und rechts neben seinem Gesicht gegen die Tür, um im Zwielicht des Karzers besser sehen zu können.

Da erklang ein geradezu animalisches Geräusch, gefolgt von einem lauten Kratzen, und schon flog etwas Wildes, Aggressives auf ihn zu. Das Letzte, das er spürte, bevor er entsetzt nach hinten taumelte, war heißer, stinkender Atem, der sein Gesicht einhüllte.

3

Alfons war ganz aufgeregt, als er die Buchhandlung betrat. Es kostete ihn erkennbar Mühe, sich seine Neuigkeit für die Zeit aufzusparen, wenn die Kundin, der Robert gerade ein Buch in Geschenkpapier einschlug, den Laden wieder verlassen hatte. Robert beobachtete seinen Mitarbeiter aus den Augenwinkeln, während er den Plausch mit der Frau fortsetzte. Offenbar war Alfons im Moment sehr angespannt, vor allem aber, weil er offenbar eine gute Nachricht loswerden musste. Das war besser, als wenn er sich Sorgen um eine Gefahr gemacht hätte, die ihm vielleicht drohte.

»Dann viel Spaß beim Verschenken!«, verabschiedete Robert die Kundin, die im Hinausgehen noch lächelnd Alfons zunickte, der ihr die Tür aufhielt und ungeduldig darauf wartete, dass sie endlich auf den Marktplatz hinausging.

»Na, was hast du denn Eiliges auf dem Herzen?«, fragte Robert, als Alfons die Tür zudrückte und die altmodische Ladenglocke zum Bimmeln brachte.

»Stellen Sie sich vor Chef, Poirot wurde gefunden!«

Er erzählte das so frohgemut, dass Robert darauf hoffen durfte, das Tier sei am Leben. Und wirklich …

»Der Hund wurde seit seiner Entführung gut behandelt, er hat auch genug zu fressen und zu trinken bekommen. Dr. Haukes hat ihn schon durchgecheckt, er scheint wohlauf. Allerdings ist er ziemlich durcheinander, weil er nicht versteht, warum er nicht nach Hause darf.«

Auf Alfons Webers Gesicht legte sich ein trauriger Ausdruck.

»Meine Güte, wenn das Tier begreift, dass sein Herrchen tot ist …«

Alfons sah sehr nachdenklich aus, und Robert versuchte, ihn von den Gedanken abzubringen, die aufzukommen drohten.

»Wo wurde der Hund denn gefunden?«

»Im Karzer!«

»Karzer?«, echote Robert, weil er sich gerade nicht erinnern konnte, wo und von wem er den Begriff im Zusammenhang mit Remslingen zuletzt gehört hatte.

»Zwischen Beinsteiner Tor und Apothekergarten befindet sich doch das alte Studentengefängnis, das man vom Wehrgang aus erreichen kann. Wolle Wieber, der Stadtführer, legt dort immer einen Plastiktotenkopf als Gag seiner Nachtführungen bereit.«

Jetzt fiel es Robert wieder ein. Wolle Wieber war ein sympathischer Zeitgenosse, nicht nur, weil er ein guter Kunde der Buchhandlung war. Robert mochte seinen knitzen Humor, und eine seiner beliebten Stadtführungen hatte er schon mitgemacht. Hinauf auf den Hochwachtturm, durch den Wehrgang und in den hübschen Apothekergarten, an der Hahnschen Mühle entlang oder hinüber zur Michaelskirche – und überall hatte der Stadtführer eine unterhaltsame Geschichte parat. Zu stadtbekannten Literaten, die mehr von der Kochkunst ihrer Frau als von einem etwaigen poetischen Talent profitierten. Zu Geschichten von Theodor Storm, Achim von Armin und Wilhelm Busch, die Bezüge zu Remslingen hatten. Und natürlich zum Karzer, einem Relikt aus der kurzen Geschichte Remslingens als Universitätsstadt Ende des fünfzehnten Jahrhunderts, als die Fakultäten der Universität Tübingen wegen eines Pestausbruchs in verschiedene andere Städte ausweichen mussten.

»Und dort war der Hund von Dr. Jäckel eingesperrt?«

»Ja. Herr Wieber hat sich ordentlich erschrocken, als er nachschaute, ob der Totenkopf schon wieder gestohlen worden war – und der verzweifelte Hund wie von Sinnen gegen die Tür sprang.«

Alfons drehte sich um, blickte kurz auf den Marktplatz hinaus und wandte sich dann wieder Robert zu.

»Er wollte übrigens noch hier vorbeikommen, sobald die Polizei mit seiner Befragung fertig ist.«

»Du willst ihm sicher auch noch einmal Fragen stellen, richtig?«

»Natürlich. Schließlich kann das, was Herr Wieber beobachtet hat, auch wichtig für den Mordfall Jäckel sein.«

»Dann setz dich doch«, sagte Robert lächelnd und deutete auf die Leseecke. »Soll ich dir einen Kaffee machen, oder wartest du damit, bis Wieber hier ist?«

Alfons entschied sich zu warten, was aber nicht viel Zeit in Anspruch nahm: Keine fünf Minuten später erschien Wolle Wieber auf dem Marktplatz und hielt auf die Buchhandlung Mondrian zu. Wieber kam nicht allein, Kommissar Neher begleitete ihn, und Robert ließ schon mal Kaffee für sie alle aus der Maschine. Als die beiden Männer hereinkamen, standen ihre Tassen frisch gefüllt auf dem Tisch der Leseecke.

»Geht es Poirot gut?«, fragte Robert, als sie Platz genommen hatten.

»Sieht so aus«, antwortete Neher. »Der Tierarzt hat ihn untersucht, es war wohl alles in Ordnung. Meine Kollegin Hanna Lier schaut sich gerade nach einem Platz in einem Tierheim um.«

»Kann sie ihn nicht für ein paar Tage zu sich nehmen?«, schlug Alfons vor.

Neher lachte kurz auf.

»Sie ist ein Katzenmensch, hat sie mir gesagt. Ich habe ja kein Haustier, aber wer Katzen mag, hat es wohl nicht so sehr mit Hunden. Außerdem meinte sie, sie sei allergisch gegen Hundehaare.«

»Aber Poirot darf nach seinem traumatischen Erlebnis auf keinen Fall in ein Heim gebracht werden!« Alfons war laut geworden. Viel hätte nicht gefehlt, und er wäre entrüstet aufgesprungen. »Stellen Sie sich nur vor, was das arme Tier alles verarbeiten muss! Erst wird es entführt, dann in diesem Karzer eingesperrt, und nun muss es noch erfahren, dass sein Herrchen tot ist!«

Er verstummte und schüttelte den Kopf, dann sah er

einen nach dem anderen an. Neher hob sofort abwehrend die Hände, weil er natürlich verstand, was der flehende Blick von Alfons Weber zu bedeuten hatte. Auch Wieber schüttelte bedauernd den Kopf.

»Ich kann den Hund auch nicht nehmen«, sagte Robert. »Mit dem muss man doch sicher zwei-, dreimal am Tag raus – und weil du die Polizei in ihren Ermittlungen unterstützt, habe ich keine Hilfe in der Buchhandlung.«

Neher warf Robert wegen der »Ermittlungen« einen tadelnden Blick zu, aber der tat so, als bemerke er es nicht.

»Tut mir leid, Alfons, das geht wirklich nicht.«

Die Ladentür schwang auf, Selina Brand trat ein. Sie gab Robert ein Zeichen, dass sie nicht stören wolle und durch die Hintertür ins Treppenhaus gehe, um oben in der Wohnung darauf zu warten, dass er Zeit für sie habe.

»Dann nehm ich ihn«, sagte Alfons nach kurzem Nachdenken. »Herr Kommissar, können Sie Ihrer Kollegin Bescheid geben? Kann ich sie irgendwo in der Stadt treffen und Poirot übernehmen?«

»Ich kann sie kurz anrufen, warten Sie.«

Neher holte das Handy hervor, und wenig später war alles Nötige mit Hanna Lier besprochen.

»Sie bringt den Hund hierher«, berichtete er Alfons. »Und wenn Sie ihr dann Ihre Adresse durchgeben, wird ein Kollege Ihnen aus Jäckels Wohnung später auch noch alles zu Ihnen nach Hause bringen, was sie als Herrchen brauchen. Leine, Korb und so weiter – sobald es von der Spurensicherung freigegeben ist.«

Alfons nickte und bedankte sich artig. Doch es war ihm anzusehen, dass ihm nicht ganz wohl bei dem Gedanken daran war, dass er zumindest in den nächsten Tagen für einen herrenlosen Schäferhund verantwortlich sein würde. Dann fiel ihm wieder ein, dass er ja eigentlich Wolle Wieber einige Fragen stellen wollte.

Robert gab Kommissar Neher einen Wink, und sie beide zogen sich zum Plaudern an den Verkaufstresen zurück.

Neher hatte seine Kollegin erreicht, als sie schon einen Platz in einem Tierheim für den Hund organisiert hatte. Aber natürlich war es besser für Poirot, wenn er stattdessen in die Obhut von Alfons Weber kam. Also sagte sie im Tierheim wieder ab, rief einen Kollegen an und gab ihm Bescheid, dass er sie und den Hund nun doch nicht ins Tierheim fahren musste.

»Aber könnten Sie nachher, sobald die Techniker den Hundekorb und so weiter freigeben, bitte den ganzen Hundekram zu Herrn Weber bringen? Der kümmert sich einstweilen um Poirot, seine Adresse gebe ich Ihnen nachher durch.«

»Natürlich«, gab der Polizist zurück. »Der Hund heißt Poirot? Also echt!«, schnappte Hanna Lier noch auf, bevor der Kollege auflegte, dann machte sie sich grinsend auf den Weg zum Marktplatz.

Auch diesmal merkte sie nicht, dass sie beobachtet und schließlich sogar verfolgt wurde. Sie hatte alle Hände voll zu tun, den Vierbeiner in die Richtung zu bugsieren, in die sie wollte. Der Hund dagegen wollte endlich wieder zu seinem Herrchen, und er konnte beim besten Willen nicht verstehen, warum die Frau hartnäckig die völlig falsche Richtung einschlug. Schließlich wusste sie doch, wo er und sein Herrchen zu Hause waren. Erst tags zuvor war sie bei ihnen gewesen, und selbst eine Zweibeinerin sollte sich wohl an einen Ort und dessen Lage erinnern können, den sie keine vierundzwanzig Stunden zuvor aufgesucht hatte.

Von solchen Gedanken war auch Poirot abgelenkt, sonst hätte er sicher Witterung aufgenommen – und der Gestalt, die ihnen in sicherem Abstand folgte, ordentlich Bescheid gestoßen.

Weil sein Mitarbeiter ohnehin auf Kommissarin Lier und den Schäferhund warten musste, konnte sich Robert auch genauso gut für eine Weile von ihm in der Buchhandlung vertreten lassen.

Selina hatte es sich auf der Couch im Wohnzimmer gemütlich gemacht, und Robert setzte sich zu ihr. Mehr als ein paar Küsse zur Begrüßung waren leider nicht möglich, weil Alfons ihn jeden Moment anrufen oder womöglich vor seiner Wohnungstür auftauchen konnte. Aber sie konnten sich gegenseitig auf den neuesten Stand bringen. Und so erzählte sie ihm, wie es ihren Eltern ging und dass sie einige Mühe gehabt hatte, einen Vertrag zu widerrufen, den sich ihr Vater an der Haustür hatte aufschwatzen lassen. Er berichtete vom neuen Mordfall, den es in Remslingen gab, und davon, inwieweit Alfons darin verwickelt war.

»O Gott«, entfuhr es ihr, »hoffentlich irrst du dich

mit deiner Befürchtung, dass die entführten Tiere und der Tod des Hundehalters vielleicht zusammenhängen.«

»Ich glaube nicht wirklich daran, aber man weiß ja nie. Vor allem würde ich es schlimm finden, wenn Alfons in Gedanken eine solche Verbindung ebenfalls herstellen würde. Der arme Kerl ist wegen des verschwundenen Sherlock ohnehin schon ziemlich durch den Wind. Wenn er dann auch noch Angst bekommt, dass er selbst in Gefahr schwebt ... nicht auszudenken!«

Das Telefon läutete, Alfons war dran.

»Die Kommissarin hat den Hund gebracht«, sagte Robert zu seiner Freundin. »Ich muss wieder runter. Wann sehen wir uns heute?«

»Für den Job muss ich heute nicht mehr viel machen. Ich räume nur noch den Wagen aus und schicke ein paar Mails an die Verlage raus, für die ich Bestellungen eingesammelt habe. Aber ich habe in einer Stunde einen Termin mit Gustaf Kruse. Er arbeitet an seinem neuen Stück, und weil es das erste Mal so gut geklappt hat, will er auch jetzt unbedingt wieder mit mir zusammenarbeiten.«

»Das freut mich. Was für ein Stück hat er sich denn diesmal vorgenommen?«

»*Hänsel und Gretel* – wir biegen das Märchen der Gebrüder Grimm zu einer Geschichte über zwei Mädchen um, die sich ineinander verlieben, sich aber lange nicht trauen, sich in ihrem Dorf dazu zu bekennen. *Hanni und Gretel* soll das Stück in der neuen Version heißen.«

»Ach, das nächste feministische Puppenstück? Da bin ich ja schon gespannt.«

Selina lachte. Robert gab ihr einen Abschiedskuss und ging mit ihr zusammen ins Treppenhaus hinaus.

»Wenn ihr in Kruses Puppentheater arbeitet, könnte ich nachher vorbeikommen und euch etwas vom Bäcker mitbringen.«

»Oder vielleicht lieber etwas von der Metzgerei Schwarzfuß. Süßkram hatte ich in den vergangenen Tagen schon genug. Ein schönes Leberkäsweckle mit Senf und Gürkchen wäre heute genau das Richtige.«

In der Buchhandlung war es lauter als sonst. Wolle Wieber war gegangen, dafür war Hanna Lier eingetroffen. Neben ihr und Alfons stand ein wunderschöner Belgischer Schäferhund und schaute etwas ratlos zwischen den beiden hin und her.

»Sitz, Poirot, jetzt!«, krähte Alfons, seine Stimme war schon ganz heiser. »Sitz doch endlich!«

Der Hund sah ihn durchaus interessiert an, mit dem Kommando selbst schien er allerdings nicht viel anfangen zu können. Alfons warf der Kommissarin einen fragenden Blick zu.

»Und jetzt?«

»Keine Ahnung. Ich kenne mich nur mit Katzen aus, und die hören ohnehin auf keine Kommandos.«

Robert sah dem Treiben eine Weile zu, dann ging er zu dem Hund, hielt ihm die Handfläche zum Schnuppern hin und streichelte über seinen Kopf. Das Fell des Hundes war etwas verfilzt, sah aber insgesamt gepflegt aus. Wenn Alfons da einmal gründlich mit der Bürste durchginge, würde alles wieder seidig glänzen. Poirot betrachtete den Neuankömmling aufmerksam, und als Robert mit ruhiger Stimme »Sitz, Poirot« sagte, ließ er sich auf seinem Hinterteil nieder und sah aus, als würde er auf die nächste Anweisung warten. Alfons verfolgte die kleine Szene mit offenem Mund, Hanna Lier lachte.

»Sieht ganz so aus, als würde ich hier nicht mehr gebraucht«, sagte sie und verabschiedete sich.

»Warum folgt der Ihnen aufs Wort, Chef, und ich kann mir den Mund fusselig quatschen, ohne dass er irgendwie reagiert?«

»Schau ihn direkt an, bleib ruhig und sag nichts außer dem eigentlichen Kommando.«

»Okay …«

Alfons sah den Hund zweifelnd an.

»Probier's doch gleich mal aus«, ermunterte Robert ihn.

»Aber er sitzt doch schon. Was soll ich ihm denn sonst noch befehlen?«

»Wenn du ›Platz!‹ sagst, legt er sich hin.«

»Ich weiß nicht recht. Ich glaube, der pfeift auf meine Kommandos.«

»Probier's einfach mal.«

Alfons atmete tief durch, dann baute er sich vor Poirot auf, schaute streng auf den Hund hinunter.

»Poirot?«

Das Tier hob seinen Kopf und musterte den Zweibeiner vor sich.

»Platz, Poirot!«

Der Hund schaute zu Robert, der sich aber in diesem Moment nicht rührte.

»Platz!«, wiederholte Alfons mit ruhiger, aber kräftiger Stimme. Und tatsächlich legte sich der Hund nun hin. Alfons glühte vor Begeisterung. Er wollte gleich die nächste Übung ausprobieren, ihm fiel aber nichts Passendes ein.

»Und jetzt?«, fragte er Robert.

»Geh ein paar Schritte von dem Hund weg und sag ihm dann, dass er zu dir kommen soll.«

Alfons machte ein paar Schritte, drehte sich um und setzte an: »So, Poirot, und jetzt ...«

»Nur das reine Kommando, Alfons. Nicht rumlabern.«

Alfons räusperte sich, fixierte dann die Augen des Hundes und sagte: »Komm!«

Poirot erhob sich gemächlich und trottete zu Alfons.

»Sitz! Platz!«

Es funktionierte, und Alfons schien mit jedem befolgten Kommando ein kleines Stück zu wachsen. Die Ladenglocke läutete, Frau Heberle betrat die Buchhandlung.

»Ach, Herr Mondrian, haben Sie sich einen Hund angeschafft?«, fragte sie, hörbar erpicht auf Neuigkeiten, die sie in der Stadt verbreiten konnte. »Das ist aber ein wirklich schönes Tier.«

Robert lächelte. Sollte sie doch ihren Willen haben.

»Mein Mitarbeiter kümmert sich für ein paar Tage um den Hund. Sie haben vielleicht von dem Tod des pensionierten Staatsanwalts gehört ...«

»Ach, und das ist der Hund dazu? Wie aufregend. Aber ... war das Tier nicht entführt worden?«

»Herr Wieber hat den Hund heute gefunden. Und weil er ja nicht zu seinem Herrchen kann, hat sich Alfons erbarmt – er wollte nicht, dass er in ein Tierheim muss.«

»Das ist aber nett von Ihrem Mitarbeiter. Wo wurde er denn gefunden, der liebe Hund?«

»Das fragen Sie am besten Herrn Wieber selbst.«

Elsa Heberle sah sich theatralisch um. Sie hatte sicher schon beim Hereinkommen mit einem Blick erfasst, dass sich außer Alfons, Robert und dem Hund niemand im Raum befand.

»Herr Wieber war erst vor Kurzem hier. Alfons hat ihn gefragt, unter welchen Umständen er das Tier entdeckt hat – aber Sie sehen ja selbst, dass Alfons gerade vollauf mit dem Hund beschäftigt ist.«

Einen Moment lang wirkte Frau Heberle enttäuscht, aber dann hatte sie offenbar Bilanz gezogen und war zu dem Schluss gekommen, dass sich mit den Informationen, die sie bisher gesammelt hatte, die eine oder andere aufregende Unterhaltung bestreiten ließ.

»Aber deswegen sind Sie ja sicher nicht gekommen«, sagte Robert wider besseres Wissen. »Was für ein Buch suchen Sie denn?«

»Ach, ich … äh … ich muss dann auch wieder, nicht wahr? Einen schönen Tag noch, Herr Mondrian.«

Und damit war sie draußen, und Robert sah ihr breit grinsend hinterher.

Die Gestalt, die mit guter Sicht auf die Buchhandlung Mondrian an einem Tisch vor dem *Café Journal* Platz genommen hatte, sah die ältere Dame aus dem Laden kommen. Das musste Frau Heberle sein, eine der berüchtigtsten Tratschtanten von Remslingen. Und so, wie sie sich jetzt nach allen Seiten umsah, schien sie auf der Suche nach einem Gesprächspartner, mit dem sie den spannendsten Klatsch austauschen konnte. Die Gestalt sah hinter der Alten den Buchhändler im Laden stehen. Er schaute Frau Heberle nach und schien nicht besonders auf die anderen Menschen zu achten, die sich auf dem Marktplatz befanden. Doch wozu ein unnötiges Risiko eingehen? Also nahm die Gestalt die Zeitung etwas höher.

»Ist was?«, fragte Selina Brand, als Gustaf Kruse das zweite Mal seit ihrem Eintreffen am Fenster stand und auf den Marktplatz hinuntersah. Sie kannte das eigentlich nicht von dem Puppenspieler. Wenn sie mit ihm Ideen für ein neues Stück sammelte oder Szenen entwarf, nahm er in der Regel nichts wahr, was nicht mit ihrer Arbeit zu tun hatte. Heute aber wirkte er seltsam unkonzentriert.

»Gustaf?«

Einen Moment lang schaute er noch zum Fenster hinaus, dann wandte er sich ihr zu.

»Tut mir leid, Selina, ich dachte, mir wäre etwas Ungewöhnliches aufgefallen. Aber das habe ich mir wohl nur eingebildet.«

»Was denn?«

»Ach, nichts. Lass uns weiterarbeiten.«

Er setzte sich hin und ging noch einmal den Text durch, den sie gerade skizziert hatten. Der Puppenspieler war jetzt wieder voll auf das Stück fokussiert, aber Selina brauchte eine Weile, bis sie Kruses seltsame Bemerkung beiseiteschieben und sich konzentrieren konnte.

Sie kamen gut voran, und als es an Kruses Tür klingelte, brauchten sie beide einen Moment, um aus dem Stück in die Wirklichkeit zurückzufinden. Robert war gekommen. Er ließ sich im Moment von Alfons vertreten, und er hatte Leberkäsbrötchen mitgebracht, deren würziger Duft das Wohnzimmer, in dem überall Notizzettel verteilt lagen, schnell dominierte.

»Riecht lecker«, meinte Selina, und Kruse ging in die Küche und kam mit drei Flaschen Bier zurück.

»Eigentlich ist es dafür noch ein bisschen früh«, sagte der Puppenspieler, »aber zu Leberkäsweckle passt Bier halt am besten.«

Die drei ließen die Bügel ploppen und stießen an.

»Schreibt ihr heute nicht unten im Theater?«

»Nein, Gustaf meinte, in so einem frühen Stadium würden ihn die Bühne und die Figuren eher vom Kern der Geschichte ablenken.«

Robert schaute kurz zu Kruse hin. Der erwiderte den Blick mit einer Miene, die andeutete, dass er bei nächster Gelegenheit unter vier Augen mit dem Buchhändler reden wollte. Robert war gespannt, was sein Nachbar ihm mitzuteilen hatte. Sie saßen noch eine Weile bei Bier und Wurstbrötchen beisammen, dann wandte sich Robert zum Gehen.

»Ich muss dann auch mal wieder rüber in die Buchhandlung. Alfons versucht gerade, dem Hund des toten

Staatsanwalts ein paar Kommandos beizubringen. Er will sich ein paar Tage lang um Poirot kümmern. Aber da Alfons nur drei Kommandos im Repertoire hat, dürften die beiden mit ihrem Training durch sein – und viel länger wird mich mein Mitarbeiter nicht vertreten wollen.«

»Treffen wir uns nach Ladenschluss bei mir?«, fragte Selina, und Robert war gern einverstanden.

Gustaf Kruse verabschiedete den Besucher und blieb sitzen, aber kaum war Robert die Treppe hinuntergegangen, stand er unter einem Vorwand auf und folgte ihm. Wie erhofft wartete der Buchhändler unten im Hausflur auf ihn.

»Du hast mir vorher ein Zeichen gegeben. Worum geht's denn?«

Kruse zuckte mit den Schultern.

»Ich habe wieder mal das Gefühl, dass du beobachtet wirst.«

»Schon wieder?«

»Ja, ich weiß, das bilde ich mir vermutlich nur ein.«

»Mindestens einmal hat dich dein Gefühl nicht getrogen. Was oder wer ist es denn diesmal?«

»Vor dem *Café Journal* sitzt jemand, der kaum den Blick von deiner Buchhandlung nimmt, und immer wieder hält der Unbekannte die Zeitung, in der er angeblich liest, etwas höher, damit man von deinem Laden aus sein Gesicht nicht sehen kann.«

»Das hast du von deiner Wohnung aus beobachtet?«

»Ja, das Dumme ist nur, dass ich offenbar etwas kurzsichtig geworden bin. Ich muss mir dringend mal eine

Brille besorgen. Und mein altes Fernrohr, das im Wohnzimmer hängt, konnte ich ja schlecht zur Hand nehmen – ich wollte Selina nicht beunruhigen. Und genau das hätte ich nicht vermeiden können, wenn sie mich darauf angesprochen hätte.«

»Also hast du nicht viel gesehen?«

»Nein, leider nicht. Das Gesicht des Unbekannten kann ich nicht beschreiben, ich kann noch nicht einmal beschwören, ob es ein Mann oder eine Frau ist. Aber du kannst dich gleich selbst überzeugen.«

Kruse beschrieb den Platz, auf dem die Person saß, dann eilte er die Treppe hinauf, weil Selina gerade nach ihm gerufen hatte.

»Alles gut bei dir?«, fragte sie ihn.

»Ja, ja, alles gut«, behauptete er.

Und so betont lässig, wie er das sagte, war Selina vollends überzeugt, dass er etwas vor ihr verheimlichte.

Robert öffnete Kruses Haustür und schlenderte zum *Café Journal* hinüber, als wolle er sich ein Eis gönnen. Er ließ seinen Blick über die Sitzgelegenheiten im Außenbereich schweifen. Robert kannte nicht alle Gäste des Cafés, aber keiner der Anwesenden nutzte eine Zeitung als Sichtschutz – und der Platz, den Gustaf Kruse beschrieben hatte, war leer.

Da er nun schon mal auf dem Weg zur Eistheke war, konnte er sich genauso gut auch wirklich eine Kugel schmecken lassen. Im Vorübergehen musterte er den verlassenen Tisch, an dem der oder die Unbekannte dem

Puppenspieler zufolge gesessen und seine Buchhandlung beobachtet hatte. Unter dem Aschenbecher klemmten ein Kassenbon und ein Fünfeuroschein. Lange konnte der Platz noch nicht wieder frei sein. Mit der Eiswaffel in der Hand spazierte er auf dem Marktplatz umher, schaute in die Straßen und Gassen, die vom Platz abgingen, aber nirgendwo kam ihm jemand verdächtig vor.

Hatte sich Gustaf also alles nur eingebildet?

Oder hatte er Robert wieder ein Beispiel für sein besonders feines Gespür gegeben, Gefahren schon in einem sehr frühen Stadium zu wittern? Nachdenklich kehrte er in seinen Laden zurück, und als er sich an der Tür noch einmal umdrehte, konnte er Kruse im ersten Stock hinter einem der Fenster seines Wohnzimmers stehen sehen.

»Gut, dass Sie kommen, Chef«, rief ihm Alfons entgegen, der vor dem Hund kniete und erfolglos versuchte, sich von ihm Pfötchen geben zu lassen. »Poirot horcht jetzt auf die wichtigsten Kommandos, und ich würde nun gern mit ihm nach Hause gehen. Vielleicht verträgt er sich ja mit Watson, dann könnte ich die beiden zusammen in meiner Wohnung lassen. In diesem Fall würde es wohl reichen, wenn meine beiden Mitbewohner nebenbei ein Auge auf ihn haben, und ich könnte weiteren Spuren zu Jäckels Tod und zu Sherlocks Entführung nachgehen.«

»Klar, Alfons, geh ruhig. Danke fürs Ladenhüten. Und halte mich auf dem Laufenden, wenn du etwas herausfindest, das der Polizei helfen könnte.«

»Mach ich, Chef, Ehrensache.«

Sein Mitarbeiter stand auf und ruckte zweimal kurz an der Hundeleine. Poirot warf Robert noch einen kurzen Blick zu, der lächelte und aufmunternd nickte, erst dann bequemte sich das Tier aufzustehen. Alfons, der von dem kleinen Blickwechsel nichts mitbekommen hatte, strahlte Robert an, weil der ja jetzt mit eigenen Augen hatte sehen können, wie gut ihm Poirot inzwischen gehorchte. Und dann waren die beiden auch schon auf dem Weg zu Alfons' WG.

Robert sah ihnen noch nach. Es gingen ihm derzeit immer dieselben Themen durch den Kopf. Hoffentlich tauchte der entführte Sherlock bald genauso unbeschadet auf wie der Belgische Schäferhund. Und hoffentlich hatten die Parallelen damit ein Ende – denn Alfons mochte verpeilt sein wie kein Zweiter, aber er hatte es auf keinen Fall verdient, dass ihm irgendjemand auch nur ein Haar krümmte.

Wer sollte ihm auch etwas Böses wollen? Und damit kam er zu der Frage, um die es sich im Moment vor allem drehte: Wer hasste den pensionierten Oberstaatsanwalt Heinrich Jäckel so sehr, dass er ihn im Schlaf erstach und in seinem Wohnzimmer bizarr als unverbesserlichen Hundenarr inszenierte? Oder ihn im Tod als jemanden wirken ließ, den außer seinem treuen Vierbeiner keiner mochte?

Die restlichen Stunden bis Ladenschluss vergingen, ohne dass sich Robert allzu lange mit diesen Fragen beschäftigen konnte. Bestellungen wurden abgeholt, neue aufgegeben, und für die meisten seiner Kunden fand er die gesuchten Bücher vorrätig in einem der Regale. Dann stand Hanna Lier im Laden, und Roberts Gedanken kreisten sofort wieder um die Fragen, die er sich vorher gestellt hatte. Die Kommissarin blätterte in einem Roman, bis die letzte Kundin die Buchhandlung verließ.

»Trinken Sie einen Cappuccino mit?«, fragte er.

Sie nickte und setzte sich in die Leseecke. Dort rang sie sichtlich mit sich, wie sie das Gespräch mit dem Buchhändler eröffnen sollte. Robert wollte es ihr etwas leichter machen, indem er sich im Plauderton erkundigte, ob sich nach dem Mord an Jäckel schon eine vielversprechende Spur ergeben hatte.

»Im Moment haben wir noch nicht viel. Sie wissen schon, Ermittlungen in alle Richtungen.«

Robert lächelte und wartete. Die Kommissarin trank sehr konzentriert von ihrem Kaffee, stellte dann die Tasse ab, als erfordere das ihre ganze Aufmerksamkeit, und schließlich kaute sie auf ihrer Unterlippe herum, bevor sie den Blick hob und Robert direkt ansah.

»Sie wussten schon vorher, was Ihnen Herr Neher über die verschwundenen Tiere erzählt hat, stimmt's?«

»Ja, Alfons hatte mir das natürlich brühwarm berichtet. Wissen Sie, Frau Lier, mein Mitarbeiter ist sehr an allen Verbrechen interessiert, die sich in Remslingen ereignen. Er kann es nicht lassen, seine Nase in solche Angelegenheiten zu stecken. Und er ist der Meinung, dass ich unbedingt ebenfalls ermitteln soll.«

»Das mit Ihnen sieht Kollege Neher ja nicht grundsätzlich anders.«

Robert zuckte mit den Schultern.

»Und die Fragen, die Sie ihm zu Jäckel und den Umständen seines Todes gestellt haben, sind genau dieselben, die auch wir uns stellen. Sie könnten gut als Kripokollege durchgehen.«

»Hier in Remslingen war ich nie etwas anderes als ein einfacher Buchhändler, und ich möchte, dass ich genau das auch bleiben darf.«

Sie musterte ihn noch einen Moment, und es war ihr anzusehen, dass sie gern gewusst hätte, welche Vorgeschichte diese Bemerkung übertünchen sollte – aber sie sah offenbar auch ein, dass sie dazu nichts weiter erfahren würde.

»Danke, dass Sie Herrn Neher nicht verraten haben, dass die entführte Katze mir gehört.«

»Keine Ursache. Alfons hat es mir erzählt, aber wenn das, was er erzählt, keine Informationen sind, die der Polizei in laufenden Ermittlungen weiterhelfen, enden seine Geschichten bei mir. Nach dem Mord an Jäckel wäre das anders gewesen. Ab diesem Zeitpunkt fand ich, dass Kommissar Neher Bescheid wissen musste – aus genau diesem Grund haben Sie es ihm vermutlich auch erzählt.«

»Ja, und ich war froh, dass er mich mit meinen Sorgen um Wisting ernst genommen hat.«

»Sie sollten Neher nicht unterschätzen.«

»Versprochen«, erwiderte sie lächelnd. »Sie beide mögen sich, oder?«

»Ja.«

»Meinetwegen müssen Sie vor mir nicht so tun, als seien Sie und Neher nicht allzu vertraut.«

Robert lachte.

»Wir sind keine besonders guten Schauspieler, wie mir scheint. Übrigens hatte Neher längst gewusst, dass die verschwundene Katze Ihnen gehört.«

»Echt?«

»Ja. Wie gesagt, unterschätzen Sie Neher nicht.«

Es entstand eine kleine Pause, bevor Robert auf das Thema zu sprechen kam, das ihn wirklich interessierte.

»Wer könnte Jäckel so gehasst haben, dass er erst seinen Hund entführte und ihn dann in seiner Wohnung ermordete?«

»In diesem Punkt stimmt das ›Ermitteln in alle Richtungen‹ mehr, als es uns recht sein kann. Jäckel war nicht beliebt, er hatte Streit mit Nachbarn, und als er in Pension ging, atmeten mehr oder weniger alle auf, die mit ihm zu tun hatten. Er muss als Staatsanwalt echt eine Zumutung gewesen sein.«

»Wie haben Sie ihn erlebt, zum Beispiel während dieser Besprechung, an der auch mein Mitarbeiter Alfons teilgenommen hat?«

»Ich fand ihn rechthaberisch, aufbrausend, dominant. Aber die Entführung seines Hundes hat ihn schwer getroffen, da fand ich es normal, dass er alle Hebel in Bewegung setzte, um den Hund zurückzubekommen. Ich hatte wirklich den Eindruck, dass dieser alte Mann nur noch Poirot hatte, sonst niemanden, keine Freunde, keine Familie.«

»Keine schöne Vorstellung.«

»Eine Einsamkeit wie seine muss man sich über Jahre verdienen.«

»So ist das wohl. Und am Ende, wenn man dann allein in seinem Haus sitzt und niemanden hat, mit dem man reden kann, fragt man sich, wie das so gekommen ist und ob man nicht manchmal fünfe hätte gerade sein und einem Streit auch mal hätte ausweichen sollen.«

Hanna Lier nickte nachdenklich.

»Haben Sie ein Haustier?«, fragte sie nach einer Pause.

»Nein, außer, Sie lassen die beiden Kakadus gelten, die Alfons tagsüber in die Buchhandlung mitbringt und die mir schon ans Herz gewachsen sind.«

»Dank der Kakadus können Sie sich aber vielleicht vorstellen, wie wichtig einem ein solches Tier werden kann. Wisting zum Beispiel war in meiner ersten Zeit die einzige Stütze, die ich hatte. Den Kollegen gegenüber wollte ich mich tough und natürlich fachlich fehlerfrei präsentieren. Das kann ganz schön anstrengend sein, und dadurch entsteht vielleicht ein gutes kollegiales Klima, aber das begründet keine Freundschaften. Viele der anderen, ob in Nehers Inspektion oder in den anderen, kennen sich seit vielen Jahren, haben ihre Ausbildung zusammen gemacht oder mindestens zahlreiche Fälle miteinander gelöst. Oder sie haben Typen wie Jäckel, über die sie sich gemeinsam lustig machen können.«

»Haben Sie bisher keine Freunde in Remslingen gefunden?«

»Doch, ein paar schon. Ich spiele Volleyball, das hat geholfen.«

Sie hatte wohl bemerkt, dass Roberts Augenbrauen in einem kurzen Reflex nach oben gingen, und lachte.

»Ich bin eine ganz gute Stellerin, habe einen ziemlich harten Aufschlag und ein gutes Auge für die Feldabwehr – da spielt es zumindest in Freizeitmannschaften keine Rolle, dass ich eher klein bin.«

»Tut mir leid, ich wollte nicht …«

»Geschenkt. Jedenfalls hat mir der Sport geholfen, zügig Teil einer Clique zu werden. Und auch mit den Kollegen geh ich mal ein Bier trinken oder in die Pizzeria. Trotzdem ist es etwas anderes, wenn man hier geboren oder aufgewachsen ist.«

»Da habe ich es als Buchhändler gut. Zu mir kommen die Remslinger, und mit meinen Nachbarn habe ich auch Glück. Na ja, mit den meisten jedenfalls.«

»Kollege Neher hat mir erzählt, dass ab und zu eine gewisse Frau Heberle hereinschneit und sie auszuhorchen versucht.«

Robert grinste.

»Versucht, das trifft es ganz gut. Und mit Neher gehe ich ab und zu runter in den Scottish Pub. Wenn Sie auf rustikale Atmosphäre und ein frisch gezapftes Bier stehen, kann ich Ihnen die Kneipe empfehlen. Nur essen sollten Sie dort nicht, Richie kann vieles, kochen gehört nicht zu seinen Talenten. Und zur vollen Stunde …«

»… sollte ich kurz rausgehen, falls ich Nazareth in voller Lautstärke nicht ertrage«, vervollständigte sie seinen Satz lachend. »Das hat mir der Kollege auch schon verraten.«

»Und in dieser Idylle wird eines Nachts ein pensionierter Staatsanwalt in seinem Bett erstochen.«

»Eines Morgens«, korrigierte sie ihn. »Jäckel starb zwischen sieben und halb acht.«

»Und niemand in der Nachbarschaft hat etwas gesehen oder gehört?«

»Offenbar nicht. In den Häusern rund um Jäckel kümmert sich wohl jeder vor allem um seinen Kram.«

»Da wäre eine Frau Heberle durchaus hilfreich.«

»Durchaus. Aber gerade Jäckel hat den anderen über die Jahre sehr klargemacht, dass er vor allem seine Ruhe haben will. Das haben sie dann irgendwann respektiert.«

Robert seufzte und schwieg. Er überlegte, wie er einen anderen Punkt zur Sprache bringen konnte, ohne die Kommissarin allzu sehr zu beunruhigen. Sie nahm einen Schluck Kaffee, dann griff sie das Thema selbst auf.

»Und dann gibt es ja noch die Möglichkeit, dass es nicht um Jäckel geht. Oder zumindest nicht allein um ihn.«

Robert nickte und wartete ab, was sie dazu sagen wollte.

»Dann würde es auf die Gemeinsamkeiten mehrerer Fälle ankommen«, fuhr sie fort. »Was wiederum bedeuten könnte, dass Jäckels Mörder noch etwas vorhat.«

»Haben Sie Angst deswegen?«

»Ich bin vorsichtiger als sonst, achte mehr als üblich auf alles, was in meiner Umgebung vor sich geht, das schon. Aber Angst wäre zu viel gesagt. Überhaupt, was sollte diese Gemeinsamkeit sein? Dass Jäckel und ich

Haustiere haben, die beide entführt wurden? Dann wäre auch Ihr Mitarbeiter in Gefahr. Und wie würde ich zu der Ehre kommen, in eine solche Mordserie aufgenommen zu werden? Als Jäckel noch Staatsanwalt war und vielen das Leben schwer machte, war ich noch nicht in der Stadt. Und wenn man Jäckel und mich meinetwegen in einen Topf wirft, weil wir beide für die Einhaltung der Gesetze kämpfen oder kämpften: Wie passt dann Ihr Mitarbeiter da rein? Dass er sich für Verbrechen interessiert und manchmal auf eigene Faust ein bisschen recherchiert – reicht das einem Serienmörder als Verbindung?«

»Wohl kaum. Bleibt die Übereinstimmung, dass alle entführten Tiere nach Figuren aus Kriminalromanen benannt wurden. Wobei ich keine Ahnung habe, ob das nur Zufall ist.«

»Nehmen wir an, es wäre kein Zufall. Woher weiß dann der Täter oder die Täterin, wie die Haustiere heißen? Das müsste doch eigentlich bedeuten, dass der pensionierte Staatsanwalt von jemandem ermordet wurde, der ihn kannte. Der ihn gut genug kannte, dass er wusste, wie Jäckel seinen Hund genannt hatte.«

»Im Fall des Kakadus meines Mitarbeiters kommt dafür allerdings die halbe Stadt infrage. Wenn er den Käfig mit Sherlock und Watson im Bollerwagen über den Marktplatz zieht, löst das immer ein großes Hallo aus. Auch jeder Kunde meiner Buchhandlung hat die beiden Vögel schon einmal in Aktion erlebt – und wenn Alfons die beiden zum Schweigen bringen will, ruft er sie immer mit Namen.«

»Ich wiederum bin ja noch nicht gut bekannt in Remslingen. Meinen Kollegen erzähle ich so gut wie nichts über Wisting, und auch sonst bin ich mit kaum jemandem genug bekannt, als dass ich mit ihm oder ihr über meine Katze sprechen würde. Da gilt man ja auch schnell mal als schrullig.«

»Hat von Ihren Nachbarn noch niemand nach Wisting schauen müssen, weil Sie mal ein paar Tage weg waren? Und Sie hatten vorher erwähnt, dass Sie Volleyball spielen. Geht man da hinterher nicht noch was trinken und tauscht auch Privates aus? Oder waren Sie mal in der hiesigen Tierklinik?«

Hanna Lier war nachdenklich geworden. Nun nickte sie bedächtig und sah Robert lange an. Ihr Blick wirkte weniger ruhig als zuvor, dann stand sie auf.

»Dem gehe ich mal nach, kann ja nichts schaden. Und vielen Dank für den Kaffee.«

Dann war die Buchhandlung zu, und während er duschte und sich für seinen Besuch in Selinas Wohnung etwas Frisches anzog, kreisten seine Gedanken um die Fragen, ob Alfons wirklich in Gefahr war, was eine Gemeinsamkeit zwischen Jäckel, Lier und seinem Mitarbeiter sein könnte – und wie gut jemand zum Beispiel Alfons kennen musste, um von den Namen seiner Kakadus zu wissen.

Und noch auf dem Fußweg zu seiner Freundin Selina hatte er das unangenehme Gefühl, dass er etwas übersehen hatte. Dass er nur tief genug in seiner Erinnerung graben musste, um einen wichtigen Hinweis zu finden.

So abgelenkt achtete er auch nicht auf die Gestalt, die neben der Metzgerei Schwarzfuß stand und sich ein Wurstbrötchen schmecken ließ. Er ging ganz in Gedanken durch die Altstadt, bog in die Fronackerstraße ein, wo Selinas Wohnung lag, und kam nicht einmal auf die Idee, sich umzudrehen. Das kam der Gestalt sehr zugute, die ihm in einigem Abstand folgte und sich in eine Einfahrt drückte, als er mit seinem Zweitschlüssel die Haustür öffnete und die Treppe zu Selinas Wohnung hinauf nahm. Die Gestalt sah die Bewohnerin in der Küche stehen und Gemüse schnippeln. Sie sah Robert Mondrian in die Küche kommen und die Frau von hinten umarmen. Sie sah, wie das Kochen für die nächste halbe Stunde nicht mehr so wichtig war. Und dann schlenderte die Gestalt davon, ein Lächeln auf dem Gesicht und den groben Umriss eines Plans im Kopf.

Puppenspieler Gustaf Kruse stand zu diesem Zeitpunkt noch immer am Wohnzimmerfenster und blickte auf den Marktplatz hinunter. Die Gestalt kam nicht zurück. Offenbar hatte sie auch nicht vor, in Mondrians Haus einzubrechen, während sich Robert bei seiner Freundin aufhielt.

Aber gesehen hatte er die Gestalt diesmal genau. Und während er das Fernrohr wieder an die Zimmerwand hängte, dachte er darüber nach, was das, was er gesehen hatte, wohl bedeutete.

Sie verbrachten einen schönen Abend miteinander, und Selina nahm es ihm nicht übel, dass er zeitweise nicht so bei der Sache war wie sonst. Als ihr klar wurde, dass er ohnehin nicht von den Gedanken loskommen würde, die ihn umtrieben, ließ sie sich alles haarklein von ihm erzählen. Danach war es etwas besser, und schließlich schliefen sie eng umschlungen ein.

Gegen halb vier löste er die Umarmung ganz vorsichtig, um sie nicht zu wecken, und schlich sich aus dem Schlafzimmer. Natürlich würde er nicht auf eine so unhöfliche Art verschwinden und nach Hause gehen. Aber er setzte sich mit einem Glas Wasser an den Küchentisch und legte Stift und Papier vor sich hin. So saß er noch, als er kurz nach sechs die Schlafzimmer- und danach die Badezimmertür hörte. Er schaltete die Kaffeemaschine ein, deckte den Tisch, und als Selina im Bademantel in die Küche kam, war ein reichhaltiges Frühstück gedeckt, und der Duft von Rührei und Kaffee dominierte den Raum.

»Du bist ein Schatz«, lobte sie ihn und hauchte ihm einen Kuss auf die Wange, bevor sie sich setzte. Sonst sagte sie nichts. Nicht, dass sie sehr wohl mitbekommen hatte, wann er aufgestanden war. Nicht, dass sie danach mehrmals heimlich nach ihm geschaut und es beim Blick durch die einen Spaltbreit aufgedrückte Küchentür kaum ertragen hatte, wie er, den Kopf schwer auf beide Hände gestützt, auf den Zettel vor sich starrte. Und nicht, dass sie hatte lesen können, was auf dem Zettel stand, bevor er in seiner Hosentasche verschwand.

»Alfons? Gustaf => nur Einbildung?«

4

In dieser Nacht schliefen in Remslingen und den Nachbarorten auch einige andere sehr schlecht und nicht sehr lang.

Hanna Lier warf sich von einer Seite auf die andere, bevor sie gegen halb zwei fürs Erste aufgab und sich für einige Folgen einer Fernsehserie auf die Couch legte, wo sie schließlich doch noch in einen unruhigen Schlaf sank.

Tillmann Stepaniak stand fast jede Stunde auf und schlurfte zur Toilette. Ihm war kreuzelend, und nachdem er alles durchgegangen war, was er den Tag über gegessen und getrunken hatte, blieb nur noch die Nachricht von Jäckels Tod als möglicher Grund für seine Magenbeschwerden übrig.

Gaba Huss hatte sich am Abend noch einmal mit dem Bassisten ihrer Band getroffen, aber es war nicht besser gewesen als in der Nacht zuvor. Also hatte sie gegen halb zwölf enttäuscht ihre Sachen gepackt und war nach Hause gegangen. Dort hätte sie nun eigentlich gut schlafen können, wenn das Paar über ihr miteinander nicht

mehr Glück gehabt hätte als sie mit ihrem Bassisten. Als die beiden endlich Ruhe gaben, was es halb zwei durch.

Friedemann hatte nach der Besprechung wegen des toten Ex-Staatsanwalts keine Ruhe gefunden. Nicht durch eine ausgedehnte Radtour, nicht durch einen halben Joint. Und so trank er zwei Gläser Whisky, die er nicht gut vertrug, und verbrachte einen Teil der folgenden Nacht mit direktem Blick auf die Keramik in seinem Bad.

Monika, die sich von allen nur Mo nennen ließ, kam im Lauf des Abends von einer ausgedehnten Tour durch die Stadt nach Hause und brachte den Wagen nur mit Ach und Krach ohne Blechschaden in ihre Garage. Sie hatte mehr getrunken, als gut für ihren Führerschein war, aber sie wurde auch diesmal nicht erwischt. Eigentlich wollte sie gleich ins Bett, aber als sie die Augen schloss, kämpften die Bilder hinter ihren Lidern so hartnäckig um ihre Aufmerksamkeit, und irgendwann nach Mitternacht schlug sie die Bettdecke zurück und machte sich einen Kaffee, um die Nacht durchzumachen. Mit diesem festen Vorsatz schlief sie auf dem Sofa ein, wachte gegen fünf Uhr durchgefroren auf und schleppte sich zurück ins Bett.

Nur Alfons, der am Abend lange mit Marie und Poirot an der Rems entlangspaziert und dadurch sehr müde geworden war, hatte problemlos in den Schlaf gefunden und wachte am nächsten Morgen ausgeruht auf.

»Poirot! Bei Fuß!«, rief er. Er wiederholte das Kommando, das ihm Marie während des abendlichen Spaziergangs vorgeschlagen hatte, wiederholte es noch einmal, dann kam der Schäferhund ohne besondere Eile an Alfons' Bett und leckte ihm die heraushängende Hand.

»Poirot! Bei Fuß!«, krähte es aus dem Flur, lauter und herrischer, als es Alfons vorhin gelungen war. Der Hund warf Alfons noch einen kurzen Blick zu, dann trottete er zu der Voliere, wohin ihn der Kakadu beordert hatte.

Gustaf Kruse war mit seinem Schlaf in dieser Nacht zufrieden. Das lag vor allem daran, dass er an seine Nachtruhe seit Jahren keine großen Ansprüche mehr stellte. Er schlief selten länger als drei oder vier Stunden am Stück, doch danach stand er auf, ohne sich zu grämen. Er ging in sein Puppentheater im Erdgeschoss und schob Kulissen hin und her oder inspizierte seinen Fundus unter dem Dach, in dem selten genutzte Figuren darauf warteten, wieder einmal auf die Bühne gebracht zu werden. Oder er stellte sich ans Fenster und betrachtete den nächtlichen Marktplatz. Dazu gönnte er sich vor drei Uhr eine Flasche Bier, danach lieber einen Sprudel oder einen Kräutertee.

Heute Nacht war es um halb zwei ein Bier gewesen, und für die nächste Schlafpause kurz vor fünf hatte er sich einen Tee gekocht. Das Bier hatte er am Fenster stehend direkt aus der Flasche getrunken. Fast eine Stunde lang hatte er einfach nur auf den Marktplatz hinuntergeschaut, ohne dass ihm irgendetwas Interessantes geboten worden wäre. Den Tee trank er, während ihm wieder und wieder durch den Kopf ging, wen er am Vortag vor der Metzgerei Schwarzfuß dabei beobachtet hatte, erst ein Wurstbrötchen zu essen und dann wie beiläufig in dieselbe Richtung zu gehen, die auch Robert Mondrian genommen hatte. War das eine Verfolgung gewesen, oder war es nicht ebenso gut möglich, dass zwei Menschen ganz zufällig dieselbe Richtung zum Ziel hatten? Um fünf Uhr in der Früh kamen ihm schon manche krude Gedankengänge sehr einleuchtend und die Schlüsse, die er daraus zog, nur folgerichtig vor. Die wenigsten von ihnen hatten allerdings noch Bestand, wenn er sich gegen acht, halb neun an den Frühstückstisch setzte. Zu Rührei, Schwarzbrot und starkem Kaffee verflüchtigten sich die meisten Theorien, die sich noch in der Nacht wie felsenfeste Überzeugungen angefühlt hatten.

Deshalb ging Gustaf Kruse auch an diesem Morgen noch einmal alles durch, was er beobachtet hatte und wie er das bewertete. Gestern hatte sich also jemand vom Marktplatz aus in dieselbe Richtung gewandt wie kurz zuvor sein Nachbar Robert Mondrian. Zufall oder Absicht? Ihm war es gewesen, als habe die Gestalt davor immer mal wieder zur Buchhandlung hinübergestarrt, als habe sie auf Robert gewartet und sei ihm dann gefolgt. Das sprach für eine Verfolgung. Dass aber der stets so aufmerksame Robert von einer Verfolgung nichts bemerkt hatte, sprach für Zufall.

Nur eines war gewiss. Die Gestalt, die kurz nach Robert den Marktplatz verlassen hatte und in seine Richtung gegangen war, war eine Frau gewesen. Eher klein, eher schmächtig. Er kannte sie nicht, aber er hatte sie schon einmal gesehen: Vor zwei Tagen, nachdem er mit

Robert auf einen Kaffee zusammengesessen hatte, war sie ihm begegnet. Er war auf dem Heimweg gewesen, die Frau hatte allem Anschein nach auf die Buchhandlung zugehalten. Gustaf hatte sich aber nicht nach ihr umgedreht, zumal es in Strömen geregnet hatte. Die Frau hatte ihn nicht beachtet, auch nicht gegrüßt, und nach fremden Frauen pflegte er sich auch dann nicht umzudrehen, wenn sich auf ihrem attraktiven Gesicht einige Falten eingegraben hatten, die eine spannende Lebensgeschichte erahnen ließen.

Was hatte dieser Frau wohl in den vergangenen Jahren so sehr zugesetzt, dass sich um ihren Mund eine Spur von Bitterkeit gebildet hatte? Während ihre Körperhaltung sehr selbstbewusst, fast schon herausfordernd war. Wenn er jetzt an diese sehr kurze Begegnung zurückdachte, die ja eigentlich gar keine richtige Begegnung gewesen war, fiel ihm noch der Blick der Frau ein. Es hatte Interesse darin gelegen, auch eine gewisse Unruhe, Anspannung, eine Mischung, die auf Energie und Entschlossenheit hindeutete, aber auch darauf, dass sie nicht wusste, was auf sie zukam, und sich für alles Mögliche wappnete, was ihr widerfahren könnte.

Je länger sich Gustaf Kruse diese Frau, dieses Gesicht, diesen Mund und diese Augen in Erinnerung rief, desto eher neigte er dazu, seine Beobachtung nicht als reinen Zufall abzutun. Diese Fremde war vermutlich tatsächlich in die Buchhandlung gegangen, und sie hatte Robert wahrscheinlich wirklich verfolgt, aus welchem Grund und zu welchem Zweck auch immer.

Doch die vermutete Verfolgung war in diesem Stadium noch nichts, was er Robert Mondrian anvertrauen wollte. Noch war es möglich, dass er sich nur etwas zusammenreimte, dass seine Fantasie mit ihm durchging. Und er wollte sich vor seinem Nachbarn nicht lächerlich machen. Also würde er weiter beobachten, würde weiter die Augen offen halten und Robert dann warnen, wenn er wusste, wovor er ihn zu warnen hatte.

Polizeihauptmeister Markus Zerbe hatte kein Verständnis für Leute, die anderen Schaden zufügten und sich dann einfach aus dem Staub machten. Entsprechend schlecht nahm er es auf, als er die Bescherung auf dem Parkplatz am Beinsteiner Tor in Augenschein nahm. Ein dort abgestellter Kleinwagen war von einem anderen Fahrzeug touchiert worden, nun war der linke hintere Kotflügel etwas eingedrückt und auf einer Länge von zwanzig, dreißig Zentimetern zerkratzt. Die Besitzerin des Wagens, eine Mittzwanzigerin namens Laura Hemminger, war bei ihrem Freund in der Weingärtner Vorstadt zu Besuch gewesen und hatte den Schaden bemerkt, als sie sich gerade auf den Weg zur Arbeit machen wollte. Zerbe hatte sich ihren Ausweis geben lassen, und wie so oft war er erstaunt, wie unvorteilhaft Passfotos die meisten Menschen aussehen ließen. Das Foto zeigte eine unansehnliche, übernächtigte Person, die er kaum mit der ausnehmend hübschen Frau vor sich in Übereinstimmung bringen konnte.

»Als ich den Wagen abgestellt habe, war der Stellplatz

links neben mir frei gewesen«, berichtete sie dem Polizisten, während dessen Kollegin Fotos vom Tatort machte. »Ich kann Ihnen also leider nicht sagen, was für eine Art von Auto neben mir gestanden hat.«

Zerbe kannte das, und er wusste auch, dass die Erfolgsaussichten in einem Fall wie diesem sehr schlecht waren. Aber er würde auch diesmal seine Arbeit gewissenhaft und gründlich machen.

»Wann haben Sie Ihren Wagen hier geparkt?«, fragte er also.

»Gestern Abend um zehn nach acht. Mein Freund hat gekocht, ich war spät dran und habe deswegen ständig auf die Uhr geschaut. Deshalb weiß ich das so genau.«

»Und heute Morgen um …«, Zerbe blätterte in seinen Notizen, »… um fünf vor neun haben Sie den Schaden bemerkt?«

»Ja, und gleich danach habe ich Ihre Kollegen angerufen.«

»Gut, danke.«

Zerbe machte sich Notizen, die Frau trat unruhig von einem Fuß auf den anderen.

»Wenn Sie mich dann nicht mehr brauchen«, sagte sie, »würde ich mich gern auf den Weg machen. Ich bin gestern Abend nicht mehr ganz fertig geworden mit einem Bericht, den mein Chef für ein Meeting heute am späten Vormittag braucht. Deshalb müsste ich jetzt dringend …«

Zerbe sah zu seiner Kollegin, die gerade noch einmal überprüfte, ob die von ihr gemachten Fotos auch alles Nötige abbildeten. Dann nickte sie Zerbe knapp zu.

»Sie können fahren. Ihre Personalien haben wir. Wir melden uns, sobald wir etwas herausgefunden haben, aber machen Sie sich bitte keine allzu großen Hoffnungen. In solchen Fällen führen unsere Ermittlungen leider sehr oft nicht zu dem Ergebnis, dass wir die Person dingfest machen können, die den Schaden angerichtet hat.«

»Das hätte mich auch gewundert«, entfuhr es der Frau. Zerbe hob die Augenbrauen, da legte sie ihm kurz die Hand auf den Arm und fügte schnell hinzu: »Das ging nicht gegen Sie, bitte entschuldigen Sie. Ich habe nur im Moment ziemlich viel Stress im Job, und mein Freund hat es gestern Abend auch nicht gut aufgenommen, dass die Entenbrust kalt geworden ist, weil ich zu spät kam. Wir hatten einen ziemlich heftigen Krach.«

»Wegen … Entenbrust?«

Zerbe stutzte.

»Anlass und Grund sind nicht immer dasselbe. Ist ja auch egal. Jedenfalls muss ich mich jetzt beeilen, sonst bin ich auch noch meinen Job los. Ich weiß so schon nicht, wie ich die Reparatur dieses Schadens bezahlen soll. Wahrscheinlich lasse ich alles so, das wäre auf jeden Fall billiger.«

Sie lächelte den Polizisten noch traurig an, dann schlüpfte sie in den Wagen, rangierte geschickt aus der Parklücke und fuhr davon. Markus Zerbe sah ihr nach, bis sie durch das Beinsteiner Tor, über die Remsbrücke und dann auf der Straße am Bürgerzentrum vorbei davonfuhr. Erst danach bemerkte er, dass seine Kollegin

Demet Gürsel neben ihn getreten war und ihn mit einem gutmütigen Grinsen beobachtete.

»Na, schon wieder auf Brautschau, Kollege?«, neckte sie ihn.

Er verzog den Mund und ging ohne eine Antwort zum Beinsteiner Tor. Sie folgte ihm, und als er an der Mauerkante des Tordurchlasses, direkt neben dem dort im Boden verankerten Laternenpfahl, eine tiefe Schramme im Mauerwerk entdeckte, gingen beide Beamten in die Hocke. Hier war ein Stück Stein herausgebrochen worden, dem Anschein nach vor nicht langer Zeit, vielleicht ja heute in der Nacht, weil der flüchtige Fahrer, der das geparkte Auto beschädigt hatte, die Kurve hier zu eng genommen hatte.

Demet Gürsel fotografierte, und Markus Zerbe deutete auf weitere Kratzer im Stein, etwas höher als der erste. Auch davon wurden mehrere Aufnahmen gemacht, und als die Polizisten nach kurzer Suche ein winziges Stück Kunststoff auf dem Boden entdeckten, zog Demet Gürsel eine kleine Plastiktüte hervor und bugsierte das Fundstück hinein, ohne es mit der bloßen Hand zu berühren.

Dann hob sie die Tüte hoch, und beide musterten ihren Inhalt. Wenn der Kratzer noch frisch und das Stück Plastik von dem Wagen stammte, mit dem der Parkrempler verursacht worden war, hatten sie mehr Indizien als üblich.

Markus Zerbe freute sich schon darauf, Laura Hemminger gute Nachrichten überbringen zu dürfen. An ihm würde es jedenfalls nicht scheitern.

Dass Robert Mondrian sich in den Mordfall Jäckel verbissen hatte, spürte Gustaf Kruse während ihrer Kaffeestunde, ohne dass ihm sein Nachbar das extra erzählen musste. Der Buchhändler wirkte immer wieder abwesend, musste sich eine von Gustafs unverfänglichen Fragen ein zweites Mal stellen lassen, und wann immer er zum Verkaufstresen ging oder in die kleine Teeküche, warf er aufmerksame Blicke hinaus auf den Marktplatz. Einmal war Kruse fast so weit, ihm von der fremden Frau zu erzählen, die Robert seiner Meinung nach verfolgt hatte, aber dann betrat ein älterer Kunde die Buchhandlung, und der Moment war vorüber.

Und so kehrte Gustaf Kruse nachdenklich in sein Haus zurück, und die Gedanken an die Unbekannte ließen ihm auch dort keine Ruhe. Eine Zeit lang versuchte er sich an einer Skizze für das Szenenbild zum neuen Stück, er wählte eine Spielfigur für eine bestimmte Rolle aus und verwarf sie wieder. Doch es half nichts, und nach einer Stunde gab er auf und ging in seine Wohnung hinauf. Eine Tasse Tee würde ihn beunruhigen, eine Stunde auf der Couch würde seine Müdigkeit lindern, doch als er mit dem dampfenden Tee am Fenster stand und wie so oft auf den Marktplatz hinuntersah, war es mit seiner Ruhe vorbei und jede Müdigkeit verflogen.

An einem der Tische vor dem *Café Journal* saß die fremde Frau, die er gestern für eine Verfolgerin von Robert Mondrian gehalten hatte. Auch diesmal starrte sie zu Roberts Haus hinüber und hatte eine Tageszeitung neben sich liegen, die sie immer dann zur Hand nahm und mal mehr, mal weniger deutlich vor ihr Gesicht hielt, wenn jemand die Buchhandlung verließ. Um sicher zu sein, dass er sich die Anwesenheit der Unbekannten nicht nur einbildete, holte er das Fernrohr aus dem Wohnzimmer und nahm die Fremde ins Visier. Es gab keinen Zweifel: Das war die Frau, die Robert verfolgt hatte. Dasselbe Gesicht, hübsch auf eine unspektakuläre Art, aber mit Falten und einer Miene, die auf seelische Verletzungen in den vergangenen Jahren schließen ließ. Dieselbe Körperhaltung, mit der sie sogar im Sitzen ihre eher kleine Gestalt aufrecht und angespannt wirken ließ.

Sie sah unverwandt zur Buchhandlung hinüber, wandte den Blick auch kaum ab, als sie nach ihrer Kaffeetasse griff. Kurz musste Gustaf grinsen, weil ihre Finger ins Leere tasteten. Um die Tasse doch noch zu fassen zu kriegen, schaute sie zu ihr hin, erwischte nun den Henkel und führte den Kaffee an die Lippen. Dabei hob sie auch die Augen, und als sie genau in das auf sie gerichtete Fernrohr zu schauen schien, verharrte ihre Hand mit der Tasse einen kurzen Moment lang, bevor sie die Bewegung abschloss, einen Schluck nahm und den Kaffee wieder abstellte.

Gustaf war für den Bruchteil einer Sekunde wie gelähmt, dann nahm er schnell das Fernrohr herunter und trat ein, zwei Schritte ins Zimmer zurück. Ob sie ihn gesehen hatte? War er von ihr entdeckt worden, wie er sie angestarrt und gemustert hatte? Der Puppenspieler konnte nicht einschätzen, wie stark sich das Tageslicht auf der Fensterscheibe widerspiegelte und ob er trotz dieser Reflexionen zu sehen gewesen war. Ohne das Fernrohr sah er die fremde Frau noch immer vor dem Café sitzen, allerdings unscharf, und so konnte er nichts über ihren Gesichtsausdruck sagen. Er beobachtete, wie sie der Bedienung winkte, einen Schein unter den Aschenbecher steckte, aufstand und wegging.

Er zögerte nur kurz, dann schlüpfte er in seine Schuhe und flitzte die Treppe hinunter. Er öffnete die Haustür einen Spalt weit, lugte hinaus und sah die Fremde gerade noch in Richtung Brunnen weggehen. Sie schlenderte, als habe sie nichts Bestimmtes vor, doch kaum war Gustaf auf den Marktplatz getreten und hatte seine Haustür hinter sich geschlossen, schritt sie etwas zügiger aus. Er hielt Abstand und folgte ihr unter den Arkaden des Alten Rathauses hindurch. Am Marktdreieck, dem großen Gebäude, das mit seinen bunt bemalten Fassadenelementen in der Sonne funkelte und unter anderem der Stadtbücherei Platz bot, wandte sie sich nach rechts. Sie wurde langsamer und blieb schließlich stehen, um die Plakate zu studieren, die in den Schaufenstern der Stadtinformation ausgehängt waren.

Gustaf ging weiter und beschloss, das große Gebäude links zu umgehen, um der Frau nicht als Verfolger aufzufallen. Er beeilte sich, doch als er so weit gekommen war, dass er sich nun vor der Fremden befinden musste, stand vor der Stadtinformation niemand mehr. Er schaute in die Straßen, die von hier aus weiterführten, konnte aber dort niemanden sehen, der dieser Unbekannten von hinten auch nur entfernt geähnelt hätte. Vorsichtig spazierte er zur Stadtinformation und warf einen Blick durch die Glastür. Die Mitarbeiterin, die hinter dem Tresen stand und einen älteren Herrn beriet, bemerkte den Puppenspieler und winkte ihm kurz zu. Gustaf winkte zurück, die Fremde schien sich auch nicht in der Stadtinformation aufzuhalten.

Er schaute noch einmal in alle Richtungen, dann musste er sich eingestehen: Er hatte sie verloren. Hatte sie ihn abgehängt, ausgetrickst? Oder hatte sie von ihm weder oben am Fenster noch unten auf der Straße etwas mitbekommen, und er hatte sich als ihr Verfolger so ungeschickt angestellt, dass er sie aus den Augen verlor, ohne dass sie sich dafür hätte anstrengen müssen?

Gustaf Kruse seufzte. Was immer Robert Mondrian früher einmal beruflich gemacht hatte, mit welcher Tätigkeit er auch immer seine Fähigkeiten erworben hatte, die schwäbische Unterwelt aufzumischen: Puppenspieler war er wohl nicht gewesen. Dieser Gedanke brachte Kruse dann doch zum Lächeln, und gemächlich machte er sich auf den Heimweg.

In der Buchhandlung klingelte das Telefon. Robert war daran gewöhnt, den Hörer erst nach einer kurzen Pause zu nehmen, damit die Kakadus mit der lautstarken Imitation des Klingeltons fertig waren, bevor er sich meldete. Anfangs hatte er das nicht bedacht, und meistens mussten die Anrufer ihren Namen wiederholen, weil er im Getöse der Vögel kein Wort verstehen konnte.

Doch heute gab es kein Getöse, und die ungewohnte

Stille gab ihm einen heftigeren Stich, als er es früher für möglich gehalten hätte. Sherlock war noch nicht wieder aufgetaucht, und Watson blieb seit der Entführung seines Kameraden im Flur von Alfons Webers WG. Entsprechend traurig klang Roberts Stimme, als er sich meldete.

»Ist was, Chef?«, fragte Alfons am anderen Ende. »Sie klingen irgendwie komisch.«

»Deine Vögel fehlen mir, ohne ihr Geschrei ist es unangenehm ruhig in der Buchhandlung. Gibt's denn Neues zu Sherlock?«

»Nein, leider nicht, aber stellen Sie sich vor, Wisting ist aufgetaucht. Eine Mitarbeiterin der Metzgerei Schwarzfuß hat die Katze heute am frühen Morgen vor der Hintertür der Filiale am Marktplatz stehen sehen. Sie ging daraufhin zurück in den Laden und brachte dem Tier ein Scheibe Lyoner. Wisting hat nur kurz daran geleckt, ganz aufgegessen hat sie die Wurst aber nicht. Offenbar hatte sie keinen großen Hunger, nur von der Verkäuferin wollte sie nicht mehr weg. Und als der Frau das Miauen und Um-die-Beine-Streifen irgendwann zu viel wurde, fragte sie ihre Chefin, was sie mit dem Tier machen solle. Die erkannte in Wisting die Rassekatze, die in der Zeitung als vermisst, womöglich sogar als entführt beschrieben worden war, und sie rief die Polizei an. Kurz darauf nahm Frau Lier ihr Tier überglücklich in Empfang und fuhr dann erst einmal zur Tierklinik, wo Dr. Haukes die Katze gründlich durchcheckte. Wie im Fall von Poirot war aber alles in Ordnung. Wisting ist unverletzt und wurde von ihrem Entführer wohl nicht schlecht behandelt.«

Robert freute sich für die sympathische Kommissarin, dann fiel ihm ein, was an dem Tag passiert war, als Jäckels Hund wieder auftauchte. Doch Alfons fuhr schnell und ohne Pause fort, als sei ihm dieser Gedanke noch nicht gekommen.

»Frau Lier ist jetzt zu Hause und kümmert sich um ihre Katze. Sie hat für heute und morgen freigenommen und mich vor ein paar Minuten angerufen. Sie war einfach nur glücklich, dass sie ihr Tier wohlbehalten zurückhat.«

Draußen spazierte Gustaf Kruse vorbei. Er wirkte irgendwie enttäuscht, und als er für einen Moment zur Buchhandlung schaute, fing Robert seinen Blick auf und winkte ihm. Der Puppenspieler winkte halbherzig zurück und nickte Robert mit dünnem Lächeln zu, dann ging er weiter, ohne wie sonst manchmal auf einen Schwatz hereinzukommen.

Er wird zu tun haben, dachte Robert, und außerdem hatten sie ja erst am Vormittag einige Zeit beisammengesessen.

»Chef, haben Sie sich diese Frage nicht auch schon gestellt?«

Alfons hatte offenbar weitergelappert, und Robert hatte die Frage, auf die sein Mitarbeiter ihn jetzt ansprach, verpasst. Er wollte schon zugeben, dass er gerade nicht richtig zugehört hatte, da ersparte ihm Alfons dieses Geständnis.

»Ich mache mir jedenfalls durchaus Sorgen um die Kommissarin. Als Poirot wiedergefunden wurde, wurde sein Herrchen umgebracht. Und jetzt? Jetzt ist Wisting da, und …«

Er verstummte mitten im Satz.

»Frau Lier passiert schon nichts«, beruhigte ihn Robert, obwohl ihn dieselbe Befürchtung umtrieb. Aber es brachte niemandem etwas, wenn Alfons nach seinem Vogel suchte – und er, wenn er die Sorge um Kommissarin Lier konsequent weiterdachte, befürchten musste, dass es ihm an den Kragen ging, sobald Sherlock wieder auftauchte.

»Und damit das auch so bleibt, werde ich ein Auge auf sie haben«, sagte Alfons.

»Das heißt?«

»Ich fahre zu ihrer Wohnung und lege mich auf die Lauer. Und sobald ich jemanden bemerke, der sich dort verdächtig aufführt oder heimlich ins Haus will, rufe ich Hilfe.«

»Mach keinen Blödsinn, Alfons!«

»Mach ich doch nie, Chef!«

Robert gingen einige Szenen durch den Kopf, in denen sein Mitarbeiter reichlich Blödsinn angestellt und einiges Glück gebraucht hatte, um mit heiler Haut davonzukommen. Szenen, die Alfons offensichtlich erfolgreich verdrängte.

»Und was willst du machen, wenn dir etwas verdächtig vorkommt?«

»Dann rufe ich natürlich sofort Sie an, Chef!«

»Das will ich hoffen. Kann Marie dich begleiten?«

»Sie hat leider keine Zeit, gerade ist viel für die Uni zu

tun. Auch deshalb bin ich froh, dass ich einen Fall habe, in dem ich ermitteln kann. Mir würde sonst vermutlich noch die Decke auf den Kopf fallen, so ganz ohne Freundin und ohne jede Beschäftigung.«

»Na ja«, versetzte Robert und lachte, »zumindest an den Arbeitstagen hoffe ich doch, dass dich die Buchhandlung einigermaßen ausfüllen würde.«

»Natürlich, Chef, natürlich. Das habe ich auch nicht so gemeint, aber Ermittlungen sind halt doch etwas ...«

»Sag jetzt lieber gar nichts mehr«, stoppte Robert seinen Mitarbeiter und lachte noch einmal. »Aber denk daran, was du mir versprochen hast. Wenn dir etwas Verdächtiges auffällt, rufst du mich sofort an.«

»Versprochen.«

»Dann viel Glück – und ich hoffe natürlich trotzdem, dass du dir eine Gefahr für Frau Lier nur einbildest und dass du dich völlig umsonst auf die Lauer legst.«

»Ja, äh ... ich auch«, kam die Antwort in nicht sehr überzeugendem Ton.

Dann legte Alfons auf.

Gustaf Kruse hatte sich kurz über sich selbst geärgert. Ganz in Gedanken versunken und etwas frustriert wegen der misslungenen Verfolgungsjagd war er über den Marktplatz geschlendert. Ein Blick hinüber zur Buchhandlung hatte ihm Robert Mondrian gezeigt, der mit dem Telefon am Ohr an seinem Verkaufstresen gestanden hatte. Roberts Winken hatte er nur lahm erwidert, und obwohl er gern zu ihm gegangen wäre, hatte er seinen Heimweg fortgesetzt. Geärgert hatte ihn, dass er noch nichts Konkretes zu berichten wusste. Wie gern hätte er seinem Nachbarn erzählt, wo die fremde Frau wohnte, vielleicht vom Klingelschild abgelesen, sogar wie sie hieß – mit solchen Informationen hätte er selbst weitere Nachforschungen anstellen oder Robert einfach alles erzählen können, damit der selbst Licht ins Dunkel brächte.

Aber so?

Was hatte er denn bisher zu bieten? Eine Frau, die er nicht kannte, die er aber schon einmal auf dem Marktplatz gesehen hatte. Die Robert vielleicht verfolgt hatte, vielleicht aber nur zufällig in seiner Richtung unterwegs gewesen war – damit machte er sich doch lächerlich. Er musste weitere Details in Erfahrung bringen. Er würde weiterhin die Augen offen halten, und sobald er mehr wusste, würde er den Buchhändler über alles unterrichten. Aber jetzt war es einfach noch zu früh dafür. Leider, denn es brodelte durchaus in Gustaf. Immer wieder hatte er früher als andere gespürt, wenn Gefahr im Anmarsch war, wenn von einer Person eine Bedrohung ausging. Aber allein auf dieses Gefühl hin wollte er Robert diesmal nicht beunruhigen. Am Ende stellte sich alles als bloße Einbildung heraus – und wie stand er dann da vor seinem Nachbarn, der doch zu einem guten Teil auch schon ein Freund geworden war?

Diese Überlegungen rumorten so heftig in Gustaf Kruse, dass an konzentrierte Arbeit an seinem neuen Stück im Moment nicht zu denken war. Er ging in seine Wohnung hinauf, holte ein Bier aus dem Kühlschrank und stellte sich erneut ans Fenster. Auf dem Marktplatz herrschte normaler Betrieb, aber dass die fremde Frau gleich wieder dort auftauchen und ihm eine neue Chance bieten würde, ihr zu folgen, war nun wirklich nicht anzunehmen. Also wandte er sich ab und ging hinunter in sein kleines Theater. Er stellte sein Bier am Bühnenrand ab, rückte einige Stühle gerade, nahm einen Schluck, zupfte am Bühnenvorhang herum, nahm noch einen Schluck, betrachtete zu einem weiteren Schluck die Kulissen, ohne dass ihm ein Geistesblitz gekommen wäre, was das richtige Ambiente für das neue Stück sein könnte.

An den meisten Tagen genoss er es, in seinem Theater herumzufuhrwerken, diese oder jene Kleinigkeit zu ändern oder sich an neuen Details der Dekoration zu versuchen. Darüber vergingen oft Stunden, die er mehr oder weniger planlos verbrachte, die er im Nachhinein als belebend und erholsam empfand. Heute aber war ihm alles nur fad und langweilig.

Lustlos kehrte er in die Wohnung zurück, aber im Moment reizte es ihn nicht einmal, das Bier auszutrinken und dazu Radio oder eine Platte zu hören. Also verschloss er die Flasche und stellte sie in den Kühlschrank. Mehrere Minuten stand er einfach nur da, ohne jede Idee, was er mit der nächsten Stunde anfangen sollte. Natürlich, er hatte an den beiden nächsten Tagen Vorstellungen, am Freitag eine Aufführung für Kinder, am Samstag sein Erfolgsstück *Die Froschkönigin oder die eiserne Henrike*, das ihm nun seit etwa zwei Jahren verlässlich die Zuschauerreihen füllte. Aber für diese Aufführungen waren ihm alle Handgriffe und Dialoge längst in Fleisch und Blut übergegangen. Da musste an den Tagen vor den Vorstellungen nichts mehr vorbereitet oder eingeübt werden.

Irgendwann gab er sich einen Ruck und beschloss, seinen Fundus ein wenig aufzuräumen – oder zumindest unter den Figuren, die schon lange nicht mehr für ein Stück im Einsatz waren, nach welchen zu suchen, die sich für einen Auftritt in *Hanni und Gretel* eignen könnten. Vielleicht brachte ihn das auf andere Gedanken. Vielleicht half es ihm, wenn er mit dem Blick auf vertraute alte Figuren, die er vor vielen Jahren geschnitzt und eingekleidet hatte und die ihm manchmal Blicke in seine Vergangenheit offenbarten, die Gefühle in ihm weckten, die damals sein Leben dominiert hatten.

Mit leiser Vorfreude kletterte er die Treppe hinauf, und unter dem Dach waren sie alle versammelt: Haupt- und Nebendarsteller alter Stücke, von Dramen und Komödien, die er einst mit großer Euphorie geschrieben, inszeniert, aufgeführt hatte und die nun Staub ansetzten. Ein bisschen plagte ihn das schlechte Gewissen, wenn er hier oben in den Stücken seiner Vergangenheit herumstöberte. Wie wichtig waren ihm diese Handpuppen gewesen, als er sie erstmals eingesetzt hatte – und wie sehr litten sie wohl darunter, heute keine große Rolle mehr für ihn zu spielen.

Gustaf Kruse lächelte. Solche Gedanken konnten vermutlich nur Kollegen verstehen, für die Puppen aus Holz und Stoff nicht nur lebloses Material waren, sondern Wesen, die darauf warteten, dass er ihnen durch sein

Spiel neues Leben einhauchte. Natürlich hatte er auch ein ganzes Arsenal an Kaspern samt den üblichen Verdächtigen Krokodil, Polizist und Großmutter, gefertigt in zahlreichen Variationen und seit einigen Jahren auch bemalt in verschiedenen Hautfarben. Doch mehr Erinnerungen hingen an den Figuren, die nicht jeder in einem Puppentheater erwarten würde. Die Riege der süd- und mittelamerikanischen Revolutionäre zum Beispiel, denen er einst für ein aufsehenerregendes Stück einen dunkelhäutigen Schlagersänger beigesellt hatte. Diese Figuren waren auch größer als die üblichen Handpuppen, und er hatte sie auf Stöcken so platziert, dass er ihnen im wahrsten Sinn des Wortes auf Augenhöhe begegnen konnte.

Links von ihnen war Mephisto zu sehen, mit bösem Grinsen direkt neben dem blasierten Faust und einem Gretchen, das er damals mit den Zügen einer jungen Frau ausgestattet hatte, in die er eine Zeit lang sehr verliebt gewesen war. Er hatte sie zur Premiere des Stückes eingeladen, und sie hatte die Ähnlichkeit der Handpuppe mit sich nicht gut aufgenommen. Neben Mephisto sah er das sehr lebensechte Gesicht einer anderen Frau, und während er noch darüber nachdachte, aus welchem Stück ihm diese Figur vertraut vorkam, trat die Frau nach vorn, schob die beiden Stangen mit Mephisto und Fidel Castro auseinander und baute sich mit herausfordernd gerecktem Kinn direkt vor ihm auf.

Wobei, »aufbauen« traf es nicht ganz. Sie konnte sich recken, wie sie mochte, er war deutlich mehr als einen Kopf größer als sie, und dass sie ihn von unten herauf anfunkelte, fand er nicht so bedrohlich, wie die Frau das vermutlich gern gehabt hätte.

»Warum haben Sie mich vorhin verfolgt?«, fragte sie.

Ihre Stimme war hart, so hart wie der Zug von Bitterkeit um ihren Mund.

»Ich … ich …«

Gustaf blinzelte. Die Situation war überraschend unangenehm. Er war erschrocken, das schon, aber mehr noch war es ihm peinlich, dass er die Frau nicht nur aus den Augen verloren, sondern offenbar auch so dilettantisch verfolgt hatte, dass sie es bemerken musste. Und nun stand sie vor ihm, hier, in seinem Haus, in seinem Fundus, der für ihn in mancher Hinsicht intimer war als sein Schlafzimmer. In dem Figuren sich in Erinnerungen verwandelt hatten, die er nicht mit einer Fremden teilen wollte.

»Sie haben mich verfolgt«, stellte sie fest. »Was wollen Sie über mich wissen?«

Der Puppenspieler schluckte, allmählich gewann er seine Fassung wieder. Die Frau wollte reden? Gut, dann würde er ihr die Fragen, die ihn umtrieben, direkt stellen.

»Na?«, fasste die Fremde nach, als ihr sein Nachdenken zu lange wurde.

»Sie beobachten den Buchhändler, und wenn mich nicht alles täuscht, haben Sie ihn gestern verfolgt, als er seinen Laden verlassen hat.«

Die Frau grinste.

»So weit alles richtig. Kommt die Frage noch oder muss ich raten, was Sie von mir wissen möchten?«

»Was wollen Sie von Robert Mondrian?«

»Tja, was will ich von ihm? Oder von seinem Mitarbeiter? Oder von dessen Vogel?«

Gustaf Kruse stutzte. Dann begriff er und schluckte. Die Frau vor ihm, die er schon mehrmals gesehen hatte, aber nicht kannte, hatte mit der Entführung der Haustiere zu tun. Und womöglich auch mit dem Mord an dem pensionierten Staatsanwalt …

Wie konnte er dafür sorgen, dass Robert Mondrian oder die Polizei diese Fremde ins Gebet nehmen konnten? Ihre Identität feststellen, die Entführung der Tiere aufklären, die Katze und den Kakadu wieder befreien … Sollte er sie einfach packen, mit Klebeband, das hier irgendwo herumlag, fesseln und sie hinüber in die Buchhandlung schaffen? Oder Robert zu sich ins Haus rufen? Er schätzte die Frau als nicht besonders schwer ein. Es sollte ihm keine großen Probleme bereiten, sie zu überwältigen. Er musste vielleicht schnell sein, aber seine Kraft müsste ihrer auf jeden Fall klar überlegen sein. Er ballte seine Fäuste, sie bemerkte es, schaute kurz auf seine Finger, deren Knöchel unter dem Druck weiß wurden, blickte dann zu ihm auf und verwirrte ihn, weil sie ihn spöttisch anlächelte.

»Und jetzt?«, herrschte sie ihn an, herausfordernd, frech und keineswegs in Bedrängnis. »Jetzt schlagen Sie mich nieder und fesseln mich?«

»Ich …« Gustaf war für einen Moment aus dem Konzept gebracht. »Ich schlage keine Frauen.«

»Finde ich gut«, sagte sie und nickte kurz.

Dann ließ der Einschlag des Knies zwischen seinen Beinen ihn tief Luft holen und ein wenig nach unten sacken. Die gut gezielte Rechte krachte gegen seine Schläfe und raubte ihm das Bewusstsein. Wie er schlaff auf den Boden knallte, spürte er schon nicht mehr.

5

Ihre Adresse in der Alfred-Leikam-Straße in Remslingen und die Handynummer hatte Hanna Lier ihm während der Besprechung mit dem pensionierten Staatsanwalt gegeben. Mit einem Blick in die Karten-App seines Handys stellte Alfons fest: Das Mehrfamilienhaus, in dessen drittem Stock die Kommissarin wohnte, befand sich auf dem ehemaligen Krankenhausgelände, und weil das zu Fuß kaum zehn Minuten von seiner WG entfernt war, konnte er den Wagen stehen lassen.

Er packte das Nötigste für sein Vorhaben in den Rucksack: ein Fernglas, eine Powerbank samt USB-Kabel sowie eine zusammengerollte Gymnastikmatte und ein Nackenhörnchen, damit er auch dann leidlich bequem warten konnte, wenn er seinen Beobachtungsposten zum Beispiel neben einer Tiefgarageneinfahrt oder an einer Betoneinhausung für Mülltonnen beziehen musste. Kekse, zwei Müsliriegel und eine Wasserflasche kamen ebenfalls in den Rucksack, dazu dünne Lederhandschuhe, eine schwarze Sturmhaube aus weicher Wolle, ein Seil mit einem Karabiner am einen Ende, für den Fall, dass

er irgendwo hinaufklettern musste, und schließlich mehrere Plastiktütchen zur Beweissicherung, eine leistungsstarke Taschenlampe und am Ende zwei kleine Überwachungskameras, die sich mit seinem Handy verbinden ließen. Dass er auf diese Idee gekommen war, machte ihn besonders stolz: Auf diese Weise konnte er das Haus, in dem Hanna Lier lebte und nun womöglich in Gefahr schwebte, aus mehreren Blickwinkeln gleichzeitig beobachten.

»Na, Watson?«

Alfons klopfte gegen die Gitterstäbe des Vogelkäfigs. Der Kakadu hockte zusammengekauert auf seiner Stange und sah ihn so traurig an, dass es Alfons beinahe zerriss. Wie sehr sehnte auch er sich danach, Sherlock endlich wieder bei sich zu haben. Wobei sich unter die Freude darüber zumindest in Alfons ein anderes Gefühl mischen würde. Denn sobald Watson seinen Gefährten wieder um sich hatte, schwebte womöglich auch er in Lebensgefahr – so, wie jetzt vermutlich Hanna Lier, der er nun dringend zur Seite stehen musste.

»Mach's gut, Watson«, sagte er noch und versuchte, einen möglichst zuversichtlichen Tonfall anzuschlagen. Dann streichelte er Poirot über sein weiches Fell. Einen Moment lang überlegte er sogar, das Tier mitzunehmen. Er war sicher gut abgerichtet und konnte in gefährlichen Situationen eine Hilfe sein.

»Nein, das kann ich nicht machen«, murmelte Alfons. »Der Hund folgt mir zwar inzwischen aufs Wort, aber was, wenn ich auch ihn in Gefahr bringe und mich dann entscheiden muss, wen ich zuerst rette: die Kommissarin oder Poirot?«

Er atmete tief durch, hängte sich den Rucksack um, verabschiedete sich mit einem Nicken von den beiden Tieren und verließ die Wohnung.

Gustaf Kruse ging nicht ans Telefon.

Robert hatte keinen konkreten Grund ihn anzurufen, wenn man von dem Gefühl absah, das er seit mehr als einer Stunde nicht loswurde. Seit dem Moment, als der Puppenspieler draußen über den Marktplatz gegangen war und sein Winken nur halbherzig erwidert hatte. Natürlich musste sein Nachbar nicht winken wie ein kleines Mädchen, damit Robert damit zufrieden war. Aber Kruse hatte so nachdenklich und enttäuscht gewirkt, dass er schon gern gewusst hätte, was den anderen so sehr beschäftigte.

Natürlich kam Robert in diesem Zusammenhang auch Kruses Verdacht in den Sinn, es könne wieder jemand die Buchhandlung beobachten. Anders als der Puppenspieler vermutete Robert nicht, dass er selbst das Ziel der Beobachtungen sein könnte – er hielt es eher für möglich, dass Alfons ausspioniert werden sollte. Und das führte natürlich zu der Befürchtung, dass das Verschwinden der Haustiere und das unversehrte Auftauchen von zweien der drei mit dem Mord an Ex-Staatsanwalt Jäckel zu tun haben könnte … und womöglich auch mit einem bevorstehenden Anschlag auf Kommissarin Lier.

Das alles machte jedenfalls die Schlussfolgerung wahrscheinlicher, dass Gustaf sich nicht nur eingebildet hatte, die Buchhandlung werde von jemandem beobachtet. Und so, wie er seinen Nachbarn kannte, ließ der nicht mehr locker, wenn er sich etwas in den Kopf gesetzt hatte oder einem Verdacht nachging. Konnte also Kruses Laune damit zu tun haben? Konnte er enttäuscht sein, weil sich in diesem Zusammenhang eine Hoffnung zerschlagen hatte? Wenn es sich herausgestellt hätte, dass er sich täuschte und niemand die Buchhandlung ins Visier nahm, wäre Gustaf Kruse ohne Zögern zu Robert gekommen und hätte ihn über seinen Irrtum aufgeklärt. Denn der Puppenspieler mochte sich in einen Gedanken regelrecht verlieben – er hatte aber kein Problem damit, es zuzugeben, wenn sich ein Verdacht als Hirngespinst entpuppte.

Was also konnte ihn sonst enttäuscht haben? Gustaf würde mit ihm reden, sobald er genug wusste, auf die eine oder andere Art. Darauf konnte sich Robert verlassen. Hatte er also noch keine weiteren Informationen? Das konnte ihn aber eigentlich nicht überraschen, denn woher sollte eine solche Information denn so plötzlich kommen? Enttäuscht zu sein ergab nur Sinn, wenn man vorher berechtigte Hoffnung gehegt hatte – zum Beispiel weil er die Person, die angeblich die Buchhandlung im Auge behielt, noch einmal gesehen hatte? Weil er sie vielleicht sogar verfolgt und nach einer Weile aus den Augen verloren hatte?

Robert wählte erneut Gustaf Kruses Festnetznummer und auch ein weiteres Mal die Nummer seines Handys. Wieder meldete sich niemand. Einen Moment lang dachte er daran, den Laden für ein paar Minuten zuzusperren, um persönlich nach Kruse zu sehen, da betraten drei Jungs den Laden, denen ihr Lehrer einen Zettel mitgegeben hatte. Für den Englischunterricht sollten sie ein Exemplar des Romans *Ulysses* von James Joyce kaufen. Robert seufzte. Lehrer konnten grausam sein.

Die Alfred-Leikam-Straße wirkte in dem Neubaugebiet wie eine Schlucht, die sich zwischen den massiven Wohnblöcken eingegraben hatte. Das Gebäude, in dem Hanna Lier wohnte, hatte Alfons schnell gefunden. Etwas länger dauerte es, bis er wusste, wo er sich auf die Lauer legen sollte. Doch dann stand sein Plan, und zuerst platzierte er seine kleinen Überwachungskameras. Eine richtete er auf die Eingangstür des Gebäudes – das gab ihm mehr Spielraum für sein eigenes Versteck, weil er nun nicht mehr zwingend mit direktem Blick auf die Haustür warten musste und damit von allen, die aus dem Gebäude kamen, auch nicht so leicht zu entdecken war. Für die Position der zweiten Kamera kam ihm zugute, dass an einem der benachbarten Gebäude noch Handwerker arbeiteten. Die Arbeiter hatten ihre Baustelle in einer der Wohnungen, und sie würden nicht auf ihn achten, wenn er sich nicht allzu verdächtig benahm. Aber an der Stelle, an der sie ihren Transporter geparkt hatten, war ein sichtgeschützter Bereich eingerichtet worden, und auf das obere Ende eines der Metallpfosten, an denen ein überdimensioniertes Werbebanner befestigt war, klemmte er die zweite Kamera. Er justierte das Objektiv, bis es auf eines der Fenster von Hanna Liers Wohnung gerichtet war. Alfons verband beide Kameras mit seinem Handy, nahm noch ein paar Einstellungen vor und hatte dann auf dem Display, was er haben wollte. Die App zeigte eine Ansicht der Haustür, die durch ein Glaselement neben der Tür auch einen Blick auf ein kleines Stück des Hausflurs bot sowie den Blick in eines der Zimmer der Kommissarin. Der Blick ging zwar schräg nach oben, aber wenn jemand aufrecht hinter dem Fenster vorbeiging, müsste das auf dem Handy zu sehen sein.

Alfons sah sich um, noch immer auf der Suche nach einem geeigneten Platz für sich selbst. In Sichtweite des Handwerkerautos wollte er sich nicht aufhalten. Schließlich entschied er sich für einen schmalen Durchfahrtsweg zwischen zwei Häusern, die dem Gebäude mit Liers Wohnung schräg gegenüberstanden. Er ging ein Stück in die Einfahrt hinein, fand einen Platz, der einigermaßen vor den Blicken der Nachbarn geschützt war. Dass ihm ein Schaltschrank den direkten Blick auf die Haustür verwehrte, war nicht schlimm – diese Perspektive bot ihm ja eine der Kameras. Der Metallkasten war obendrein eine gute Deckung, und zu beiden Seiten des Schaltschranks hatte er freie Sicht auf den Gehweg und die Straße vor Liers Haus. So sollte ihm niemand entgehen, der das Gebäude verließ oder betrat.

Im Haus des Puppenspielers war es geradezu gespenstisch still.

Gustaf Kruse saß gefesselt und geknebelt in einer Ecke der Dachkammer, die er als Fundus nutzte. Die Frau, die er beobachtet und verfolgt hatte, prüfte noch einmal den Strick, mit dem sie seine Hände hinter einem Stützbalken der Dachkonstruktion zusammengebunden hatte. Alles saß fest, von allein würde sich Kruse nicht befreien können.

Sie hatte seine Taschen geleert, und während sie darauf wartete, dass der Mann vor ihr wieder zu sich kam, stellte sie das Handy auf stumm. Schon mehrmals war Kruse angerufen worden, immer von derselben Nummer, die in den Kontakten des Puppenspielers unter »Robert Mondrian« abgespeichert war.

Was wollte der Buchhändler ausgerechnet jetzt von seinem Nachbarn? Und was war so wichtig, dass er innerhalb von zwanzig, dreißig Minuten so oft dessen Nummer anrief? Normalerweise versuchte man es einmal und gab sich dann für eine gewisse Zeit damit zufrieden, dass das betreffende Handy im Moment eben ausgeschaltet oder sein Besitzer aus anderen Gründen nicht erreichbar war. Aber Mondrian gab und gab keine Ruhe.

Schließlich rief sie den Chatverlauf der beiden in der App für die Textnachrichten auf. Sie prägte sich den Ton ein, den Kruse dort üblicherweise anschlug, dann schrieb sie Mondrian eine Textnachricht.

Hab gesehen, dass du es bei mir versucht hast. Sorry, aber grad geht's nicht. Bin im Theater und hoffe, endlich die beiden neuen Szenen fertig zu bekommen, die mir im Moment so viel Kopfzerbrechen bereiten. Melde mich dann, Grüßle.

Sie las die Nachricht noch einmal durch, bevor sie sie abschickte, dann kam wieder Leben in den Puppenspieler.

Sie betrachtete ihn lächelnd und wartete geduldig, bis er erst etwas zuckte, an seinen Fesseln zog und ruckte und schließlich die Augen aufschlug.

Das Telefon klingelte durch, dann wurde auf dem Anrufbeantworter eine Nachricht hinterlassen. Wenige Minuten später kam Nathalie Weckert aus dem Badezimmer, in einen flauschigen Bademantel gehüllt, und rubbelte mit einem Handtuch ihre nassen Haare.

Die junge Frau hatte heute freigenommen, um die Überstunden abzubummeln, die sie am vergangenen Wochenende gemacht hatte. Und auch das Wochenende, das jetzt bevorstand, würde sie wieder arbeitend verbringen, da war ein Tag Pause dringend nötig.

Sie liebte ihren Job als Assistentin der auch mit Anfang neunzig noch sehr rüstigen Rosalia von Legat, der Herrin von Burg Reichenberg in Oppenweiler bei Badheim an der Murr. Sie begleitete Rundgänge durch die Burg, organisierte Menü-Abende im Folterkeller und nahm der alten Dame den Bürokram ab. Dafür wurde sie fair bezahlt, und so konnte sie sich vor Kurzem eine Wohnung in Remslingen kaufen, in einem der Wohnblöcke auf dem früheren Krankenhausareal.

Auf dem Weg in die Küche sah sie im Vorübergehen den Anrufbeantworter blinken. Sie drückte auf Wiedergabe, Rosalia von Legat bat sie in ihrer wohltönenden Stimme, ob sie heute nicht doch noch für ein, zwei Stunden auf die Burg kommen könne. Es gebe noch etwas für das Menü für Samstag durchzusprechen, und es wäre ihr lieb, wenn das noch heute geschehen könne, damit sie dem Metzger gleich früh am nächsten Morgen ihre Bestellung durchgeben könne.

»Dann können Sie das Fleisch auch gleich mitbringen, wenn Sie morgen Vormittag zum Dienst kommen«, sagte die Burgherrin, dann war die Verbindung auch schon getrennt.

Nathalie trocknete ihre Haare noch fertig, legte sich das Handtuch über die Schulter und nahm das Mobilteil ihres Telefons zur Hand. Natürlich würde sie ihre Chefin nicht im Stich lassen. Und dass die alte Dame zwar noch rüstig und rege war, sich aber nicht überreden ließ, doch endlich ein Smartphone anzuschaffen, mit dem solche Dinge auch per Textnachrichten und einigen hin- und hergeschickten Fotos aus dem Entwurf der Speisekarte erledigt werden konnten, mochte Nathalie ihr nicht übel nehmen.

Sie stellte sich an ihr schönes großes Wohnzimmerfenster, tippte eine Kurzwahltaste, nahm den Hörer ans Ohr und wartete. Unten vor dem Haus fiel ihr eine Gestalt auf, die sich auf der anderen Straßenseite an einer Regenrinne zu schaffen machte und dann suchend ein Stück den Gehweg entlangging.

»Ach, Nathalie, wie schön, dass Sie sich so schnell melden.«

Rosalia von Legat hatte das Talent, so viel Gefühl in ihre Stimme zu legen, als sei ihr Innenleben für alle Welt ein offenes Buch. Nathalie musste unwillkürlich lächeln, als sie die Freude der alten Dame spürte.

»Mach ich doch gern«, antwortete sie schnell. »Ich war gerade unter der Dusche, deshalb habe ich Ihren Anruf verpasst. Natürlich kann ich zur Burg kommen, und natürlich bringe ich morgen alles vom Metzger mit. Ich kann auch die Bestellung übernehmen, wenn Sie möchten.«

»Nein, das kann ich gut selbst machen, aber wenn Sie das Menü mit mir nachher noch einmal durchsprechen könnten, wäre das wirklich lieb von Ihnen.«

Die Burgherrin redete weiter, aber Nathalie hörte nicht besonders aufmerksam zu. Im Moment behielt sie die Gestalt auf der anderen Straßenseite im Blick, es handelte sich offenbar um einen jungen Mann. Er hantierte an einem Sichtschutz herum, der schräg gegenüber vor einem Gebäude aufgebaut war. Ein Transporter stand dort, und der junge Mann schaute sich erst nach allen Seiten um, bevor er sich auf den Betonsockel einer der Metallstangen stellte, an denen der Sichtschutz befestigt war. Er streckte sich und brachte etwas am oberen Ende der Stange an. Dann trat er ein paar Schritte zurück, schaute die Metallstange hinauf, dann zu der Regenrinne und schließlich zu einer Wohnung empor. Seinem Blickwinkel nach zu urteilen, musste es sich um eine Wohnung im Nachbarhaus handeln, im zweiten Stock wie ihre oder im dritten, das konnte sie nicht einschätzen.

»Und was meinen Sie dazu?«

Die Frage der Burgherrin riss Nathalie aus ihren Betrachtungen.

»Oh, entschuldigen Sie bitte, Frau von Legat. Ich war einen Moment abgelenkt. Worum ging es eben?«

»Ach, nicht so wichtig. Das können wir genauso gut auch nachher besprechen. Was hat Sie denn abgelenkt? Haben Sie Besuch?«

Die alte Dame kicherte so mädchenhaft, dass Nathalie die Frage gar nicht als ungehörig empfand, sondern lächeln musste.

»Nein, aber es hat wirklich mit einem Mann zu tun. Unten auf der Straße benimmt sich ein Fremder sehr verdächtig.«

»Wie interessant! Was macht er denn?«

»Ich bin nicht sicher, aber …«

Sie kniff die Augen zusammen, aber auch wenn sie nicht genau erkennen konnte, was dort an der Regenrinne und auf der Spitze der Metallstange angebracht war, hatte sie eine Vermutung. Und als der Mann auf seinem Handy einige Einstellungen vornahm und dabei immer wieder zu den beiden kleinen Gegenständen hinsah, schien ihre Annahme bestätigt.

»Wenn mich nicht alles täuscht, hat der Typ zwei Überwachungskameras installiert. Er scheint sie auf eine Wohnung ganz in meiner Nähe gerichtet zu haben.«

»Ein Stalker? Wie aufregend!«

»Ich schau mir das noch kurz an, dann gebe ich der Polizei Bescheid«, sagte Nathalie.

»Machen Sie das. Und erzählen Sie mir nachher unbedingt alles, was sich da noch ereignet hat. Wissen Sie, seit wir zusammen mit diesem Buchhändler Mondrian der Polizei geholfen haben, den Mord an meiner Großnichte aufzuklären, hätte ich nicht übel Lust, mal wieder ein paar Gaunern auf die Finger zu klopfen.«

Sie kicherte und legte auf. Nathalie ließ den Hörer sinken und trat noch ein wenig näher ans Fenster. Nun blickte sich der Mann wieder suchend um, dann steuerte er auf einen schmalen Weg zu, der zwischen zwei Häusern auf der gegenüberliegenden Straßenseite durchführte. Dort verschwand er hinter einem Schaltkasten.

Nathalie Weckert wählte die Nummer der Polizei. Der Beamte, der sich meldete, notierte ihre Angaben gewissenhaft und versprach, sofort eine Streife in die Alfred-Leikam-Straße zu schicken.

Nun wollte sie natürlich auch alles Weitere gut mitbekommen, um ihrer Chefin detailliert berichten zu können. Sie holte ein Fernglas aus dem Wohnzimmerschrank und nahm zunächst die beiden kleinen Gegenstände genauer in Augenschein. Tatsächlich schien es sich um winzige Kameras zu handeln. Sie schwenkte das Fernglas zu dem Versteck des Mannes und hielt es darauf gerichtet. Mehrmals nahm sie das Glas herunter, weil es ihr mit der Zeit zu schwer wurde, aber nach etwa fünf Minuten ließ sich der Mann wieder blicken. Jetzt konnte sie auch sein Gesicht deutlich sehen.

Einen Augenblick lang musste sie überlegen, wo sie diesen jungen Mann schon einmal gesehen hatte, dann fiel es ihr wieder ein: Das war der Mitarbeiter von Buchhändler Robert Mondrian, der sich so begeistert in Nachforschungen aller Art stürzte, sobald er irgendwo ein

Verbrechen witterte. Es war zwei Jahre her, dass sie mit ihm Kontakt gehabt hatte, nun hatte sie ihm die Polizei auf den Hals gehetzt. Das tat ihr leid, und sie wollte die Beamten gerade noch einmal anrufen und Entwarnung geben – denn Alfons Weber war ganz gewiss kein Stalker, sondern spürte wahrscheinlich nur irgendjemandem nach, der Dreck am Stecken hatte. Doch noch bevor sie die Nummer der Polizei wählen konnte, rollte ein Streifenwagen langsam die Straße entlang und blieb so weit von Webers Versteck entfernt stehen, dass der Mann die Beamten und ihr Fahrzeug nicht sehen konnte.

Was hatte sie da nur angerichtet! Schnell schlüpfte sie in Jeans, Sweatshirt und Socken, streifte sich im Hinausgehen die Schuhe über und beeilte sich, nach unten zu kommen. Hoffentlich konnte sie noch alles rechtzeitig aufklären, bevor Alfons Weber Ärger bekam.

Irgendetwas störte ihn an der Textnachricht, die Kruse ihm geschickt hatte, aber Robert konnte nicht sagen, was es war. Wieder und wieder las er den Text, er unterschied sich nicht von Kruses anderen Nachrichten, aber Robert wusste von keinen Szenen, die dem Puppenspieler im Moment Kopfzerbrechen bereiteten. Seines Wissens waren Selina und Gustaf Kruse noch gar nicht so weit, konkrete Szenen zu schreiben. Aber was wusste er schon? Vielleicht waren die beiden zuletzt schneller vorangekommen als erwartet, und wenn er Selina traf, war Gustafs neues Theaterstück nicht unbedingt das, was ihn als Erstes interessierte.

Versonnen lächelnd ging er zur Ladentür und schloss ab. Oben in der Wohnung setzte er einen Topf Wasser auf, heute würde er sich ein Nudelgericht zubereiten, und danach würde er Selina besuchen. Das versprach ein richtig schöner Abend zu werden.

Dann klingelte sein Handy. Der Anruf kam nicht von Gustaf Kruse.

Dass ausgerechnet Markus Zerbe und seine Kollegin Demet Gürsel in die Alfred-Leikam-Straße geschickt wurden, war vor allem Zerbe gar nicht recht. Er hatte sich auf die Fährte des Unfallflüchtigen gesetzt, der auf dem Parkplatz am Beinsteiner Tor das Auto der ungemein sympathischen Laura Hemminger beschädigt hatte. Und so hartnäckig, wie er seine Nachforschungen betrieb, hatte er auch schon einiges herausgefunden.

Am beschädigten Auto und an den Mauersteinen des Beinsteiner Tors hatten sich Lackspuren gefunden, die er der Kriminaltechnik mit den Worten übergeben hatte, es handle sich um einen dringenden Fall. Zerbe war sehr beliebt bei den meisten Kollegen, auch die Kriminaltechniker schätzten seine zuvorkommende und stets besonnene Art, also fragten sie nicht lange nach. Sie verkniffen sich auch jede spöttische Bemerkung darüber, wie wichtig ein Fall wohl sein konnte, wenn Zerbe und nicht ein Kollege von der Kriminalpolizei um einen Laborbefund bat. Und bald darauf konnte Markus Zerbe seiner Streifenpartnerin Demet Gürsel mitteilen, was die Untersuchung ergeben hatte. Der Wagen des flüchtigen Unfallverursachers war in Silbermetallic lackiert, und der Lack war fast ausschließlich für Modelle des VW-Konzerns der Jahre 2000 bis 2007 verwendet worden. Das war dann zugleich auch die schlechte Nachricht: Diese Fahrzeuge waren nicht gerade selten, und die möglichen Modelle umfassten auch Autos der Marken Skoda und Seat.

Markus Zerbe erklärte gerade seiner Kollegin, warum er trotzdem noch immer zuversichtlich war, den Unfallverursacher dingfest zu machen, da wurden sie mit der Streifenfahrt in die Alfred-Leikam-Straße beauftragt.

»Muss das jetzt sein?«, schimpfte Zerbe noch, als sie schon zu ihrem Wagen eilten. »Wahrscheinlich hat sich die Nachbarin das alles nur eingebildet!«

Und weil er es so schlecht aufgenommen hatte, dass er seine Ermittlungen wegen Laura Hemmingers Wagen für einen Typen unterbrechen musste, der angeblich jemanden stalkte, hatte sich seine Kollegin den Autoschlüssel geben lassen. Demet Gürsel fuhr einen heißen Reifen, und auf der kurzen Strecke von der Polizeidirektion zum ehemaligen Krankenhausareal wechselte sie ein paarmal so waghalsig zwischen den Fahrspuren hin und her, um andere Autos zu überholen, als seien sie auf dem Weg zu einer Geiselnahme. Markus Zerbe fand das zwar übertrieben, aber er kannte die Vorliebe seiner Kollegin für schnelles Fahren, und er wusste, dass sie den Wagen auch schon in ganz anderen Situationen beherrscht hatte. Also hockte er entspannt in seinem Sitz, amüsierte sich über die erschrockenen Gesichter der Fahrer, an denen sie vorbeiflitzten – und über das selige Lächeln, das Demet Gürsel sich gönnte.

»Wo soll der Stalker sich versteckt haben?«, fragte sie.

Zerbe nannte ihr die Hausnummer, daraufhin fuhr sie an der ersten Zufahrt zu dem Neubaugebiet vorbei und nahm erst die zweite. Sie folgte der Wohnstraße nun langsamer, bremste nach der Linkskurve auf Schrittgeschwindigkeit ab und schaute gespannt nach vorn.

»Dort müsste er sein«, sagte Zerbe und deutete auf einen Weg zwei, drei Gebäude vor ihnen.

Gürsel hielt an, stoppte den Motor und sah Zerbe an. Der grinste nur.

»Wir werden uns ja wohl nicht aus verschiedenen Richtungen an ihn heranschleichen müssen«, spottete er. »Von einer Waffe war bisher nicht die Rede.«

Sie stiegen aus und gingen langsam den Gehweg entlang. Sie konnten den Schaltkasten sehen, den die Nachbarin erwähnt hatte. Im Gebäude dahinter trat ein Mann in Handwerkermontur ans Fenster. Als er die Beamten näher kommen sah, zog er sich schnell weiter in das Zimmer zurück.

»Der hat ziemlich nervös gewirkt«, bemerkte Zerbe und grinste noch breiter. »Vielleicht sollten wir uns nach dem Stalker auch um den Handwerker und seine Kollegen kümmern.«

»Jetzt hör schon auf«, tadelte ihn Demet Gürsel. »Wir sind fast da.«

Sie legte die Hand auf das Waffenholster und bedeutete ihrem Kollegen, sich näher am Gebäude zu bewegen. Zerbe huschte über die Stellplätze vor dem Haus und arbeitete sich dicht an der Wand voran. Gürsel blieb etwa auf gleicher Höhe mit ihm, suchte aber keine Deckung. Bald hatte sie den Schaltkasten vor sich, auf einer Seite war das Ende einer violettfarbenen Gymnastikmatte zu sehen sowie ein Gurt, der wohl zu einem Rucksack gehörte. Sie atmete noch einmal durch, suchte den Blickkontakt mit ihrem Kollegen und nickte ihm dann zu. Mit einigen schnellen Schritten hatten sie den Schaltschrank umgangen, sie links-, er rechtsherum.

Dann standen sie etwas unschlüssig da und versuchten einzuordnen, was sie vor sich sahen.

Dass Nathalie Weckert ihren Wohnungsschlüssel auf der Anrichte im Flur hatte liegen lassen, bemerkte sie erst, als hinter ihr die Haustür ins Schloss fiel. Für einen Moment blieb sie stehen, dann eilte sie weiter auf den Streifenwagen zu – für die Sache mit dem Schlüssel würde sie später eine Lösung finden.

Die Beamten hatten ihr Fahrzeug schon verlassen. Sie sah sie neben dem Schaltschrank stehen und etwas verwirrt nach unten schauen. Sie waren so abgelenkt, dass der männliche Polizist sie erst bemerkte, als sie bereits an ihm vorbeigehuscht war.

Alfons Weber saß recht gemütlich auf einer violettfarbenen Gymnastikmatte, die Beine ausgestreckt, den Rücken an die hintere Abdeckung des Schaltschranks gelehnt, und um den Hals trug er ein quietschbuntes Nackenhörnchen. Neben ihm lag ein Rucksack auf dem Boden, das Handy hatte er weggelegt, um sich zwischendurch einen Müsliriegel zu gönnen. Den angebissenen Riegel hielt er nun in der Hand, die Augen hatte er weit aufgerissen, und vor Schreck hatte er auch mit dem Kauen innegehalten.

Markus Zerbe war zunächst verblüfft gewesen, doch inzwischen hätte er von diesem Mann am liebsten ein Foto geschossen. Dieser Gesichtsausdruck war unbezahlbar. Er hatte entsprechend große Mühe, sich ein Lachen zu verkneifen. Auch seine Kollegin räusperte sich verdächtig und schluckte mehrmals glucksend, um eine halbwegs ernste Miene beizubehalten.

»Was machen Sie hier?«, fragte sie, sehr um eine feste Stimme bemüht.

»Das ist meine Schuld«, mischte sich Nathalie ein. »Es handelt sich um ein Missverständnis.«

Zerbe musterte die junge Frau.

»Und wer sind Sie?«

»Nathalie Weckert. Ich habe Sie angerufen, aber leider habe ich erst nach meinem Anruf gemerkt, wer er ist. Wie gesagt, ein Missverständnis, tut mir leid.«

»Aha. Und wer ist er?«

»Das ist Herr Weber, er ...«

»Er kann doch sicher für sich selbst sprechen, oder?«

Demet Gürsel streckte die Hand aus und forderte Alfons mit einer Geste auf, ihr seinen Ausweis zu geben.

»Äh, ich ... ja natürlich.«

Allmählich kam wieder Leben in Alfons, aber er war nicht leicht zu verstehen, weil er den Mund noch voll hatte. Er schluckte und nestelte nebenbei seinen Geldbeutel aus der Hosentasche. Als er den Personalausweis herauszog, verschluckte er sich und hustete. Das schüttelte ihn dermaßen durch, dass Markus Zerbe schnell näher kam und sich bereit machte, Erste Hilfe zu leisten. Doch Alfons hustete nur noch einmal, dann bekam er wieder Luft.

»Danke, ich …«, stammelte er.

»Vielleicht stehen Sie jetzt am besten mal auf«, schlug Zerbe vor und trat wieder zwei Schritte zurück.

Alfons versuchte, auf die Beine zu kommen, und er stellte sich in seiner Aufregung dabei so ungeschickt an, dass Zerbe ihm eine Hand reichte und ihn hochzog. Demet Gürsel hatte inzwischen seinen Ausweis studiert.

»Herr Weber«, sagte sie und wartete darauf, dass er sich ihr zuwandte. »Was machen Sie hier?« Sie deutete auf den Riegel, den er hatte fallen lassen. »Außer vespern, meine ich.«

»Ich … ich ermittle.«

Nathalie gab ihm ein Zeichen, das lieber nicht zu erwähnen, aber Alfons achtete nicht auf sie.

»So, so, Sie ermitteln. Aber ein Kollege sind Sie nicht, oder?«

»Äh, nein, nicht direkt … ich …«

»Sind Sie Privatdetektiv?«

»Nein, ich arbeite in einer Buchhandlung.«

Demet Gürsel hob die Augenbrauen.

»Ich … ich ermittle in meiner Freizeit. Ich … äh …«

»Ja?«

Aus den Augenwinkeln sah sie, wie Markus Zerbe den Kopf schüttelte und offenbar kurz davorstand, zum

Streifenwagen zurückzukehren oder sich die Papiere der Handwerker im Gebäude nebenan zeigen zu lassen.

»Sie haben doch sicher von den entführten Haustieren gehört.«

Zerbe blinzelte, auch Gürsel war von der unerwarteten Wendung des Gesprächs überrascht.

»Dort drüben wohnt eine Frau, deren Katze verschwunden war und nun wieder aufgetaucht ist.«

»Und deshalb haben Sie hier die Gymnastikmatte ausgerollt und essen einen Müsliriegel?«

»Das muss seltsam wirken, das gebe ich zu. Aber wissen Sie, nachdem der entführte Hund des pensionierten Staatsanwalts Jäckel wiedergefunden wurde, kam das Herrchen zu Tode. Und nun bin ich hier, um das Frauchen der Katze zu beschützen.«

Zerbe konnte das Grinsen, das um seinen Mund zuckte, nicht ganz unterdrücken. Er gab seiner Kollegin ein Zeichen, dass sie hier nicht länger gebraucht wurden.

»Überlassen Sie das bitte uns«, riet ihm Demet Gürsel, aber ihre Stimme war weicher geworden. Vor diesem armen Irren musste sich niemand fürchten. »Jetzt packen Sie bitte Ihre Sachen zusammen und gehen nach Hause.«

Sie wandte sich an Nathalie.

»Wo hat er die Kameras installiert?«

Nathalie deutete auf die beiden Stellen, und die Polizistin nahm Alfons, der schon mit dem Zusammenpacken begonnen hatte, wieder strenger in den Blick.

»Und Ihre Geräte montieren Sie bitte sofort ab. Sie

können nicht einfach die Wohnungen anderer Leute filmen, verstanden?«

»Ja natürlich, ich …«

Sie winkte ab.

»Sagen Sie jetzt lieber nichts mehr. Wir lassen die Sache auf sich beruhen, wenn Sie uns versprechen, dass Sie keinen solchen Blödsinn mehr machen.«

»Versprochen«, murmelte Alfons und sah betreten zu Boden.

»Schon gut«, fügte sie versöhnlich hinzu. »Es ist ja nichts passiert. Aber wir müssen jetzt einen Bericht schreiben, und es wäre mir recht, wenn Sie uns das künftig ersparen, ja?«

Alfons nickte.

»Wir haben nämlich Wichtigeres zu tun«, ergänzte Markus Zerbe und tippte sich an die Uniformmütze.

»Viel Wichtigeres«, stimmte sie ihm grinsend zu, dann ging sie mit ihrem Kollegen zum Streifenwagen.

Alfons packte seinen Kram in den Rucksack, und die Beamten warteten im Wagen, bis er auch die beiden Kameras wieder eingesammelt hatte. Dann nickten sie ihm zu und fuhren davon.

6

Klaus Neher hatte Robert angerufen, weil er ihm eine neue Entwicklung in dem Fall der entführten Tiere – und damit vielleicht auch im Mordfall Jäckel – mitteilen wollte.

»Jäckel hatte Ärger mit einer Gruppe militanter Tierschützer«, erklärte der Kommissar. »Die sind schon in Puten- und Schweineställe eingedrungen, haben dort fotografiert und sind mit den Bildern an die Presse gegangen. Oder sagen wir lieber: Sie haben es versucht. Es ist keine Zeitung auf ihr Material angesprungen. Einer der Journalisten, mit denen sie sich getroffen haben, meinte, dass die Bildqualität viel zu schlecht gewesen sei, um darauf irgendeinen Missstand zu erkennen.«

»Und wieso hatte Jäckel mit denen Probleme?«

»Nachdem sie mit ihren nächtlichen Stallbesuchen keinen Erfolg hatten, haben sie sich auf öffentliche Aktionen verlegt. Einmal haben sie sich an die Tür eines Steakhauses gekettet, um gegen den Verzehr von Tieren zu demonstrieren. An anderen Tagen haben sie mit Plakaten und Stoffbannern die Reithalle eines Pferdehofs blockiert.

So richtig Aufsehen hat aber beides nicht erregt. Das Steakhaus hatte am Tag ihrer Aktion geschlossen – die Herrschaften haben sich vorher offenbar nicht informiert, wann das Lokal Ruhetag hat. Und auf dem Pferdehof wurden sie verprügelt. Die Väter zweier junger Frauen, die dort mit ihren Tieren für ein Turnier trainierten, haben wohl ein Problem mit ihrer Impulskontrolle. Sie sind auf die Gruppe los und haben sie mit Tritten und Faustschlägen traktiert, bis sie geflohen sind. Das Gerichtsverfahren muss noch stattfinden, aber es scheint Aussage gegen Aussage zu stehen. Außer den Tierschützern selbst will niemand etwas von einer Prügelei mitbekommen haben.«

Robert seufzte.

»So ähnlich wie du jetzt haben die Kollegen auch reagiert, die ich auf die Gruppe angesprochen habe. Jäckel kam durch eine weitere Aktion ins Spiel. Da haben sich die Tierschützer in der Remsaue verteilt und Passanten abgepasst, die ihre Hunde an der Leine Gassi führten. Sie haben versucht, mit Gartenscheren die Leinen zu durchtrennen und so die Hunde zu *befreien*.«

»Und das haben Sie mit Jäckels Hund auch gemacht?«

»Sie kamen nicht mehr dazu. Jäckel hat dem Treiben aus der Ferne zugeschaut. Dann hat er seinen Hund losgemacht und ihn auf die Tierschützer angesetzt. So ein Belgischer Schäferhund kann sehr eindrucksvoll sein, wenn er in vollem Lauf mit gebleckten Zähnen auf dich zustürmt.«

»Um Himmels willen! Diese Demonstranten können

einem ja fast leidtun. Hängen am falschen Tag an der Kneipentür, werden auf dem Reiterhof verdroschen, und dann greift sie auch noch ein Schäferhund an.«

»Jäckel hat sein Tier zurückgepfiffen, kurz bevor er dem ersten der Tierschützer an die Gurgel konnte. Poirot wurde wohl sehr gut abgerichtet. Es ist also nichts passiert, aber die Aktion war damit beendet, wie du dir vorstellen kannst – und die anwesenden Hundehalter haben Jäckel applaudiert und ihn hochleben lassen.«

»Dafür, Jäckels Hund zu entführen, reicht das locker als Motiv – aber ihn umbringen?«

»Sehe ich genau wie du.«

»Außerdem scheinen das nicht die hellsten Kerzen am Baum zu sein. Würden die es fertigbringen, die Haustiere schnell genug zu betäuben, damit die nicht genug Radau machen, um die Entführung auffliegen zu lassen?«

»Eben. Also reicht für den Mord vermutlich das Motiv nicht – und für die Entführung der Tiere sind sie nicht schlau genug.«

»Wobei …« Robert dachte an die Freundin von Lino Fontana, die keinen tumben Eindruck auf ihn gemacht hatte. »Haben sich denn immer alle Mitglieder dieser Tierschutzgruppe an allen Aktionen beteiligt?«

»Wieso fragst du?«

»Ich war im *Ristorante Fontana.* Lino, der Wirt, hat eine neue Freundin, die sich vegan ernährt und auch zu einer Gruppe von Tierschützern gehört. Die treffen sich im Haus eines gewissen Tillmann Stepaniak.«

»Das müsste dieselbe Gruppe sein.«

»Linos Freundin hat auf mich ganz clever gewirkt, auch zielstrebig und durchsetzungsstark. Sie heißt Maren, ihren Nachnamen kenne ich aber nicht.«

»Oje, der Arme. Das müsste Maren Sattmann sein, eine der Fanatischsten in der Gruppe. Da hat er mit Hackfleischsoße und Steak in seinem Ristorante aber nicht mehr viel zu lachen.«

»Mach dir um die Speisekarte des *Fontana* mal keine Sorgen. Der Seniorchef hat ein Auge darauf, dass da alles so bleibt, wie es jahrelang erfolgreich war.«

»Hoffen wir's«, versetzte Neher amüsiert. »Aber da hast du mich auf was gebracht. Ich lasse gleich mal checken, wer wann an welcher Aktion teilgenommen hat.«

»Gut, sag mir doch dann bitte wieder Bescheid. Ich werde auch mal einen Blick auf diese Tierschützer werfen, wenn es dir recht ist.«

»Und falls nicht, würde es dich davon abhalten?«

»Nein, stimmt auch wieder.«

Lachend legten beide auf.

Nathalie Weckert trat verlegen von einem Bein aufs andere.

»Tut mir leid«, setzte sie an, als das Polizeiauto außer Sicht war. »Ich wollte Ihnen keinen Ärger machen, aber von meiner Wohnung aus habe ich Sie erst nicht erkannt. Ich dachte, da ist ein Stalker am Werk, deshalb habe ich die Polizei gerufen. Und als ich Sie erkannt habe, war es zu spät, da waren die Beamten schon hier.«

Alfons blinzelte. Er war durch die Begegnung mit

der Polizei so durch den Wind, dass er nicht darauf kam, woher die junge Frau ihn kennen könnte. Nathalie half ihm auf die Sprünge, da hellte sich sein Gesicht auf.

»Ja, das war ein spannender Fall, nicht wahr?«

»Meine Chefin schwärmt noch heute davon, und sie wird sich sehr freuen, wenn sie hört, wen ich getroffen habe. Ich fahre jetzt gleich zu ihr auf die Burg.«

Ein Schatten legte sich auf ihre Miene.

»Jedenfalls hatte ich das vor, aber ich bin gerade so eilig aus meiner Wohnung gestürzt, dass ich blöderweise meine Schlüssel vergessen habe.«

»Oh«, machte Alfons, doch dann grinste er spitzbübisch. »Da kann ich vielleicht helfen. Wenn uns jemand die Haustür aufmacht, denn mit Ihrer Wohnungstür sollte ich fertigwerden.«

Sie sah ihn überrascht an.

»Ich mag doch so gern Regionalkrimis. Auf einer Lesung habe ich einen Krimiautor kennengelernt, wir sind inzwischen gut befreundet. Er hat mir beigebracht, wie man Türschlösser knackt.«

»Ach, und woher weiß es dieser Autor?«

»Der ist in einem Autorenverein, und die treffen sich einmal im Jahr. Dort gibt es Seminare aller Art, damit die wissen, worüber sie schreiben. Wie man eine Waffe hält, zum Beispiel, oder eben, wie man eine Tür ohne Schlüssel öffnen kann.«

Nathalie schüttelte lächelnd den Kopf, dann machte sie sich auf den Weg zu ihrem Haus. Alfons blieb stehen und hielt das Handy hoch.

»Ich möchte nur noch kurz meinen Chef anrufen, damit er mein kleines Erlebnis nicht von der Polizei erfährt.«

Alfons rief Robert Mondrians Kontaktdaten auf, löste den Anruf aus und horchte. Der Anschluss war belegt. Er beeilte sich, der jungen Frau zu folgen, und holte sie ein, kurz bevor sie die Haustür erreichte. Noch ehe sie etwas dagegen unternehmen konnte, hatte Alfons das Namensschild von Hanna Lier entdeckt und drückte auf den betreffenden Klingelknopf.

»Ist das die Frau mit der Katze?«, fragte Nathalie.

»Ja. Sie wird uns ins Haus lassen, und bei dieser Gelegenheit erfahre ich auch gleich, dass es ihr gut geht.«

Niemand öffnete, Alfons klingelte erneut. Als noch immer niemand reagierte, drückte Nathalie die Klingel einer Frau, die direkt neben ihr wohnte.

»Ja?«, war recht schnell eine Stimme durch die Sprechanlage zu hören.

»Nathalie Weckert, würden Sie mich bitte kurz reinlassen? Ich habe meinen Schlüssel …«

Der Öffner summte, und die beiden gingen hinauf zu Nathalies Wohnungstür. Alfons holte aus seinem Geldbeutel, was er zum Öffnen der Tür brauchte, und kurz darauf stand die junge Frau in ihrer Wohnung, schnappte sich ihre Schlüssel und verabschiedete sich.

»Erst hetze ich Ihnen die Polizei auf den Hals, und dann müssen Sie mir wegen meiner Schusseligkeit aus der Patsche helfen – da muss ich mir echt überlegen, wie ich mich bei Ihnen entschuldigen *und* bedanken kann.«

Sie ließ sich seine Handynummer geben und verabschiedete sich fröhlich: »Ich überleg mir was, bis bald!«

In der Eile fiel ihr gar nicht auf, dass Alfons ihr nicht folgte. Er wartete, bis unten die Haustür ins Schloss gefallen war, dann ging er eine Treppe nach oben, wo sich die Wohnung von Frau Lier befinden musste. Er klingelte auch hier noch einmal und klopfte, doch von drinnen gab es keine Reaktion. Vielleicht war sie ja nach wie vor mit Wisting in der Tierklinik. Ein letztes Mal klopfte er noch und wandte sich zum Gehen, da erklang aus der Wohnung ein krächzendes Miauen. Alfons ging vor der Tür in die Hocke und horchte. Drinnen war erneut das Mauzen einer Katze zu hören. Das Tier klang, als gehe es ihm so weit gut und als würde es nur menschliche Gesellschaft vermissen. Alfons griff nach seinem Geldbeutel. Sollte er seine Fähigkeiten auch an dieser Tür erproben? Womöglich lag Hanna Lier tot in ihrem Wohnzimmer, die Arme um den leeren Katzenkorb geschlungen.

»Was machen Sie da?«

Die Frau hinter ihm hatte nicht allzu laut gesprochen, aber Alfons hatte das Gefühl, einem Herzinfarkt nur haarscharf entgangen zu sein. Er stand auf und überlegte sich eine plausible Ausrede für sein Verhalten.

»Sind Sie ein Einbrecher? Oder ein Stalker?«

Die Alte, die er um einen Kopf überragte, schaute misstrauisch zu ihm auf. Sie wirkte allerdings nicht ängstlich, sondern resolut – und auch ein bisschen neugierig darauf, ob hier vielleicht spannender Gesprächsstoff für den nächsten Tratsch unter Freundinnen zu erfahren war.

»Ich … ich habe nur die Katze gehört. Sie klang irgendwie leidend und …«

»Papperlapapp! Diese Katze ist es gewohnt, tagsüber allein zu sein.«

Sie kniff die Augen zusammen.

»Wollten Sie da gerade einbrechen?«

Sie nickte zu dem Geldbeutel, den Alfons noch immer geöffnet in der Hand hielt, weil er vor dem Auftritt der Alten eine Bankkarte hatte herausziehen wollte.

»Ich? Nein, wo denken Sie hin!«

»Mir wird das jetzt zu blöd«, schnarrte sie. »Ich rufe jetzt die Polizei.«

»Nein, bitte nicht schon wieder!«, rief Alfons und rannte die Treppe hinunter, so schnell er konnte.

Die Frau blieb verdutzt stehen, ihr Gesichtsausdruck ein einziges Fragezeichen.

Als es abermals klingelte, wollte sich Robert Mondrian gerade wundern, dass Kommissar Neher die Information zu den Tierschützern so schnell bekommen hatte, da sah er, dass es nicht Klaus Neher war, der ihn anrief.

»Hallo Alfons«, meldete er sich. »Gibt's was Neues?«

»Nein, aber …«

Robert sog scharf die Luft ein. Wenn sein Mitarbeiter so herumeierte, hatte er meistens Mist gebaut.

»Magst du vorbeikommen?«, schlug er vor. »Dann kannst du mir alles in Ruhe erzählen.«

Fünf Minuten später klingelte es an der Tür.

»Ich war schon auf dem Weg zu Ihnen, Chef«, sagte

Alfons, als er Robert nach oben in die Wohnung folgte. Sie setzten sich mit Sprudel an den Küchentisch, und dann erzählte er eine halbe Stunde lang ohne nennenswerte Pause, was er in der Alfred-Leikam-Straße erlebt hatte. Robert hörte sich alles geduldig an, aber als sein Mitarbeiter zu Ende berichtet hatte und nun wie ein begossener Pudel vor ihm saß, hätte er gut Lust gehabt, den jungen Mann mal ordentlich durchzuschütteln.

»Wir sollten vielleicht noch einmal darüber reden, was mit *Mach keinen Blödsinn, Alfons!* gemeint ist.«

»Ich weiß, das war nicht ganz so geschickt«, murmelte er zerknirscht.

Das traf es in Roberts Augen nicht ganz, aber er sah keinen Sinn darin, Alfons noch mehr zu deprimieren.

»Und Frau Lier war nicht zu Hause?«, fragte er stattdessen.

»Nein, zumindest hat sie nicht aufgemacht, als ich geklingelt und geklopft habe.«

Er biss sich auf die Unterlippe und sah besorgt aus. Robert konnte ihm seine Gedanken von den Furchen auf der Stirn ablesen.

»Du befürchtest, dass sie tot in ihrer Wohnung liegt – willst aber nicht die Polizei rufen, vor der du dich vorhin schon blamiert hast?«

»So ungefähr. Aber könnten Sie nicht Ihren Freund Neher anrufen? Und so ganz beiläufig das Gespräch auf Frau Lier bringen? Vielleicht ruft er sie an, und wir erfahren auf diese Weise, ob es ihr gut geht?«

»Du hast ihre Nummer doch auch. Wieso rufst du nicht an? Ihr habt euch doch wegen der verschwundenen Tiere getroffen, also ist es ganz normal, dass du dich wegen Wisting bei ihr erkundigst.«

»Hab ich längst versucht, aber sie geht nicht ran.«

Gustaf Kruse waren die Beine eingeschlafen, und er schob sie hin und her und spielte mit den Zehen, bis die Taubheit erst einem Kribbeln wich und er dann wieder ein normales Gefühl in Füßen und Beinen hatte. Die Frau, die ihn in seinem eigenen Haus gefangen hielt, verstand seine Bewegungen falsch. Er hatte gerade damit aufgehört, als die Tür zur Dachkammer aufschwang und die Fremde mit ungnädiger Miene auf ihn zustapfte.

»Können Sie diesen Quatsch lassen? Das nervt, und es bringt auch nichts, freistrampeln können Sie sich eh nicht. Und falls Sie auf die Idee kommen, um Hilfe zu rufen: Draußen wird sie so schnell niemand hören – und wenn mir auch nur ein Mucks von Ihnen zu Ohren kommt, schicke ich Sie wieder schlafen.«

Gustaf zwinkerte. Sagen konnte er wegen des Knebels nichts, und seine Stirn war mit einem Gürtel so eng an den Holzpfosten hinter ihm gebunden, dass er kein Kopfnicken zustande brachte.

Damit verließ sie den Raum wieder. Gustaf überlegte fieberhaft, ob es nicht doch eine Möglichkeit gab, Hilfe zu bekommen. Doch sosehr er sich das Hirn zermarterte, mehr als sitzen und warten konnte er nicht tun.

Und horchen, natürlich. Er lauschte auf die Geräusche, die diese Frau machte. Schritte auf alten Holzdielen, das Klappern von Tassen oder Geschirr, die Wasserspülung in der Toilette. Dann wieder Schritte, das Knarzen klang nach den Treppenstufen. Kurz darauf war es still im Haus. Hatte er die Tür gehen hören? Er konnte es nicht sagen, und je mehr er sich zu erinnern versuchte, desto lauter hörte er seinen Puls gegen die Schläfen pochen. Nun konnte er gar nicht mehr sagen, ob außer ihm noch jemand im Haus war oder ob sich die Frau davongemacht hatte.

Dass Hanna Lier tot in ihrer Wohnung lag, glaubte Robert zwar nicht, aber er ließ sich von Alfons erweichen, seinen Freund Klaus Neher darauf anzusprechen. Und weil Selina kurzfristig für diesen Abend absagen musste, verabredeten sich Buchhändler und Kommissar in *Richies Scottish Pub.* Sie trafen fast gleichzeitig vor der Kneipe ein, und weil der Minutenzeiger der Turmuhr am Beinsteiner Tor gerade auf zwanzig Uhr vorrückte, warteten sie noch kurz draußen. Pünktlich dröhnte drinnen ein neuer Song von Nazareth aus den Boxen. Zwei jüngere Gäste verließen beinahe fluchtartig das Lokal, und als der Wirt die Rocknummer seiner schottischen Landsleute zu Ende gespielt und die Lautstärke des Verstärkers wieder auf den normalen Pegel zurückgedreht hatte, gingen Neher und Mondrian hinein.

»Habt ihr Hunger?«, fragte Richie, als sie sich auf zwei Barhockern niederließen.

»Nein danke«, lehnte Robert freundlich ab.

»Ja, aber aus deiner Küche essen wir lieber nichts«, wäre die ehrlichere Antwort gewesen, doch dank der kleinen Notlüge blieb Richie gut gelaunt und stellte ihnen die bestellten Biergläser hin.

»Hat sich deine Kollegin Hanna Lier denn von dem Schrecken erholt, dass ihre Katze verschwunden war? Sie ist sicher froh, dass sie Wisting wiederhat, oder?«

»Dazu kann ich gar nichts sagen«, antwortete Neher und wischte sich Schaum vom Mund. »Sie hat ein paar Tage freigenommen, und weil sie mit dem Mord an Jäckel nicht direkt befasst ist, war das auch kein Problem. Seither habe ich sie nicht mehr gesehen. Wieso fragst du?«

Robert prostete ihm zu und nahm einen Schluck, um Zeit zu gewinnen. Wie konnte er Klaus Neher dazu bringen, seine Kollegin anzurufen, ohne dass er oder Alfons sich lächerlich machten? Doch dann fiel ihm auf, dass sich das Gesicht des Kommissars zu einem knitzen Lächeln verzog.

»Was ist?«, fragte Robert.

»Du willst, dass ich Frau Lier anrufe, weil dein Mitarbeiter sich Sorgen macht, ob es ihr auch wirklich gut geht.«

Robert blinzelte.

»Kannst du Gedanken lesen?«

»Nein, aber eins und eins zusammenzählen. Alfons hatte sich heute einen Beobachtungsposten mit Blick auf die Wohnung meiner Kollegin eingerichtet, und das hat er sicher gemacht, weil er sich sorgt, dass ihr dasselbe widerfahren könnte wie Jäckel.«

Nun musste auch Robert lächeln.

»Und wie haben dir deine Kollegen das Zusammentreffen mit Alfons geschildert?«

»Ziemlich witzig. Dein Mitarbeiter ist jetzt der berühmteste Buchhändler in der ganzen Direktion. Na ja, gleich nach dir.«

»Das erzähle ich Alfons lieber nicht. Aber mal im Ernst, so ganz aus der Luft gegriffen ist seine Befürchtung ja nicht. Mir ging das auch schon durch den Kopf. Jäckels Hund taucht wieder auf, und Jäckel selbst wird ermordet aufgefunden. Jetzt ist die Katze deiner Kollegin wieder da, und von ihr selbst fehlt jede Spur.«

»Na, jetzt übertreibst du aber! Sie hat freigenommen, und jetzt hockt sie vermutlich daheim und schmust mit ihrem Stubentiger.«

»Tut sie nicht.«

Neher hob die Augenbrauen.

»Alfons hat bei ihr geklingelt. Sie hat nicht aufgemacht.«

»Vielleicht war sie gerade unter der Dusche oder noch mit der Katze in der Tierklinik. Hat nicht Dr. Haukes nach dem Tier geschaut?«

»Die Katze war in der Wohnung, Alfons hat sie miauen gehört.«

Klaus Neher stutzte.

»Moment mal, Frau Lier wohnt im dritten Stock – das Tier hat ja wohl kaum die Sprechanlage benutzt.«

»Alfons war … er war im Haus und hat auch direkt an der Wohnungstür geklingelt und geklopft.«

»Und wie ist er da hineingekommen? Ich hatte meine Kollegen von der Streife eigentlich so verstanden, dass sie ihm das Versprechen abgenommen haben, seine … nun ja … *Wache* aufzugeben.«

»Hat er ja auch, aber eine andere Bewohnerin hat ihn ins Haus gelassen.«

»Dieselbe, die seinetwegen die Polizei gerufen hat? Remslingen ist manchmal schon ein seltsames Pflaster.«

»Alfons und sie kennen sich. Erinnerst du dich an die Burgherrin, die Großtante der Toten, die an der Siechenhauskapelle gefunden wurde?«

»Natürlich.«

»Die Frau, die Alfons ins Haus gelassen hat, ist deren Assistentin. Und die Polizei hat sie nur gerufen, weil sie Alfons zu diesem Zeitpunkt noch nicht erkannt hatte.«

Neher schüttelte grinsend den Kopf.

»Aber du erzählst mir jetzt bitte nicht, dass dein übereifriger Mitarbeiter nicht nur ins Haus, sondern auch noch in Frau Liers Wohnung eingedrungen ist.«

»Nein, ist er natürlich nicht.«

So bestimmt, wie er das verneinte, musste Robert selbst grinsen. Er traute Alfons einen solchen Unfug nicht weniger zu als der Kommissar.

»Aber wenn die Katze zu Hause ist und nicht mehr in der Tierklinik«, fuhr er fort, »und wenn sich auch ihr Frauchen nicht bei ihr aufhält, obwohl sie vermutlich genau dafür freigenommen hat …«

Neher seufzte und zückte sein Handy.

»Ist ja schon gut, ich ruf sie kurz an, damit endlich Ruhe ist mit diesem Blödsinn.«

Er tippte sich durch seine Kontakte, dann wählte er die Handynummer seiner Kollegin, hielt das Smartphone ans Ohr und wartete. Es klingelte einige Male, bis endlich die Stimme von Hanna Lier zu hören war – mit der Ansage des Anrufbeantworters. Neher legte auf und wirkte nun doch ein wenig nachdenklich.

»Eigenartig«, murmelte Neher. »Sie kann natürlich auch einfach im Moment nicht erreichbar sein, aber ich habe sie bisher immer so erlebt, dass sie Anrufe auf dem Handy fast sofort entgegennahm.«

»Und jetzt?«

Der Kommissar zuckte mit den Schultern.

»Ich kann ja schlecht das SEK ihre Wohnung stürmen lassen, nicht wahr?«

Klaus Neher hatte das als witzigen Spruch geplant, aber der Humor war ihm etwas verrutscht. Er machte sich offensichtlich Sorgen um seine Kollegin.

»Sie hat erzählt, dass sie Volleyball spielt«, sagte Robert. »Vielleicht ist heute Abend Training?«

Neher nickte, dann rief er seinen Kollegen Lachenmaier an, der sich schon nach dem ersten Klingeln meldete.

»Sag mal, Hannes, Frau Lier spielt doch Volleyball. Hat sie den Kontakt zu der Gruppe nicht durch einen unserer Kollegen bekommen?«

»Ja, das müsste Traber gewesen sein. Wieso fragst du?«

»Ich kann sie gerade nicht erreichen und wüsste nun gern, ob sie vielleicht gerade trainiert.«

»Den Traber habe ich vorhin getroffen, der wollte heute mit seiner Frau ins Kino. Und da beide zu dieser Volleyballmannschaft gehören, ist heute sicher kein Training. Die nehmen das ziemlich ernst, soviel ich weiß.«

Neher drückte das Gespräch weg und nahm einen großen Schluck Bier. Er war so sehr in Gedanken versunken, dass ihn der nächste Nazareth-Song zusammenzucken ließ, so unerwartet röhrte die Rocknummer plötzlich durch den Pub.

Pasquale Fontana hockte auf seinem angestammten Platz neben der Tür und beobachtete durch die Rauchwolken, die er von Zeit zu Zeit ausstieß, das Treiben auf dem Remslinger Marktplatz. Heute waren erfreulich viele hübsche Frauen unterwegs, entsprechend gut war seine Laune. Das änderte sich allerdings schlagartig, als er seinen Blick zur Kurzen Straße wandte. Von dort kam ein sehr schlanker junger Mann mit knapp schulterlangem dunkelblondem Haar auf das *Ristorante Fontana* zu, und so aufgeregt, wie er wirkte, wollte er sicher nicht zum Essen kommen.

»Na, heute schon ein Tier gerettet?«, ätzte Pasquale Fontana und blies Tillmann Stepaniak, der kurz irritiert stehen blieb und auf den Alten hinunterschaute, ordentlich Rauch ins Gesicht.

»Pfui Teufel! Was soll das?«

Damit war der Mann auch schon kopfschüttelnd im

Lokal verschwunden, und der Seniorwirt beugte sich etwas vor, um zu sehen, was nun drinnen vor sich ging. Stepaniak stand am Tresen und sagte etwas zu Lino Fontana. Der zierte sich offenbar, einer Bitte des jungen Mannes nachzukommen. Schließlich ließ er sich breitschlagen, gab Stepaniak aber mit einer Handbewegung zu verstehen, dass er draußen warten solle.

Schnell ließ sich Vater Fontana in seine ursprüngliche Sitzposition zurückfallen, als habe er nichts von der Szene mit seinem Sohn mitbekommen. Er tat unbeteiligt und behielt den ungebetenen Gast nur aus den Augenwinkeln im Blick. Der junge Mann ging ein Stück von ihm entfernt nervös hin und her, und kurz darauf kam Linos Freundin zu ihm heraus.

»Was ist denn schon wieder, Till?«

Sie klang ungehalten, die Nervosität des Mannes schien sie zu nerven.

»Die Polizei …«, setzte er an, dann brach ihm die Stimme.

»Die haben nichts gegen uns in der Hand«, gab sie ihm Bescheid. »Nichts, verstehst du? Wegen der paar Aktionen, die sie uns nachweisen können, müssen wir nichts befürchten. Im Gegenteil: Wegen der Schläge, die auch du hast einstecken müssen, bringen wir diese Typen vom Reiterhof demnächst vor Gericht. Dann schauen wir mal, wer da den Kürzeren zieht!«

»Ja, aber …«

»Mensch, Till, jetzt mach dir doch nicht ins Hemd! Von der Aktion im Schweinestall wissen die nichts, und falls doch, können sie nicht beweisen, dass wir das waren.«

»Und die Haustiere?«

Stepaniaks Stimme war noch dünner geworden, nun reagierte sie doch auf sein jämmerliches Gewinsel. Sie legte ihm beide Hände auf die Schultern und sah ihm tief in die Augen.

»Welche Haustiere?«

Sie hatte das nicht wie eine Frage ausgesprochen, eher wie eine Beschwörung, und diesen Tonfall behielt sie auch für den nächsten Satz bei.

»Ich weiß von keinen Haustieren!«

Er wand sich noch ein wenig, dann schluckte Stepaniak und nickte.

»Ja, du hast recht. Ich auch nicht.«

»Gut. Und jetzt gehst du nach Hause. Und wenn die Polizei dich etwas fragt, hast du von nichts eine Ahnung.«

»Okay«, kam es lahm.

»Du hast keine Ahnung!«

Stepaniak nickte, dann trottete der junge Mann davon.

Maren Sattmann schaute ihm nach.

»Und das ist dann nicht mal gelogen«, murmelte sie und wandte sich der Tür zum Ristorante zu. Dabei streifte ihr Blick den Vater ihres Freundes. Ihre Mundwinkel gingen nach unten, und sie schenkte ihm nicht einmal ein knappes Nicken.

Als sie auf die Straße traten, fuhr sich Klaus Neher mehrmals durch die Haare und atmete tief durch.

»Schöner Mist«, knurrte er, und Robert gab ihm insgeheim recht.

Hanna Lier war telefonisch nicht zu erreichen. Die Katze, die sie so sehr vermisst hatte, war in ihrer Wohnung, aber sie selbst schien nicht dort zu sein. Sie hatte keinen Dienst, und Volleyballtraining war heute Abend ebenfalls nicht. Wo mochte sie stecken? War sie womöglich doch in Gefahr? Oder stand es noch schlimmer um sie?

»Jetzt habe ich die Wahl zwischen Pest und Cholera«, sagte Klaus Neher. »Entweder ich halte es für möglich, dass ihr etwas zugestoßen ist – dann gehe ich mit Kollegen in ihre Wohnung und schaue nach dem Rechten. Dort hockt dann vielleicht nur die Katze, der es halt fad war und die deshalb etwas vor sich hin gemaunzt hat, und sonst ist niemand da. Und ich bin blamiert bis auf die Knochen, nicht zuletzt der Kollegin gegenüber, die mich für bescheuert halten wird, wenn sie später aus irgendeiner Bar oder aus dem Kino nach Hause kommt. Oder ich vertraue darauf, dass aus dem Mord an Jäckel schon keine Serie werden wird – dann arbeite ich ganz normal weiter … und mache mir später auf ewig Vorwürfe, weil Hanna Lier in der Zeit, in der ich nichts unternommen habe, vollends verblutet ist und zuvor noch hätte gerettet werden können.«

»Was hältst du für wahrscheinlicher?«, fragte Robert.

»Dass ihr nichts passiert ist.«

»Also?«

Neher zuckte mit den Schultern und zückte das Handy. Auch diesmal meldete sich Lachenmaier sehr schnell.

»Hannes, kannst du mich in ein paar Minuten auf der Remsbrücke am Beinsteiner Tor abholen? Sag den anderen mal lieber nicht, dass wir zusammen unterwegs sind, okay?«

Lachenmaier fragte nicht nach, sondern legte nach einem knappen »Bis gleich« auf. Neher wirkte erleichtert.

»Das muss jetzt sein, sonst finde ich heute keine Ruhe mehr. Und wenn ich mich damit blamiere, dann wenigstens nur im kleinen Kreis.«

»Ihr geht in Frau Liers Wohnung?«

»Würde ich nie machen«, erwiderte Neher, zwinkerte ihm zu und eilte in Richtung Beinsteiner Tor davon.

Robert sah ihm nach, dann schlenderte er die Kurze Straße hinauf. Vor dem Thai-Imbiss blieb er stehen, der Hunger grub nun schon recht deutlich in ihm. Aus den Augenwinkeln sah er einen sehr schlanken jungen Mann vom Marktplatz herunterkommen. Er erkannte Tillmann Stepaniak sofort, und im selben Moment war klar, dass er seinen Hunger noch ein bisschen verdrängen musste.

Stepaniak nestelte seinen Schlüssel aus der Hose, schloss die Tür auf und machte den ersten Schritt ins Treppenhaus hinein, da hatte Robert ihn erreicht. Er schubste den jungen Mann ins Gebäude, drückte die Haustür hinter sich zu und ließ das Flurlicht aus. In der Haustür war ein kleines Glaselement eingelassen, im Flur herrschte diffuses Dämmerlicht. Das musste reichen.

Der andere taumelte ein Stück vorwärts und wollte sich dann umdrehen. Robert hinderte ihn daran, indem er ihn an einer Schulter packte, und schob ihn zu der Treppe, die in die Wohnung hinaufführte.

»Was … was wollen Sie von mir?«

Robert drückte mit der Hand seine Schulter nach unten.

»Hinknien«, kommandierte Robert.

Stepaniak kniete sich auf eine der Stufen.

»Wenn Sie Geld wollen …«, stammelte er.

»Geld habe ich selbst.«

»Und ich weiß auch nichts.«

»Wovon weißt du nichts?«

»Von den Haustieren«, war ihm schon herausgerutscht, bevor er sich noch eine Gegenfrage zurechtlegen konnte. Die Schultern begannen ein wenig zu zittern.

»Von Jäckels Hund vor allem, nicht wahr? Von dem weißt du überhaupt nichts, stimmt's?«

Stepaniak schluckte und nickte eifrig.

Robert beugte sich leicht zu dem jungen Mann hinunter, und er unterdrückte sein Mitleid mit diesem armen Würstchen, so gut es ging.

»Ich mag es nicht, wenn man mich verarscht«, zischte er.

»Aber ich …«

»Und du verarschst mich gerade.«

»Ich würde nie …«

Stepaniak verstummte mitten im Satz, als Robert ihm den linken Zeigefinger neben dem Schulterblatt in den Rücken drückte. Der junge Mann sog scharf die Luft ein.

»Erschießen Sie mich jetzt?«

»Ich will Antworten.«

»Aber ich … ich weiß doch nichts!«

»Wirklich nicht?«

»Nein«, beeilte sich Stepaniak zu versichern. Er klang ein wenig erleichtert. »Ich weiß von nichts, und ich habe überhaupt keine Ahnung.«

»Dann kann ich dich ja wirklich erschießen.«

»O Gott! Nein, ich …«

Jetzt zitterte der ganze Körper des anderen, und auf der Stufe, auf der er kniete, bildete sich eine Pfütze.

»Du wolltest noch was sagen?«

»Ich … Sind Sie von der Polizei?«

»Nein. Und glaub mir, das ist keine gute Nachricht für dich.«

»Was … was wollen Sie von mir?«

»Antworten.«

»Aber ich …«

Robert drückte den Finger noch ein bisschen fester in Stepaniaks Rücken. Das war endgültig zu viel für den jungen Mann. Er ließ sich nach vorne sinken und stützte sich mit beiden Händen auf der Treppe ab. Robert hörte ihn weinen und wartete, bis das Schluchzen leiser wurde.

»Ich glaube ja auch nicht, dass ein Weichei wie du alles weiß«, redete er beruhigend auf Stepaniak ein. »Aber vielleicht reicht es mir schon, wenn du mir das bisschen erzählst, in das dich die anderen eingeweiht haben.«

»Die anderen?«

Einen Moment lang befürchtete Robert, er könnte mit seinem Schuss ins Blaue falschgelegen haben.

»Sie wissen von den anderen?«, fragte der junge Mann.

Er machte Anstalten, sich umzudrehen.

»Das würde ich nicht machen«, riet ihm Robert. »Du weißt, was mit Leuten passiert, die Gesichter sehen, die sie besser nicht gesehen hätten.«

»Oh …«

Schnell wandte sich Stepaniak wieder der Treppe zu und senkte leicht den Kopf.

»Sie wissen von den anderen?«, wiederholte er dann.

»Natürlich. Und ich weiß, dass ihr euch zwar manchmal in deiner Wohnung trefft – aber ich persönlich halte dich eher für einen Mitläufer. Das Sagen in eurer Gruppe hat ja wohl eher …«

Stepaniak hatte den Satz in Gedanken offenbar schon ergänzt.

»Aber Maren hat mir gesagt, dass ich niemandem etwas sagen soll«, empörte er sich.

»Warum hält sie selbst dann nicht dicht?«

Noch ein Schuss ins Blaue. Noch einer, der saß.

»Was? Maren hat Ihnen …? Was hat sie Ihnen denn alles erzählt?«

»Du vergisst, dass ich im Moment nicht mit Maren plaudere, sondern mit dir. Also, was hast du mir zu erzählen? Und überleg dir gut, ob du nicht womöglich etwas verschweigst, das ich eh schon weiß.«

»Eigentlich ist an allem nur dieser blöde Jäckel schuld. Hätte der damals nicht seinen Hund auf uns gehetzt …«

»Und dann habt ihr seinen Hund entführt?«

»Ja, und weil die Töle Poirot heißt, kam uns die Idee, daraus eine Aktion zu machen. Diese Polizistin hatte eine Katze, die ebenfalls nach einer Figur aus einem Krimi benannt worden war. Und dann fiel mir ein, wie die Vögel heißen, die tagsüber immer im Buchladen am Marktplatz in ihrem Käfig hocken. Das ist ja oft ein ziemliches Spektakel, wenn der Mitarbeiter der Buchhandlung mit dem Käfig auf dem Bollerwagen durch die Altstadt zieht. Wir wollten Infos zu unserer Aktion anonym an die Presse geben, und wir haben auf Schlagzeilen gehofft, weil das doch so schön schräg ist: Haustiere, die nach Krimifiguren benannt sind – und die plötzlich spurlos verschwinden.«

»Wer von euch hat das in Erfahrung gebracht?«

»Was denn?«

»Die Namen der Tiere, Mann!«

»Das mit Poirot wussten wir schon. Jäckel hat seinen Köter ja gerade noch rechtzeitig gestoppt. ›Poirot, aus!‹, rief der, das war nicht zu überhören. Und die Kakadus sind gewissermaßen Stadtgespräch.«

»Okay, und wer kannte den Namen der Katze?«

»Äh … das weiß ich wirklich nicht.«

»Du willst mir erzählen, dass du dich nicht mehr daran erinnern kannst, wer von euch die Information in die Gruppe brachte, wie diese Katze heißt?«

»Ja, tut mir leid, aber … Ich war nicht jedes Mal dabei, wenn eine Aktion vorbereitet wurde. Und als ich dazustieß, hatte diese Info schon die Runde gemacht.«

Robert seufzte. Dieser Waschlappen war schon für die Entführung der Tiere nur ein Mitläufer gewesen. Als Beteiligter eines Mordes schied er in seinen Augen aus. Trotzdem musste er ihn danach fragen.

»Und warum behauptet Maren, du hättest mitgeholfen, den alten Jäckel umzubringen?«

»Was … was behauptet sie?«

»Du hast mich schon verstanden.«

»Aber ich … das ist ja … Von Jäckels Tod weiß ich wirklich nur das, was in der Zeitung stand, das müssen Sie mir glauben! O Gott, was hat sich Maren nur dabei gedacht?«

Stepaniak klang ehrlich entsetzt, und nun gewann Roberts Mitleid doch die Oberhand.

»Das war nur ein Test, ich hab dich reingelegt. Maren hat nichts Derartiges gesagt.«

Der junge Mann atmete schwer.

»Hast du dein Handy dabei?«, fragte Robert nach einer kurzen Pause.

Stepaniak nickte.

»Ruf die Polizei an. Denen erzählst du alles, was du mir erzählt hast, dann bist du mich los. Und am besten erwähnst du nicht, dass ich dich dazu überreden musste. Wenn die Polizei glaubt, dass du aus freien Stücken gestehst, rechnen sie dir das auf eine mögliche Strafe an.«

Mit seiner zitternden Rechten zog Stepaniak das Smartphone aus der Hosentasche.

»Welche Nummer?«, fragte er.

»110.«

Tillmann Stepaniak musste viermal ansetzen, bis er die drei Ziffern endlich richtig eingetippt hatte. Dann nannte er seinen Namen und seine Adresse und gab an, seine Beteiligung an der Entführung gestehen zu wollen. Der Beamte am anderen Ende steuerte Stepaniak mit seinen Fragen routiniert durch das Gespräch, und Robert sah zu, dass er sich aus dem Staub machte, bevor das Telefonat beendet wurde.

7

Sie hatte Blumen gegossen und den Briefkasten geleert, danach geschaut, ob auch im Keller alles so war, wie es sein sollte, und dann machte sie sich wieder auf den Heimweg. Der erste Teil ihres Plans war umgesetzt, der zweite ebenfalls, nun stand noch der dritte und letzte aus – und dazu musste sie sich das Umfeld ihrer Zielperson noch einmal genau anschauen. Das Wetter war inzwischen trocken genug, dass sie den Wagen ein gutes Stück entfernt von der Wohnung, die sie beobachten wollte, abstellen und einen ausgedehnten Spaziergang genießen konnte.

Nach einigen Minuten hatte sie die Straße erreicht, und kurz darauf sah sie das Haus vor sich, in dem sich die fragliche Wohnung befand.

Robert saß vor dem *Ristorante Fontana* und ließ sich einen gut gefüllten Teller Pasta schmecken. Er hatte auf Pasquale Fontanas Bitte hin einen zusätzlichen Stuhl an dessen Tisch gestellt, und nun saß er mit dem Seniorwirt zusammen, und beide ließen sich die wunderbaren Spa-

ghetti Carbonara schmecken, die sie sich aus der großen Schüssel auf ihre Teller gehäuft hatten. Doch so heftig sein Hunger gewesen war, nach einem ordentlichen Nachschlag musste Robert passen. Er hatte sich so gesetzt, dass er neben dem Eingang zum Lokal auch die Kurze Straße im Blick hatte. Und wirklich sah er nach einer Weile einen Streifenwagen näher kommen und gemächlich am Rand des Marktplatzes entlang und dann in Richtung Polizeidirektion davonfahren. Im Fond des Polizeiautos hatte Tillmann Stepaniak gesessen, sein hageres Gesicht hatte man durch die Seitenscheibe gut erkennen können.

Roberts Blick folgte dem Streifenwagen, bis er vor den Arkaden des Alten Rathauses Maren Sattmann stehen sah. Sie hatte Stepaniak offenbar auch entdeckt und starrte fassungslos der Polizei hinterher. Schließlich ging ein Ruck durch die Frau, sie wischte sich über die Stirn, dann wandte sie sich um und eilte mit großen Schritten über den Marktplatz.

»Signor Fontana, bitte entschuldigen Sie mich«, sagte Robert im Aufstehen.

»Aber einen Grappa …?«

Der Alte blieb kopfschüttelnd zurück, Robert folgte der Frau. Sie hielt zunächst auf Gustaf Kruses Haus zu, doch an der Metzgerei Schwarzfuß bog sie ab und marschierte bergauf in Richtung Hochwachtturm. Im Vorübergehen warf Robert einen Blick auf die Fenster von Kruses Haus, hinter keinem brannte Licht. War der Puppenspieler heute ungewöhnlich früh ins Bett gegangen? Oder war er noch unterwegs?

Aber darum konnte er sich jetzt nicht kümmern, er musste Maren Sattmann folgen, und er war gespannt, mit wem sie als Erstes würde reden wollen, nachdem sie von der Verhaftung ihres Mitstreiters erfahren hatte.

Sie verließ die Altstadt von Remslingen und bog in die Fronackerstraße ein, in der auch seine Freundin Selina Brand wohnte. Doch lange vor deren Haus verschwand Maren Sattmann in einer Hofeinfahrt. Robert eilte bis zur Hausecke, hinter der sie aus seinem Blickfeld verschwunden war. Sehen konnte er sie nicht, aber er hörte die Hacken ihrer Schuhe auf den Asphalt knallen, zurückgeworfen und verstärkt von den umliegenden Mauern.

Nun wurde weiter hinten im Hof eine Tür aufgerissen, für kurze Zeit waren Bass, Schlagzeug und verzerrte Gitarre zu hören, dann schlug die Tür wieder zu. Robert eilte in die Richtung, aus der die Geräusche gekommen waren. Es war nicht schwer zu erraten, hinter welcher Tür sich die Musiker befanden: Sie war aus Metall und mit Plakaten einer Band namens Möther Mary beklebt. Er drückte die Klinke und zog die Tür auf. Ein Schwall muffiger Luft wehte ihm entgegen, im Inneren führte eine Treppe nach unten. Unten fand sich Robert in einem Kellerflur wieder, von dem einige Türen abgingen. Auch hier war eine mit Plakaten beklebt, und diese Tür war nur angelehnt.

Dahinter setzte nun eine Sängerin an, die viel Kraft in der Stimme hatte, allerdings wenig Gespür für den richtigen Ton. Es klang zum Gotterbarmen, und es war ein Segen, dass die Band kurz darauf ihre Probe unterbrach.

»Maren, was machst du denn schon wieder hier?«, ließ sich eine heisere Frauenstimme hören. »Wir haben doch alles besprochen, und wir müssen jetzt wirklich proben!«

Robert gab ihr insgeheim recht, aber Maren Sattmann ließ den Einwand nicht gelten.

»Kommst du bitte kurz raus? Dauert nicht lange.«

»Meinetwegen«, maulte die andere.

Fieberhaft schaute sich Robert um. Wenn keine der anderen Türen unverschlossen war, musste er sich fragen lassen, was er hier zu suchen hatte. Das konnte unangenehm werden, und er würde obendrein nichts mehr belauschen können. Die dritte Tür ließ sich öffnen, und Robert schlüpfte hindurch, gerade noch rechtzeitig, um nicht von den beiden Frauen entdeckt zu werden.

»Was ist denn noch?«, fragte die Sängerin.

»Till wurde soeben von der Polizei abgeholt.«

»Till wurde … was?«

»Die haben ihn mitgenommen. Wenn er den Mund nicht hält, sind wir geliefert.«

Aus dem Proberaum war Männerlachen zu hören und Bierflaschen, deren Bügelverschlüsse geöffnet wurden. Die Sängerin brauchte einen Moment, um sich wieder zu fassen.

»Eigentlich weiß Till ja kaum etwas«, sagte sie schließlich. »Du hattest recht damit, dass alle nur einen kleinen Teil wissen sollten und niemand von den anderen alle Details unserer Aktionen. Das wird sich jetzt auszahlen.«

»Aber er kann der Polizei verraten, wer zu unserer Gruppe gehört.«

»Das wissen die doch schon. Vor dem Steakhaus haben sie unsere Personalien aufgenommen, auf dem Reiterhof ebenso, und auch der Journalist, dem wir unsere Stallfotos angeboten haben, hat uns verpfiffen.«

»Stimmt auch wieder«, gab Maren Sattmann zu. Sie klang etwas ruhiger als eben noch.

»Und wenn die uns auch abholen, dann sollen sie uns ruhig fragen. Ich weiß ja schon aus Prinzip nie etwas.«

Die Sängerin lachte kehlig, dann verabschiedete sie sich von der anderen und kehrte in den Proberaum zurück. Maren Sattmann blieb noch im Keller stehen, bis die Band wieder losgelegt hatte, dann stieg sie langsam die Treppe hinauf und ging in die Nacht davon.

Alfons saß auf einem Stuhl vor dem Vogelkäfig, und er ließ den Kopf hängen. Watson schaute ihn aufmerksam an, aber dann wurde ihm der Anblick doch zu langweilig, und er krähte ein paar Kommandos. Zufrieden beobachtete er, wie sich Poirot bemühte, ihm möglichst schnell zu gehorchen. Nach drei Durchgängen mit »Sitz!«, »Platz!« und »Fass!« – das galt einem kleinen Gummiball, den die WG-Mitbewohnerin Ivanka spendiert und den der Hund schon halb zerkaut hatte – bellte Poirot, weil er jetzt genug hatte vom Gehorchen, und legte sich wieder in seinen Korb, der in Sichtweite von Watson in der Ecke stand.

Sherlock fehlte, und manchmal hatte Alfons das Gefühl, dass sich Watson mit dem Verschwinden seines

Kameraden eher arrangieren konnte als er. Er hob den Blick, und der Kakadu schüttelte daraufhin den Kopf, als könne er die Gedanken des Menschen jenseits der Gitterstäbe lesen und widerspreche ihm auf diese Weise. Nun musste Alfons doch ein bisschen lächeln, aber die Traurigkeit nahm ihn schnell wieder gefangen.

Alfons erhob sich, ging in die Küche, hatte aber keine Lust auf einen Kaffee, ging ins Wohnzimmer, hatte aber keine Lust auf eine Fernsehsendung oder ein Buch. Schließlich stand er unschlüssig am Fenster seines WG-Zimmers. Zum Schlafengehen fand er es noch zu früh, aber er wusste auch sonst nichts mit sich anzufangen.

Es war mittlerweile dunkel geworden. Unten auf den Gehwegen entlang der Beinsteiner Straße war kaum jemand unterwegs, nur eine einzelne Frau stand zwei Häuser weiter auf der anderen Straßenseite, sie hatte sich etwas von ihm abgewandt und hielt ein Handy ans Ohr.

Handy … Wie gern würde er jetzt Marie anrufen, aber er traute sich nicht, sie zu stören. Vermutlich büffelte sie auch heute bis in den späten Abend. Und danach würde sie vermutlich viel zu müde sein, um ihn noch sehen zu wollen.

Er setzte sich an seinen Schreibtisch, nahm Stift und Block zur Hand und schrieb die Namen der drei Tiere hin, die entführt worden waren. Zu »Poirot« schrieb er noch »Jäckel« und versah den Namen des pensionierten Staatsanwalts mit einem Kreuz. Unter »Wisting« notierte er »Lier« und dahinter ein Fragezeichen. Nach kurzem

Zögern kritzelte er seinen Namen unter den von Sherlock, und dann verharrte seine Hand reglos über dem Papier.

Alfons hatte vorgehabt, die Kommissarin zu beobachten, um eine etwaige Gefahr für sie abwenden zu können. Dabei konnte er genauso gut selbst alles Mögliche befürchten, und vielleicht war es keine schlechte Idee, auf alles zu achten, was um ihn herum vor sich ging. Was ihm verdächtig vorkam.

Er stand auf und stellte sich wieder ans Fenster.

Auf der anderen Straßenseite torkelte ein Betrunkener auf die Frau zu, die dort immer noch stand und telefonierte. Er rempelte sie beinahe an, und sie hielt ihm sofort eine ordentliche Standpauke, für die sie das Handy kurz sinken ließ. Der Betrunkene wich erschrocken zurück, obwohl es von hier oben aus wirkte, als sei die Frau mindestens einen Kopf kleiner als der grobe Kerl, der nicht mehr durstig war. Er hob beschwichtigend die Hände, machte extra einen Bogen über die Straße, um ihr nicht zu nahe zu kommen, und torkelte dann kopfschüttelnd weiter.

Die Frau blickte ihm nur ganz kurz hinterher und drehte sich dadurch ein wenig, dabei nahm sie schnell das Handy wieder ans Ohr. Das Licht der Straßenlaternen beleuchtete sie kaum, aber Alfons war es, als würde sie eher zuhören als sprechen. Und als die Frau auf dem Gehweg sich noch ein bisschen drehte, fing er für einen Moment ihren Blick auf.

Wie ertappt machte er einen kleinen Satz nach hinten. Hatte diese Frau gerade wirklich zu ihm hinaufgeschaut?

Einen Moment lang dachte er daran, das Zimmerlicht zu löschen, aber falls sie ihn gesehen hatte und gleich danach bemerkte, dass er das Licht ausschaltete, würde ihr klar werden, dass er sie gesehen hatte und sie aus dem verdunkelten Zimmer in Ruhe betrachten wollte. Dann wäre sie entweder eine harmlose Passantin und würde ihn für einen Stalker halten – ein Verdacht, den er heute schon einmal als sehr unangenehm empfunden hatte. Oder sie hatte das Handy nur zur Tarnung eingesetzt und observierte ihn, aus welchem Grund auch immer, und würde sich eilig aus dem Staub machen.

Also drückte sich Alfons an seinem Schreibtisch vorbei und suchte am Rand des Fensters Deckung. Die Frau hatte den Kopf gehoben und sah zweifelsfrei zu seinem Zimmer herauf. Ihr Handy hatte sie sinken lassen, und sie nahm es auch nicht mehr ans Ohr, als sie langsam davonging, sondern steckte das Telefon in ihre Gesäßtasche.

Wäre sie doch nur etwas näher gekommen, oder wäre das Licht der Straßenbeleuchtung doch ein bisschen heller gewesen – aber so blieb sie im Halbdunkel, und er konnte ihr Gesicht nicht erkennen.

Er überlegte fieberhaft, was er am besten unternehmen sollte. Robert Mondrian anrufen? Aber es war ja klar, was der ihm raten würde, und darauf, zu Hause zu bleiben und die Hände in den Schoß zu legen, hatte er im Moment überhaupt keine Lust. Marie anrufen? Auch sie würde ihm alles ausreden wollen, was Spannung und Abenteuer versprach. Also zog Alfons stattdessen seine Jacke über, schlüpfte in die Schuhe und flitzte nach unten.

Robert war Lino Fontanas Freundin noch bis nach Hause gefolgt. Sie wohnte in einem Mehrfamilienhaus ein paar Minuten Fußweg von der Remslinger Altstadt entfernt. Und als sie im Gebäude verschwunden war und er sich mit einem Blick auf die Namensschilder neben dem Eingang versichert hatte, dass sie wirklich hier wohnte, war er zurück zum Marktplatz geschlendert.

In Gustaf Kruses Haus brannte noch immer kein Licht. Er besah sich die Fenster an allen Seiten, und schließlich ging er an den Schaukästen mit Plakaten zu den aktuellen Theaterstücken vorbei zur Eingangstür. Das Schloss würde ihn nicht mehr als wenige Sekunden aufhalten – aber sollte er wirklich in das Haus seines Nachbarn eindringen, auf den bloßen Verdacht hin, es könne da drin irgendetwas nicht in Ordnung sein? Er verstand Klaus Neher gut, der früher am Abend vor derselben Frage gestanden hatte.

»Ich würde es lassen«, hörte er Nehers Stimme, und er fuhr sich kurz über die Stirn, weil es ihn irritierte, wie echt dieser Gedanke gerade geklungen hatte. Da hörte er Schritte hinter sich und sah, dass es nicht nur ein Gedanke gewesen war: Der Kommissar und sein Kollege Hannes Lachenmaier kamen auf ihn zu.

»Du wolltest da nicht gerade rein, oder?«

Neher nickte zu Kruses Tür hin.

»Würde ich nie machen«, versetzte Robert grinsend. »Und wie war's bei euch?«

»Eigentlich alles in Ordnung, aber ein Bier könnte ich jetzt vertragen.«

Lachenmaier räusperte sich.

»Könnten *wir* vertragen«, korrigierte sich Neher.

»Gern«, sagte Robert und ging ihnen voraus zu seinem Haus.

Sie hatte sich alle paar Meter umgeschaut, aber nirgendwo etwas Verdächtiges bemerkt. Es war nun alles für den nächsten Schritt vorbereitet. Sie hatte falsche Fährten gelegt und ein paar Indizien so versteckt, dass sie die Polizei eine Weile aufhalten würden. Nun wollte sie sich ein Glas Wein gönnen, nach ihrem Gefangenen schauen und danach ein paar Stunden schlafen.

Den Buchhändler bemerkte sie erst, als sie schon aus der Einkaufspassage auf die Straße getreten war. Doch Mondrian achtete nicht auf sie. Offenbar inspizierte er die Fenster von Kruses Haus. Schnell zog sie sich wieder in die Passage zurück und arbeitete sich an der Wand entlang so weit vor, dass sie den Marktplatz und das Haus des Puppenspielers sehen konnte, ohne selbst entdeckt zu werden.

Was würde Robert Mondrian jetzt unternehmen? Machte er sich Sorgen um seinen Nachbarn? Das wäre ärgerlich und könnte ihre Pläne durchkreuzen. Aber warum gab er sich nicht damit zufrieden, dass seine Anrufe am Ende doch noch beantwortet worden waren – wenn auch nur durch eine Textnachricht von Kruses Handy? War ihr in der Formulierung des Textes ein Fehler unterlaufen?

Sie ging vollständig in Deckung und zog das Handy

des Puppenspielers hervor. Es war an, aber natürlich auf stumm geschaltet. Das wäre ja was gewesen, wenn Robert Mondrian noch einmal angerufen und das Klingeln des Handys in seiner Nähe gehört hätte!

Zum wiederholten Mal überflog sie den Chatverlauf der beiden Männer, dann verglich sie die von ihr abgeschickte Nachricht mit den vorigen … nein, da gab es nichts, das auffallend von Kruses anderen Texten abwich.

Als sie das Smartphone weggesteckt und sich wieder auf ihren Beobachtungsposten vorgeschoben hatte, war Mondrian nicht zu sehen. Inspizierte er nun die Haustür, rief er von dort aus nach seinem Freund, drang er womöglich sogar ins Haus ein?

Zwei Männer näherten sich, als sie nahe genug waren, erkannte sie die Kommissare Neher und Lachenmaier, auch sie verschwanden aus ihrem Blickfeld, als sie auf Kruses Hauseingang zuhielten. Ihr Herz schlug schneller, nun war sie doch etwas nervös – aber nach kurzer Zeit kamen Neher und Lachenmaier zurück, und zwischen ihnen ging Mondrian. Die drei unterhielten sich angeregt und machten sich daran, die Buchhandlung zu umrunden, um über den Hinterhof Mondrians Haus zu betreten.

Sie huschte aus ihrem Versteck, schlenderte möglichst unauffällig über den Marktplatz und wartete, bis sie sehen konnte, wie im ersten Stock über der Buchhandlung das Licht eingeschaltet wurde. Wenn sie sich den Grundriss von Mondrians Wohnung richtig eingeprägt hatte, war seine gemütliche Essküche hell erleuchtet.

Als die drei Männer an Roberts Küchentisch saßen und miteinander angestoßen hatten, ließ er sich von den Kommissaren berichten.

Vor dem Mehrfamilienhaus, in dem Hanna Lier wohnte, hatten sie nicht lange warten müssen. Nach wenigen Minuten war jemand herausgekommen und hatte nicht auf die beiden Männer geachtet, die höflich grüßend die Gelegenheit nutzten, durch die offene Haustür ins Gebäude zu kommen. Ungesehen hatten sie es in den dritten Stock geschafft, und während der eine Kommissar Schmiere stand, öffnete der andere die Wohnungstür. Sie ließen das Licht aus und arbeiteten sich mit ihren Taschenlampen routiniert durch die Wohnung, immer darauf bedacht, dass von außerhalb möglichst wenig zu bemerken war.

Außer der Katze war niemand da, und das Tier war besänftigt, als Hannes Lachenmaier ihr ein paar Leckerli auf den Boden streute, die er in einem Küchenregal gefunden hatte. Die Wohnung wirkte aufgeräumt, und nichts deutete darauf hin, dass die Kollegin überstürzt aufgebrochen war – oder dass hier womöglich ein Kampf stattgefunden hatte. Ins Schlafzimmer schauten sie ganz zum Schluss, und Neher war es ziemlich peinlich, den Lichtstrahl über das Bett gleiten zu lassen und über einen Stuhl, auf dem Unterwäsche und ein Nachthemd lagen.

»Natürlich ist es mir lieber, dass wir offenbar grundlos in die Wohnung der Kollegin eingedrungen sind«, gab Neher zu, »aber andererseits ist mir das Ganze jetzt auch sehr unangenehm. Denn so, wie die Lage sich im Nachhinein darstellt, haben wir es mit unserer Aktion halt doch übertrieben.«

»Vielleicht erfährt sie nie davon«, beruhigte Robert seinen Freund.

»Wir haben uns jedenfalls alle Mühe gegeben, keine auffälligen Spuren zu hinterlassen.«

»Und die Katze hat die Leckerli bis auf den letzten Krümel weggeputzt«, merkte Lachenmaier noch an.

»Na dann«, sagte Robert und lächelte. Dann fiel ihm etwas ein. »Du hast gesagt, dass *eigentlich* alles in Ordnung sei – warum nur eigentlich?«

Neher seufzte und wechselte einen schnellen Blick mit Lachenmaier.

»Wir haben noch einmal geschaut, dass auch ja nichts auf unseren Besuch hindeutet, und als wir uns dessen sicher sein konnten, sind wir durch die Wohnungstür in den Flur hinausgeschlüpft. Ich hatte gerade die Tür hinter mir zugezogen, da tippte mir Kollege Lachenmaier auf die Schulter. Ich habe mich umgedreht, und da stand eine ältere Frau vor mir, die Füße in plüschigen Hausschuhen und die Stirn in Falten gezogen. Mir blieb schier das Herz stehen.«

»Eine Nachbarin hat euch gesehen?«

»Ja, und die war ziemlich misstrauisch. Ich habe behauptet, dass wir nach der Kollegin gesehen hätten. Und als die Nachbarin fragte, ob Frau Lier denn inzwischen wieder daheim sei, kam mir zum Glück Kollege Lachenmaier zu Hilfe.«

»Ich habe ihr gesagt, dass wir uns um die Katze kümmern würden, solange die Kollegin unterwegs sei.«

»Keine Ahnung, ob sie uns das abgekauft hat. Jedenfalls ließ sie sich von uns die Dienstausweise zeigen, und im Weggehen hat sie etwas gemurmelt, auf das ich mir keinen Reim machen konnte. Dass heute ja ordentlich Betrieb sei vor der Wohnung von Frau Lier, etwas in der Art.«

Robert musste lachen.

»Das bezog sich vermutlich auf Alfons. Der stand doch heute auch schon vor der Wohnung, hatte geklopft und geklingelt und danach die Katze miauen hören. Er dachte wohl daran, die Tür zu knacken – da kam eine Nachbarin vorbei, vermutlich dieselbe, die auch euch begegnet ist.«

Alfons hatte kein Glück. Als er die Straße erreicht hatte, war die Frau, die zu seinem Fenster heraufgeblickt hatte, verschwunden. Und so eilig er auch in alle Richtungen ging, schließlich sogar rannte, nirgendwo entdeckte er eine Gestalt, die zu der Unbekannten passte und die sich von seiner Wohnung entfernte. Handelte es sich um jemanden, der ganz in der Nähe wohnte und deshalb in eines der benachbarten Gebäude gegangen war? Oder hatte er sich doch alles nur eingebildet, und die Fremde war zu Besuch in der Straße, hatte ihre Gastgeber angerufen, vielleicht weil sie die angegebene Adresse nicht fand oder weil sie ihr entfallen war, und das Gespräch hatte sie genau in dem Moment beendet, als Alfons sich für ein paar Sekunden weiter ins Zimmer zurückgezogen hatte? Und der Blick nach oben – Zufall? War er ihr womöglich aus den Augenwinkeln aufgefallen, hatte sie ein vages Gefühl nach oben schauen lassen? Immerhin war sie kurz zuvor von einem Betrunkenen belästigt worden, da konnte man schon mal nervös werden und einen zufälligen Augenzeugen für einen Stalker halten.

Ach, es gab so viele Möglichkeiten, dass der Aufenthalt der fremden Frau vor seinem Haus nichts zu bedeuten hatte. Und doch …

Er war inzwischen am Bürgerzentrum angelangt. Dort setzte er sich auf eine niedrige Mauer mit Blick auf den Brunnen und auf die Fußgängerbrücke über die Rems. Ein paar Jugendliche balgten sich auf der Wiese links von ihm, und ein Pärchen stand am jenseitigen Flussufer, eng umschlungen und mit Augen für nichts als den jeweils anderen.

Ohne nachzudenken, zog er sein Handy heraus und rief Marie an. Sie meldete sich erst nach kurzer Wartezeit, und ihre Stimme klang müde.

»Hast du geschlafen?«, fragte er.

»Hm«, brummte sie. »Bin wohl eingenickt.«

»Lust auf einen Spaziergang?«

»Unbedingt«, sagte sie, und sein Herz hüpfte vor Freude. »Für heute habe ich genug gelernt. Ich meine, wenn ich schon über meinen Unterlagen einschlafe …«

Ihr leises Kichern wärmte ihn, und er stand auf, um sich auf den Weg zu ihr nach Beinstein zu machen.

»Aber weißt du was?«, sagte sie und klang inzwischen viel wacher. »Ich schwing mich aufs Fahrrad und komme zu dir. Die frische Luft wird mir guttun. Und ich muss mir doch mal zeigen lassen, ob Poirot inzwischen auf deine Kommandos hört.«

»Na ja«, gab er zu, »im Moment gehorcht er eher Watson.«

»Hä?«

»Ich erklär's dir. Magst du zum Bürgerzentrum radeln? Ich sitze dort gerade am Brunnen.«

»Du sitzt am … Brunnen?«

»Ja, auch das erklär ich dir. Bis gleich, okay?«

Neher hatte noch Lust auf ein zweites Bier, Lachenmaier nippte nur an seiner Flasche, die noch halb voll war, also holte Robert lediglich für sich und seinen Freund Nachschub.

»Wenn jemand umgebracht wird, den kaum einer leiden konnte«, brummte Neher nach dem nächsten Schluck, »bedeutet das für die Kripo immer extra viel Arbeit.«

»Und in Jäckels Fall ist es besonders schlimm«, fügte Lachenmaier hinzu. »Der hatte praktisch mit jedem Streit, ob in der Nachbarschaft oder beim Einkaufen oder vor seiner Pensionierung mit allen Kollegen.«

»Wenn wir davon ausgehen, dass Jäckel nicht ermordet wurde, weil er an der Supermarktkasse patzig geworden oder weil er nicht einverstanden war damit, wie die Hecke am Nachbarhaus geschnitten wurde, sind wir schnell bei Leuten, mit denen er während seiner beruflichen Laufbahn aneinandergeraten ist.«

Robert nickte, er sah das genauso wie Neher.

»Auch da sehe ich das Motiv für einen Mord nicht unbedingt in Kabbeleien mit anderen Staatsanwälten oder mit der Polizei«, merkte er an. »Die hatten ihn ja seit einiger Zeit vom Hals. Bleiben also die Fälle, in denen er auf eine besonders harte Strafe gepocht hat, und von denen vermutlich die Verfahren, in denen er sich mit seinen Vorstellungen durchgesetzt hat.«

Neher grinste.

»Gut kombiniert, Robert. Deshalb sind die Kollegen von Anfang an auch damit beschäftigt, seine größten Fälle durchzuarbeiten. Sie wollen sich zunächst auf alle Verfahren konzentrieren, die den Angeklagten lange Haftstrafen eingebracht haben. Aber auch diese Liste ist länger, als uns lieb sein kann. Jäckel war oft an solchen Verfahren beteiligt, seine Vorgesetzten hielten ihn offenbar für sehr fähig – insgesamt galt er als harter Hund.«

»Apropos Hund: Spielte in einem dieser Verfahren vielleicht ein Haustier eine Rolle? Hatte jemand, der oder die länger hinter Gitter musste, zum Beispiel einen Hund oder ein Pferd? Das ist vielleicht ein bisschen weit hergeholt, aber wenn ihr ohnehin mehr Ansatzpunkte habt, als ihr auf einmal verfolgen könnt, ist es vielleicht einen Versuch wert.«

»Soweit ich weiß, achten die Kollegen auch darauf.«

»Gut. Ihr seid auf Zack.«

Robert grinste und prostete den beiden zu.

Zwanzig Minuten nach seinem Anruf legte Marie ihr Fahrrad neben Alfons auf dem Boden ab und setzte sich zu ihm. Sie unterhielten sich über den kommandierenden Kakadu und den Schäferhund, der aus Spaß das Spiel des Vogels mitmachte. Und weil Marie ihm einen völlig grundlosen Abendspaziergang nicht abnahm, musste er ihr wohl oder übel gestehen, wie es ihn hierher an den Rand der Remsauen verschlagen hatte.

»Und du glaubst, diese Frau hat dich beobachtet?«, fragte Marie nach kurzem Nachdenken.

Alfons zuckte mit den Schultern. Dass seine Freundin ihn besorgt ansah und keine Anstalten machte, ihn wegen seines Verdachts auszulachen, tat ihm gut. Einerseits. Andererseits: Wenn Marie das auch für möglich hielt, sollte er wohl wirklich besser auf sich aufpassen. Misstrauisch sah er sich um, da knuffte sie ihn in die Seite.

»Ich hab den schwarzen Gürtel in Karate«, neckte sie ihn. »Wenn ich in deiner Nähe bin, musst du also nichts befürchten.«

Er küsste sie.

»Aber im Ernst«, fuhr sie fort. »Glaubst du, Jäckel könnte nur der erste Mord in einer Serie sein?«

»Kommissarin Lier ist verschwunden. Sie war nicht zu Hause, als ich nach ihr gesehen habe. Und vorhin hat mir mein Chef eine Textnachricht geschickt. Auch Kommissar Neher hat sie heute Abend nicht daheim angetroffen.«

»Und diese Frau, die du verfolgen wolltest, meinst du, sie hat den pensionierten Staatsanwalt umgebracht?«

»Vielleicht ist sie eher eine Komplizin des Mörders. Immerhin wurde Jäckel tot von seinem Bett ins Wohnzimmer getragen.«

»Das würde ich auch schaffen.«

»Ja, du ...«

»Und ich bin nicht einmal besonders groß. Eine sportliche Frau könnte das also auch bewerkstelligen. Wirkte die Frau, die du gesehen hast, denn sportlich?«

»Keine Ahnung, die Lichtverhältnisse waren zu schlecht. Sie war eher klein, mehr kann ich nicht sagen.«

»Und jetzt? Zu dir?«

»Jetzt habe ich vor allem Hunger, um ehrlich zu sein.«

»Na, hör mal!«, lachte sie und stieß ihn wieder in die Seite. »Ich frag dich, ob du mit mir ins Bett willst – und du willst lieber etwas essen?«

»Muss ich mich denn entscheiden?«

Er übte an ihr den Hundeblick, den er Poirot abgeschaut hatte. Sie nahm ihn an der Hand und zog ihn hoch.

»Auch wieder wahr«, sagte Marie und schnappte ihr Fahrrad. »Los, spring hinten rauf.«

Und dann ging es in das kleine Lokal, in dem sie schon viele schöne Abende verbracht hatten und in dem es auch um diese Uhrzeit noch etwas zu essen gab.

Robert brachte seine beiden Besucher nach unten. Hannes Lachenmaier wollte noch einmal in der Polizeidirektion vorbeisehen, Neher blieb noch am Haus stehen, bis der Kollege außer Sichtweite war.

»Wir haben neuerdings einen der Tierschützer bei uns«, begann er.

»Ach was?«, gab sich Robert ahnungslos. »Wen denn?«

Er hatte bemerkt, dass Neher ihn aufmerksam musterte. Aber im Moment musste der Kommissar nicht wissen, was passiert war, bevor Stepaniak die Polizei angerufen hatte. Deshalb trug er eine unbeteiligte Miene zur Schau, die ihn vor Jahren viel Übung gekostet hatte.

»Tillmann Stepaniak heißt der Mann.«

Nehers prüfender Blick blieb auf Robert gerichtet, und als dessen Miene sich aufhellte, als komme ihm der Name bekannt vor, gönnte sich der Kommissar ein leichtes Grinsen.

»Stepaniak, genau, von dem hat mir Pasquale Fontana erzählt. Wohnt der nicht in der Kurzen Straße? Diese Tierschützer haben sich wohl ab und zu in seiner Wohnung getroffen.«

Neher blinzelte irritiert, das Grinsen verschwand wieder.

»Stimmt das nicht? Aber hast du diesen Stepaniak nicht unlängst selbst am Telefon erwähnt? Der alte Fontana hat ein Auge auf die Gruppe, weil die Freundin seines Sohnes auch dazugehört. Signor Pasquale macht sich Sorgen um die Speisekarte seines Lokals, weil die Frau Veganerin ist. Darüber haben wir doch am Telefon gesprochen, nicht wahr? Die heißt … wart mal … Maren … Maren Sattmann, genau, das war's.«

Robert hatte so unbedarft drauflosgeplappert, dass Klaus Neher wirklich nicht einschätzen konnte, ob die Ahnungslosigkeit seines Freundes gespielt war oder echt.

»Und«, fuhr Robert fort, »was hat er euch erzählt? Hat die Gruppe etwas mit den verschwundenen Haustieren zu tun?«

»Sieht so aus, aber allzu hilfreich ist Stepaniak den Kollegen bisher nicht. Zwar hat er uns die Namen einiger seiner Mitstreiter genannt, aber die sind durch deren frühere Aktionen ohnehin längst aktenkundig.«

»Und was meinst du, gibt es einen Zusammenhang zwischen der Entführung der Tiere und dem Mord an Jäckel?«

Neher musterte Robert noch einmal, dann zuckte er mit den Schultern.

»Wenn du das nicht weißt, woher sollen wir das wissen?«

Er zwinkerte ihm zu und verabschiedete sich mit einem Grinsen, das ein bisschen Bewunderung, aber auch reichlich Frust ausdrückte.

Robert ging Klaus Neher nach. Am Rand des Marktplatzes blieb er stehen und sah seinem Freund hinterher, bis der Kommissar um die nächste Ecke verschwunden war.

Irgendwann, dachte er, *irgendwann werde ich ihm doch mal erzählen, was ich früher beruflich gemacht habe. Wenn jemandem, dann ihm.*

Er wandte sich zu seinem Haus um, schlenderte an den Schaufenstern der Buchhandlung entlang und notierte sich in Gedanken, was er am nächsten Tag in der Auslage ändern sollte. Dann beschloss er, diese Änderungen gleich jetzt vorzunehmen. An Schlaf war im Moment ohnehin nicht zu denken. Er hatte im *Fontana* zu viel gegessen und in seiner Küche mit den beiden Kripobeamten zu viel über deren aktuellen Fall gesprochen.

Er hatte den Schlüssel zur Eingangstür der Buchhandlung nicht eingesteckt, also ging er ums Haus herum. Im Hinterhof hob er noch einmal den Blick zu den oberen Geschossen von Gustaf Kruses Haus. Hinter allen Fenstern war es dunkel. Er versuchte, die Fenster den Zimmern der Wohnung zuzuordnen. Die meisten gehörten zum Wohnzimmer, und als er diese eins nach dem anderen anschaute, war es ihm einen Augenblick lang, als habe sich etwas Helles hinter einer der Scheiben bewegt. Er kniff die Augen zusammen und sah genauer hin. Hatte er den Widerschein der Straßenbeleuchtung auf einem Gesicht gesehen? Aber da war nichts. War da etwas gewesen, oder hatte er es sich nur eingebildet? Eine ganze Weile stand er starr und wandte seine Augen nicht ab. Ein leichtes Brennen zeigte ihm, dass er sich sogar das Blinzeln verkniffen hatte. Das holte er nun schnell nach, rieb sich kurz über die Augen und ging kopfschüttelnd ins Haus.

Er sah schon Gespenster.

Das war knapp gewesen.

Vom dunklen Wohnzimmer aus hatte sie beobachtet, wie der Buchhändler den Hinterhof überquerte und auf seine Eingangstür zuhielt. Dass er im letzten Moment noch zu ihr heraufgeschaut hatte, bedeutete nichts Gutes.

Irgendetwas befürchtete dieser Mondrian, und als er das Fenster, hinter dem sie stand, fixierte und anstarrte, als könne er die Dunkelheit mit seinem Blick durchdringen, trat sie schnell einen Schritt zurück.

Das Zimmer war zwar dunkel, aber ihr war den Bruchteil einer Sekunde zu spät klar geworden, dass sich das Licht über dem Marktplatz auf einem Gesicht spiegeln und sie so sichtbar machen konnte. Sie blieb eine Weile vom Fenster weg, und als sie sich wieder nach vorne traute, um nach dem Nachbarn zu schauen, war der Hinterhof leer.

Musste sie sich Sorgen machen? Würde Mondrian herüberkommen?

Doch dann sah sie auf dem Pflaster des Marktplatzes den Widerschein eines Lichts, das eben eingeschaltet worden war. Das kam vermutlich aus der Buchhandlung, also war Mondrian nicht auf dem Weg zu Kruses Haus, sondern schlug so spät am Abend noch etwas Zeit mit Arbeit tot.

Sie atmete auf, wobei: Kruses Nachbar war Buchhändler. Sie gönnte sich ein Grinsen. Was sollte ein Buchhändler schon gegen sie ausrichten?

8

Gustaf Kruse hatte überlegt, wie er freikommen oder wenigstens Hilfe herbeirufen konnte.

Er konnte laut rufen, aber nicht mit einem Knebel im Mund. Gebunden wiederum war er so fest, dass er weder die Fesseln an den Händen noch den Gürtel lösen konnte, der seinen Kopf an dem Holzbalken hinter sich fixierte. Lediglich der Knebel war nicht besonders sorgfältig befestigt. Das Klebeband, mit dem die fremde Frau seinen Mund verklebt hatte, war nicht mehr das neueste, und mit Grimassen, die zum Glück niemand sah, gelang es dem Puppenspieler nach einer Weile, das Band von seiner Gesichtshaut zu lösen. Danach schaffte er es mit viel Mühe auch, den Stofflappen aus seinem Mund zu bekommen, da hörte er Schritte auf der Stiege, die zu ihm unters Dach hinaufführte.

Sein Herz pochte, und er überlegte fieberhaft, ob er der Fremden irgendwie vorgaukeln konnte, dass er noch immer geknebelt wäre. Aber das Klebeband war nur noch an einem Ende an seiner Wange befestigt, von dort baumelte der Rest lose herunter. Und den Knebel hatte er am

Ende so gründlich ausgespuckt, dass er jetzt auf seinen Hosenbeinen lag, und dort kam er nicht ran.

Also wartete er einfach ab, wie die Frau seinen Versuch, sich wenigstens zu einem kleinen Teil zu befreien, aufnehmen und was sie deswegen mit ihm machen würde.

Offenbar hatte sie die oberste Stufe erreicht. Die Klinke wurde nach unten gedrückt, und langsam schwang die Tür auf.

Robert ging das Umdekorieren erfreulich leicht von der Hand. Was er aus dem Schaufenster genommen hatte, stapelte sich auf dem Verkaufstresen. Bevor er diese Bücher und das überzählige Dekomaterial wegräumte, wollte er sich noch vergewissern, wie die Auslage jetzt wirkte. Er schloss die Ladentür auf, und als die Glocke bimmelte, erwartete er aus alter Gewohnheit, dass die Kakadus das Geräusch in doppelter Lautstärke wiederholen würden. Es blieb still, und der Gedanke, dass Sherlock noch immer verschwunden war und deshalb auch Watson und Alfons bis auf Weiteres dem Laden fernbleiben würden, gab ihm auch diesmal einen Stich. Sofort war alles wieder da, schwirrte der tote Jäckel durch seine Gedanken, die verschwundene Lier und die Frage, was womöglich noch auf Remslingen zukam.

Entsprechend lustlos musterte er seine Schaufenster. Es war okay so, aber auf eine pfiffige Idee für den letzten Schliff durfte er in seiner momentanen Verfassung nicht hoffen.

Da war es ihm, als habe er ein Geräusch gehört. Ein Rufen vielleicht, gedämpft wie aus dem Inneren eines Raumes und nur sehr kurz. Es hatte geendet, als habe jemand einem Schrei im Film den Ton abgedreht. War es aus der Richtung von Kruses Haus gekommen, oder hatte in einem der anderen Gebäude, die den Marktplatz säumten, jemand anderes Streit oder Spaß?

Er horchte, machte ein paar Schritte zum Wohnhaus des Puppenspielers hin, aber es blieb still.

Sie sah sofort, was Kruse gelungen war. Langsam ging sie durch die Dachkammer auf ihn zu. Er folgte jeder ihrer Bewegungen gebannt. Inmitten all der Handpuppen wirkte sie mit ihrem spöttischen Grinsen, das auf ihrem Gesicht wie festgefroren aussah, beinahe selbst wie eine Puppe. Für eine Prinzessin mit schlechtem Charakter hätte er eine solche Miene geschnitzt, für eine attraktive Frau mit bösen Absichten, eine eifersüchtige Schwiegermutter, die neue Frau des Königs, die das Kind aus erster Ehe beiseiteschaffen will.

Lange ruhte ihr Blick auf ihm, bohrte sich in seine Augen, als wolle sie ihn hypnotisieren. Nach einer Weile ging sie in die Hocke, achtete aber darauf, dass er sie nicht mit dem Fuß erreichen konnte. Sie war aufmerksam, schlau, bedacht.

Und gewalttätig.

In einer kurzen Bewegung holte sie aus, ballte im Ausholen die Finger zur Faust, und erst in diesem Moment fiel Kruse ein, dass er sich doch den Mund frei gemacht hatte. Dass er doch schreien konnte. Und er schrie, so laut er konnte, lauter, als er je geschrien hatte.

Aber nicht lange. Als die Faust gegen seine Schläfe krachte, brach der Schrei abrupt ab. Dass die Fremde ihn danach wütend trat, wütend vor allem über ihre eigene Leichtsinnigkeit, ihrem Gefangenen überhaupt Gelegenheit zum Rufen gegeben zu haben, bekam Gustaf Kruse nicht mehr mit. Während die Beine von den Tritten herumgewirbelt wurden, blieb sein Körper nur dank der Fesseln und des Gürtels um seine Stirn aufrecht sitzen.

Das Nächste, was Robert hörte, waren Schritte. Schnelle Schritte von zwei Menschen, die quer über den Marktplatz auf ihn zugerannt kamen.

»Ist was, Chef?«

Alfons keuchte und war völlig außer Atem, während Marie trotz des Spurts keine Anstrengung anzumerken war.

»Kommt schnell mit«, sagte Robert und ging mit ihnen so weit zur Seite, dass sie von Kruses Haus nicht mehr zu sehen waren. Alfons rang zwar noch nach Luft, aber dass sich hier womöglich ein Abenteuer anbahnte, verbesserte seine Verfassung zusehends.

»Wir haben Sie vor der erleuchteten Buchhandlung stehen sehen«, erklärte Marie, »und so angestrengt, wie Sie zum Haus des Puppenspielers geschaut haben, dachten wir, es sei Ihnen etwas zugestoßen. Ist jemand in den Laden eingebrochen?«

»Nein, es ist eigentlich nichts passiert.«

Alfons wirkte enttäuscht.

»Eigentlich?«, fragte Marie.

»Ich habe die Schaufenster ein bisschen umdekoriert, und als ich draußen noch einmal nachsehen wollte, wie die Auslage nun auf Passanten wirkt, war es mir, als hätte ich einen Schrei gehört.«

Jetzt war Alfons wieder ganz Ohr.

»Ein Schrei? Aus Kruses Haus?«

»So kam es mir vor. Aber sicher bin ich mir nicht. Wenn ich allerdings alles miteinander in Verbindung bringe, das mir zuletzt aufgefallen ist … Kruse scheint nicht daheim zu sein, aber er schreibt mir, dass er gerade mit einer Szene für sein neues Stück beschäftigt ist, obwohl er mir kurz zuvor erzählt hat, dass das Schreiben von einzelnen Szenen jetzt noch gar nicht an der Reihe ist. Sein Haus ist dunkel und angeblich verlassen, aber jemand hat dort drin vermutlich gerade sehr laut gerufen. Und außerdem habe ich vorhin zu den Fenstern seiner Wohnung hinaufgeschaut, und einmal war es mir, als sei hinter einer der Scheiben ganz kurz ein Gesicht zu sehen gewesen. Das alles miteinander kombiniert könnte durchaus bedeuten, dass mit meinem Nachbarn Gustaf etwas nicht stimmt – oder dass er Hilfe brauchen könnte.«

Alfons strahlte.

»Dann ist es ja gut, dass wir jetzt da sind. Nicht wahr, Chef?«

Marie zwinkerte Robert zu, und der klopfte seinem Mitarbeiter lächelnd auf die Schulter und nickte. Alfons strahlte noch mehr und machte seinen Rücken sehr gerade.

»Was sollen wir also unternehmen?«, fragte Marie.

Robert dachte nach. Am liebsten wäre er dem Verdacht, der ihn plagte, allein nachgegangen. Alfons war bisher immer ein Unsicherheitsfaktor gewesen. Andererseits sahen sechs Augen mehr als zwei, und zumindest Marie war mit ihrem schwarzen Gürtel in Karate schon eine Hilfe, wenn es hart auf hart kommen sollte.

»Alfons, bekommst du Kruses Haustür ohne Schlüssel auf?«

Er hatte seinen Mitarbeiter einmal mit dieser Fähigkeit prahlen hören, und Alfons nickte auf die Frage hin sehr eifrig.

»Gut, und danach hältst du dich draußen vor der Tür …«

»Aber ich will auch mit rein!«

»… okay, oder drinnen in der Nähe des Eingangs auf. Du bist unsere Sicherung. Für den Fall, dass sich außer Kruse noch jemand im Haus aufhält, könnte diese Person durch die Haustür fliehen wollen. Das versuchst du zu verhindern.«

»Das können Sie schon als erledigt betrachten, Chef.«

»Gut. Marie und ich arbeiten uns im Haus von unten nach oben von Raum zu Raum. Vermutlich ist das Haus so leer, wie es von außen aussieht. Und falls nicht, dann hat sich Gustaf Kruse vielleicht nur den Fuß verstaucht oder ist unglücklich hingefallen und hat dabei geschrien.«

»Und falls nicht?«

Alfons konnte sich kaum mehr still halten.

»Das werden wir dann sehen, Alfons. Also, können wir es angehen?«

Marie und Alfons nickten.

Robert löschte das Licht in der Buchhandlung, ging in seine Wohnung hinauf, wo er für sich und Marie Taschenlampen holte und zur Ablenkung in Wohnzimmer und Küche Licht brennen ließ.

Wieder unten schlich Robert bis zu der ersten Stelle, von der aus er einen Teil von Kruses Wohnhaus sehen konnte. Die beiden anderen folgten ihm dichtauf, wobei Marie darauf achtete, dass ihr drängelnder Freund genug Abstand hielt für den Fall, dass Robert plötzlich zurückzucken musste, um schnell in Deckung zu gehen.

Robert suchte die Fenster in seinem Blickfeld sorgfältig ab, und als er sicher war, dass dort niemand stand und auf den Marktplatz schaute, schob er sich ein Stück weiter und untersuchte auch die nächsten Fenster auf dieselbe Weise. Als schließlich die gesamte Gebäudefront von Kruses Haus vor ihnen lag, drückten sie sich am Rand der Mauer entlang, die Roberts Hinterhof zu Kruses Eingang hin abgrenzte. Sie kamen ohne Zwischenfall bis zur Haustür des Puppenspielers, nirgendwo auf dem Marktplatz war in den zwei Minuten, die sie bis zu ihrem ersten Ziel brauchten, jemand unterwegs.

Nun gab Robert seinem Mitarbeiter ein Zeichen, dass er sich jetzt ans Öffnen der Tür machen solle. Marie ging währenddessen ein Stück zurück, diesmal direkt an Kruses Haus gedrückt. Sie wollte sich nach hinten absichern und nach etwaigen Passanten Ausschau halten, die sie zufällig entdecken und womöglich für Einbrecher halten konnten. Wobei, Einbrecher waren sie ja tatsächlich, wenn sie auch nichts Böses für Gustaf Kruse im Schilde führten.

Alfons hatte die Haustür erstaunlich schnell geöffnet, und als Robert ihm mit einem erhobenen Daumen signalisierte, wie gut er das fand, wollte Alfons schon einige Erfolge als Türknacker zum Besten geben. Robert konnte ihm gerade noch die Fingerspitzen auf die Lippen legen und ihm ein Zeichen geben, dass er keinen Mucks sagen dürfe.

Marie kam herbeigehuscht, schüttelte den Kopf als Signal, dass sie niemand beobachtete, und dann waren sie und Robert auch schon im Hausflur verschwunden. Alfons drehte sich noch einmal um und spähte in alle Richtungen, dann begab auch er sich in das Gebäude.

Drinnen war es nicht ganz dunkel, weil ein wenig Licht von der Straßenbeleuchtung durch die Fenster und die einen Spalt breit offen stehende Haustür hereinfiel. Aber um in dem diffusen Dämmerlicht überhaupt etwas erkennen und zumindest Konturen unterscheiden zu können, mussten sie alle drei kurz die Augen schließen.

Um ein Haar hätte Alfons das Flurlicht angeknipst, aber als sich Robert zu ihm umdrehte, weil er ein Rascheln von Kleidung auf Kleidung gehört hatte, zog Alfons den halb erhobenen Arm schnell wieder zurück und setzte die unschuldigste Miene auf, die ihm zu Gebote stand. Den

Gesichtsausdruck konnte Robert nicht erkennen, aber er gab seinem Mitarbeiter noch einmal ein Zeichen, nur ja keinen Laut von sich zu geben und einfach still auf das zu warten, was geschehen mochte.

Und dann schlichen Robert und Marie davon und ließen Alfons im Eingangsbereich zurück. Im Erdgeschoss arbeiteten sie sich nach und nach durch die verschiedenen Räume, der kniffligste Teil war das Theater. Dieser Raum war der größte von allen, und wenn sich zwischen den Stuhlreihen oder auf oder hinter der Bühne jemand versteckt hielt, würden sie das erst sehr spät entdecken. Zu spät, vielleicht. Deshalb schlüpfte Robert durch die Tür in den Theaterbereich und blieb mit geschlossenen Augen und angehaltenem Atem ein, zwei Minuten im Foyer stehen. Erst als er sicher war, dass nirgendwo ein noch so leises Geräusch die Anwesenheit eines Eindringlings verriet, ging er weiter. Und weil das Theater keine Fenster nach draußen hatte, konnten sie für die Suche ihre Taschenlampen einschalten.

Trotzdem dauerte es eine Weile, bis sie alles so gründlich gecheckt hatten, dass sie sicher sein konnten: Hier hatte sich niemand versteckt, und hier lag auch kein Puppenspieler, der durch eine unbedachte Bewegung von der Bühne gestürzt war – wobei in diesem Fall sehr wahrscheinlich das Licht gebrannt hätte.

Den Keller ließen sie weitgehend unbeachtet. Einen Schrei aus dem Untergeschoss hätte Robert auf dem Marktplatz sicher nicht gehört. Es gab dort unten keine Fenster, sondern nur dicke Mauern. Deshalb zogen sie lediglich die Tür zur Kellertreppe auf und leuchteten einmal hinunter, ohne etwas Verdächtiges zu sehen. Dann ging es zurück zum Hauseingang, wo die Treppe in den ersten Stock begann.

Alfons stand im Schatten, und als er die beiden kommen sah, trat er einen Schritt vor und gab ihnen allerlei Zeichen, aus denen weder Marie noch Robert schlau wurden. Also machte Robert eine fragende Geste, und Alfons schüttelte als Antwort den Kopf, führte die flachen Hände zusammen und schob sie in einer waagrechter Linie auseinander, danach hob er beide Daumen und nickte. Robert rollte mit den Augen. Sein Mitarbeiter konnte den Umstand, dass nichts passiert und alles in Ordnung war, sehr kompliziert vermitteln.

Er warnte Marie vor einer Stufe, die jedes Mal knarzte, wenn er mit Gustaf in dessen Wohnung hinaufging. Und so kamen sie zügig und lautlos im ersten Obergeschoss an. Hier hatten sie es einerseits leichter, weil es mehr Fenster gab, durch die das Licht der Außenlaternen hereinfiel, andererseits boten die Möbel und sonstigen Einrichtungsgegenstände einem womöglich hier lauernden Unbekannten reichlich Deckung.

Sie hatten gerade das Wohnzimmer erreicht, als sie ein Geräusch bemerkten, das irgendwo über ihnen verursacht worden war. Schritte und ein Schleifen, als würde etwas über den Boden gezogen. Marie und Robert sahen sich an, beeilten sich nun noch mehr, im ersten Stock mit ihrer Durchsuchung fertig zu werden, und wandten sich anschließend der Treppe zu, die weiter nach oben führte. Im zweiten Obergeschoss, das früher einmal vermietet gewesen war, hatte der Puppenspieler im ehemaligen Wohnzimmer inzwischen eine geräumige Werkstatt eingerichtet, in der er an den Köpfen und den Kleidern seiner Handpuppen arbeitete, in der die Kulissen entstanden und in der die Bilder für den Bühnenhintergrund gemalt wurden. Die anderen Räume wurden für die Lagerung von Material, Bühnenbildelementen und allerlei Werkzeug genutzt. Und vom Flur in dieser Etage ging es über eine steile Stiege hinauf zur Dachkammer. Dort war Robert auch schon einmal gewesen, die dicht an dicht wie für eine Ausstellung arrangierten Puppen versammelten sich dort zu einem üppigen Fundus an Theaterfiguren, zu einer Art Dauerausstellung zu den vielen Stücken, die Kruse in den vergangenen Jahren auf die kleine Bühne im Erdgeschoss gebracht hatte.

Um nicht das Risiko einzugehen, jemanden in einem Versteck im zweiten Stock zu übersehen, bevor sie in die Dachkammer hinaufstiegen, durchkämmten sie auch die Räume in dieser Etage. Alle waren menschenleer, nirgendwo lauerte jemand, dafür waren die Geräusche aus der Dachkammer hier deutlicher zu hören als in Kruses Wohnung.

Was ging dort droben vor?

Nun verstummte das Schleifen, Schritte waren dagegen nach wie vor zu hören. In diesem Moment wurde oben eine Tür geöffnet, das Licht wurde angeknipst, und auf der engen Stiege kam jemand herunter. Die Schritte auf den Stufen ließen weder auf besondere Eile schließen, noch darauf, dass der Unbekannte damit rechnete, nicht mehr allein im Haus zu sein.

Robert war in diesem Moment in dem Zimmer, das von der Stiege am weitesten entfernt lag. Marie befand sich etwas näher an der Treppe, aber auch sie hatte die unterste Stufe noch nicht erreicht, als eine Gestalt sichtbar wurde, das Licht an der Stiege aus- und das Licht an der weiter nach unten führenden Treppe einschaltete. Marie pfiff nun darauf, sich möglichst lautlos zu bewegen. Mit weiten Sätzen sprang sie auf die Gestalt zu und machte Anstalten, den Unbekannten am Kragen oder an den Schultern zu packen. Sie nahm auch schon im letzten Sprung die Beine ein wenig nach vorn, um sich mit den Füßen sofort nach der Landung einen guten Stand zu verschaffen, der es ihr ermöglichte, die Person nach hinten zu reißen und auf den Rücken zu schleudern. Doch genau in diesem Moment duckte sich die Gestalt, beugte sich ein wenig vor und fuhr gleichzeitig mit dem rechten Arm nach hinten, um die Angreiferin vielleicht mit einem Glückstreffer unschädlich zu machen. Marie wich dem Schlag geschickt aus, das kostete sie aber ihre Standsicherheit, und so kam sie ein wenig ins Straucheln, als ihre Füße auf den Boden krachten. Das nutzte die andere Person, um mit einigen schnellen Schritten die Treppe in den ersten Stock hinunterzurennen.

Marie wäre um ein Haar gestürzt, aber sie konnte sich gerade noch fangen. Bis sie jedoch die Verfolgung aufnehmen konnte, hatte die Gestalt das untere Ende der Treppe erreicht. Sie drehte das Licht aus und tauchte ins

Dunkel ein, das Marie erst nach einigem Blinzeln halbwegs durchdringen konnte.

Robert hatte inzwischen ebenfalls die Treppe erreicht, doch er musste einen wertvollen Augenblick warten, bis sich Marie berappelt hatte und ebenfalls auf der Treppe nach unten stürmte. Robert schaltete das Licht wieder ein und warf einen kurzen Blick die Stiege hinauf. Was immer sich dort oben befand, es würde warten müssen, bis sie den fliehenden Unbekannten gefangen hatten.

Doch als Robert im ersten Stock ankam, war niemand zu sehen. Er hörte schnelle Schritte. Das war vermutlich Marie, die durch die Räume in der ersten Etage rannte. Falls sie auf den Unbekannten traf, musste er sich um sie keine Sorgen machen. Also konnte er die zweite Fluchtmöglichkeit abdecken und ins Erdgeschoss hinuntereilen, wo Alfons im Eingangsbereich eventuell kein allzu großes Hindernis für einen zu allem entschlossenen Flüchtenden darstellte.

Doch als er unten ankam, war alles still. Und als er das Licht einschaltete, stand Alfons nur eine Armlänge von ihm entfernt an der Wand und kniff die Augen zusammen, weil ihn die plötzliche Helligkeit blendete.

»Was war denn da oben los?«, fragte er in gedämpftem Ton.

»Jemand war in der Dachkammer und versucht jetzt abzuhauen. Ist hier niemand durchgekommen?«

»Na, hören Sie mal, Chef, hier halte ich Wache, da kommt natürlich niemand durch.«

»Gut, Alfons, weiter so«, entgegnete Robert und unterdrückte ein gutmütiges Grinsen. Damit warf er sich auch schon wieder die Treppe hinauf, doch kaum war er im Obergeschoss angekommen, da kam ihm Marie entgegen. Sie wirkte enttäuscht.

»Abgehauen«, brummte sie und zuckte mit den Schultern. »Durch ein Fenster hinten raus, runter in den Garten und dann … tja, keine Ahnung.«

»Dann haben wir keine Chance mehr, den Unbekannten einzuholen. Von Kruses Garten geht es zu mehreren Nachbargrundstücken, mal über eine Mauer, mal durch ein altes Nebengebäude oder einfach über einen Zaun.«

Marie presste die Lippen zusammen und nickte.

»Ich schau mal in der Dachkammer nach dem Rechten. Kümmerst du dich um deinen Freund?«

»Oh, ist was mit ihm?«

»Nein, mit Alfons ist alles in Ordnung, aber er platzt sicher vor Neugier – und du hast diesmal eindeutig die spannendere Geschichte zu bieten.«

Lächelnd ging sie nach unten, und Robert wandte sich langsam nach oben, während er versuchte, die Gedanken im Zaum zu halten, die sich in seinem Kopf überschlugen. Was erwartete ihn in der Dachkammer. Würde er dort Gustaf Kruse vorfinden? Und in welchem Zustand würde er seinen Nachbarn antreffen?

Er erinnerte sich an die Schleifgeräusche. So klang es, wenn ein Körper über den Boden gezogen wurde. Die beiden letzten Stufen der Stiege nahm er fast schon zögernd. Mit einem mulmigen Gefühl griff Robert nach der Klinke, drückte sie und schob langsam die Tür auf.

Es war dunkel, Robert tastete nach dem Lichtschalter, es war ein altmodischer Drehknopf, der mehrere Neonröhren aufflammen ließ, die den großen Raum in gleißend helles Weiß tauchten. Für einen Moment schloss Robert die Augen, bevor er sich blinzelnd an die ungewohnte Helligkeit gewöhnte.

Das Erste, das er sah, waren die Fratzen der geschnitzten Puppenköpfe. Ihre schiere Zahl hatte ihn jedes Mal beeindruckt, wenn Kruse ihn hierhergeführt hatte. Heute wirkten die Gesichter aber gruselig und bedrohlich. Er riss sich von dem faszinierenden Anblick los und suchte den Boden des Raums ab. Von Kruse war von seiner Position aus nichts zu sehen, also ging er langsam in die Dachkammer hinein, lugte dabei ständig nach links und rechts, immer darauf gefasst, irgendwo den leblosen Körper seines Nachbarn zu entdecken.

Er hatte fast die ganze Länge des Dachgeschosses hinter sich gebracht, als ihn der Blick in eine Ecke stutzen ließ. Dort lagen einige Stoffbahnen unordentlich übereinander, und eine der Bahnen warf starke Falten, weil darunter etwas um eine Fußlänge nach oben ragte.

Robert atmete tief durch, dann trat er zu dem Stoffhaufen und ging in die Hocke. Sein Mund war ganz trocken geworden, ein schweres Gewicht legte sich ihm auf die Brust, dann fasste er sich ein Herz und zog eine der Stoffbahnen mit einem kräftigen Ruck weg.

Er hatte es befürchtet.

Vor ihm auf dem Boden lagen zwei ausgestreckte Beine, reglos, leblos. Und als er nach und nach auch die anderen Stoffbahnen zur Seite schaffte, sah er Gustaf Kruse vor sich auf dem Boden der Dachkammer liegen. Die Augen geschlossen, eine Schläfe glänzend vom Blut einer frischen Platzwunde.

Robert hatte sich auf die Knie sinken lassen und sich dann auf seine Unterschenkel gesetzt. Der vor ihm liegende Puppenspieler war nicht in einer bestimmten Pose inszeniert wie der pensionierte Staatsanwalt, aber auch sonst passte nichts zu dem Mord an Jäckel. Gustaf Kruse hatte kein Haustier, das hätte entführt werden können. Er war nicht erstochen worden. Er lag einfach nur da, das Gesicht war mit Schlägen traktiert worden, die eine Platzwunde und mehrere Blutergüsse als Spuren hinterlassen hatten. Davon abgesehen wirkte er friedlich und entspannt.

Die Schritte auf der Stiege nahm Robert kaum wahr, und Alfons und Marie traten neben ihn, ohne dass er reagiert hätte.

»Ist er …?«

Alfons starrte ängstlich auf den Körper hinunter, der da vor ihnen lag. Jetzt erst fiel es Robert ein, dass er überprüfen musste, ob noch Leben in Kruse war. Er tastete am Hals nach dem Puls des Nachbarn, er nahm eine Staubfluse vom Boden auf und hielt sie zwischen Zeigefinger und Daumen vor seine Nase. Ganz schwach war Kruses Puls zu spüren, und dass die Fluse nach kurzem Warten von seinem Ausatmen leicht zur Seite geweht wurde, ließ Robert vor Freude fast das Herz stocken.

Marie hatte die Zeichen ebenfalls richtig gedeutet.

»Gott sei Dank, er lebt«, entfuhr es ihr. »Hoffentlich kommt er bald zu sich, und hoffentlich kann er uns dann auch sagen, wer ihn so zugerichtet hat.«

Robert nickte und zückte das Handy. Er tippte eine Kurzwahltaste an und wartete. Klaus Neher meldete sich nach dem dritten Klingeln.

»Kannst du deine Kriminaltechniker ins Haus von Gustaf Kruse schicken? Und wenn du bitte so nett wärst, auch gleich einen Notarzt zu schicken – mein Nachbar wurde niedergeschlagen, jetzt liegt er mit schwachem Puls und flacher Atmung im Dachgeschoss seines Hauses und ist ohnmächtig.«

Marie hatte unterdessen gewartet, bis Alfons den liegenden Puppenspieler fotografiert hatte, dann brachte sie ihn in stabile Seitenlage.

Von einem Moment zum nächsten war das Haus des Puppenspielers voller Leben. Im Fundus unter dem Dach war am meisten los. Kriminaltechniker in weißen Ganzkörperanzügen sicherten Spuren, aber einige ihrer Kollegen waren auch an den Treppen zugange und entlang des Fluchtwegs, den der Unbekannte genommen hatte.

Ein Notarzt und zwei Sanitäter hatten Gustaf Kruse untersucht und versorgt, und als er an einem der Holzbalken lehnte, die die Dachkonstruktion trugen, schlug er die Augen auf und sah sich verwirrt um. Er versuchte vorsichtig, seine Hände zu bewegen, offenbar wusste er noch nicht, dass er nicht mehr gefesselt war. Auch seinen

Kopf löste er anfangs noch sehr behutsam von dem Balken hinter sich. Die Kripobeamten hatten Stricke, Klebeband, ein Stück Stoff und einen Gürtel gefunden, nicht weit von dem Balken.

Es dauerte ein bisschen, bis Kruse klar genug war, dass er Neher und Lachenmaier Bericht erstatten konnte. Robert stand neben ihnen, Marie und Alfons nur ein kleines Stück entfernt, und keiner hatte etwas dagegen, dass sie zuhörten. Als Kruse alles erzählt hatte, was er wusste, blieb natürlich die wichtigste Frage: Wer hatte ihm das angetan?

»Keine Ahnung, ich kenne die Frau nicht.«

Neher und Lachenmaier sahen sich überrascht an. Robert erkannte, dass auch sie eher von einem männlichen Täter ausgegangen waren.

»Sie ist eher klein und schmächtig«, fuhr Kruse fort, »und ich habe sie bisher nur auf dem Marktplatz gesehen. Da hatte ich den Eindruck gewonnen, dass sie die Buchhandlung beobachtet und dass sie vermeiden will, dass Robert Mondrian das mitbekommt. Einmal sah es außerdem so aus, als würde sie ihn verfolgen. Und als ich sie heute um die Mittagszeit wieder vor dem *Café Journal* sitzend bemerkte, war ich wohl etwas unvorsichtig. Sie sah mich am Fenster stehen.«

Er erzählte auch von seiner misslungenen Verfolgungsjagd.

»Während meiner Abwesenheit muss sie irgendwie ins Haus gekommen sein, und dann hat sie mich damit gefesselt.«

Er nickte zu den Stricken hin.

»Vorhin konnte ich mich von dem Knebel befreien, doch kaum hatte ich einmal so laut gerufen, wie ich konnte, hat sie mich bewusstlos geschlagen. Mehr weiß ich nicht.«

Kommissar Neher hatte sich von Gustaf Kruse alles sagen lassen, was der Puppenspieler zu einer Beschreibung seiner Peinigerin beitragen konnte. Aber erstens handelte es sich um eine Frau, die Kruse nicht kannte, und zweitens …

»Eher klein und von schmächtiger Statur, aber offenbar sehr sportlich«, brummte Neher. »Mit diesen Merkmalen werden wir die Suche nicht so weit eingrenzen können, dass wir schnell vorankommen. Weißt du, das passt ja sogar auf Marie Beck, die Freundin deines Mitarbeiters …«

»… die diese Unbekannte aber zu überwältigen versuchte«, merkte Robert an.

Neher winkte ab.

»Ja natürlich, ich meine ja auch nur.«

»Die Beschreibung passt zum Beispiel auch auf deine Kollegin Hanna Lier …«

»… die im Moment nirgendwo zu erreichen ist«, vollendete Neher den Satz für Robert. »Aber Kruse kennt Frau Lier doch, oder?«

»Ich wüsste nicht, dass er sie schon irgendwo gesehen hat. Ich traf sie auch zum ersten Mal, als ihr beide gestern in meine Buchhandlung gekommen seid. Da war Gustaf, mit dem ich zuvor Kaffee getrunken hatte, schon wieder gegangen.«

Nun war Neher nachdenklich geworden.

»Glaubst du, dass diese Frau etwas mit dem Mord an Jäckel zu tun hat?«, fragte Robert nach einer Weile. »Oder mit den entführten Haustieren?«

»Kruse passt ja eigentlich nicht in das Muster, das wir uns bisher zurechtgelegt haben. Er hat kein Haustier, und nach allem, was wir wissen, wurde Jäckel nicht gefangen gehalten, bevor er starb. Dein Nachbar wiederum wurde gefesselt und geknebelt, und es sah nicht so aus, als habe die Unbekannte seinen Tod geplant.«

»Auf mich wirkte das, als solle Kruse für eine bestimmte Zeit aus dem Verkehr gezogen werden. Vielleicht hat die Unbekannte befürchtet, er könnte ihre Pläne durchkreuzen oder mich oder euch warnen. Er hat sie ja beobachtet und sogar verfolgt, was sie bemerkt hat.«

»Aber dann tritt sie ihm ohne Gesichtsmaske entgegen? Sie muss doch befürchten, dass er sie verrät, sobald sie ihn wieder freilässt, und dass er ihr Aussehen genau genug beschreiben kann, dass wir sie finden.«

Neher unterbrach sich und seufzte.

»Wobei, da muss sie sich bisher jedenfalls keine allzu großen Sorgen machen …«

Ungeduldig sah er durch die Tür der Werkstatt. Dort hatte sich Kruse an einen Schreibtisch gesetzt und skizzierte eine Art Phantombild. Er hatte natürlich gemerkt, dass der Polizei mit seiner Beschreibung nicht sehr geholfen war, und vielleicht konnte er das Gesicht der Unbekannten in einer Zeichnung besser einfangen. Neher sah, dass sich Kruse in seinem Stuhl zurücklehnte und begutachtete, was er zu Papier gebracht hatte.

»Er ist wohl gerade fertig geworden, Robert.«

Die beiden betraten die Werkstatt, stellten sich hinter Kruse und betrachteten die Zeichnung. Sie war handwerklich ganz gut ausgeführt, aber entscheidende Details waren sehr allgemein gehalten – auch darin konnte man mit etwas Fantasie sowohl Hanna Lier als auch Marie Beck erkennen. Oder zahlreiche andere Frauen.

»Tut mir leid«, gestand Kruse und klang ganz zerknirscht. »Ich bin wohl etwas aus der Übung.«

Dann kam ihm eine Idee, und er sprang so energisch auf, dass er Klaus Neher und Robert Mondrian fast umgestoßen hätte.

»Ich hab's!«, rief er aus und sah sich schon nach dem passenden Werkzeug um. »Das Zeichnen beherrsche ich im Moment weniger gut als das Schnitzen. Ich werde einen Puppenkopf schnitzen, der die Unbekannte darstellt. Das wird besser als jedes Phantombild, glaubt mir!«

»Aber das ist doch …«, widersprach Neher.

Robert legte ihm eine Hand auf den Arm und schüttelte leicht den Kopf.

»Gute Idee«, sagte er zu Kruse. »Aber nur, wenn's dir nicht zu viel Mühe macht.«

»Ach was, das ist doch keine Mühe! Als ich sie da oben zwischen meinen anderen Puppen sah, ging mir ohnehin durch den Kopf, in welcher Rolle ich so ein Gesicht in ein Stück einbauen würde.«

»Aber dauert das nicht zu lange?«, wandte der Kommissar noch ein, doch Gustaf war in seinem Eifer nicht mehr zu bremsen.

»Ich mach mich gleich an die Arbeit. Im Moment ist für mich an Schlafen eh nicht zu denken. Und ich melde mich, wenn ich fertig bin.«

»Das klingt gut«, sagte Robert, verabschiedete sich von seinem Nachbarn und brachte Neher mit einer Geste dazu, sich wie er zum Gehen zu wenden.

Sie stiegen die Treppen hinunter, traten aus dem Haus und suchten sich einen Platz, wo sie außerhalb von Kruses Hörweite in Ruhe miteinander sprechen konnten, ohne die Kollegen, die zwischen dem Haus des Puppenspielers und dem weißen Kastenwagen der Spurensicherung hin- und herwuselten, zu stören.

»Das ist doch Blödsinn«, brachte Neher seinen Satz von vorhin zu Ende. »Er schnitzt uns eine Puppe, und mit der gehen wir dann von Haus zu Haus und fragen, wer diese Frau kennt? Soll ich schon mal dem Kollegen Bescheid geben, der in den Schulen mit dem Verkehrskasper auftritt, oder was?«

»Lass ihn doch, Klaus. Kruse ist dermaßen durcheinander, da sollten wir froh sein, wenn er etwas hat, das ihn von diesem Erlebnis ablenkt. Mir ist es egal, ob diese Schnitzerei etwas bringt, und ich glaube ja auch nicht, dass es wirklich helfen wird – aber lass ihn machen. Solange er sich in diese Arbeit stürzen kann, bricht er uns schon nicht zusammen.«

»Der Notarzt hatte aber gesagt, er solle sich ein, zwei Tage lang schonen.«

»Schnitzen ist für ihn wahrscheinlich die beste Art, sich zu schonen. Darin geht er völlig auf, da vergisst er alles andere, und am Ende hat er eine neue Spielfigur gefertigt, die er vielleicht für sein nächstes Stück einsetzen kann. Das schadet doch niemandem, das musst du zugeben, Klaus.«

Neher zuckte mit den Schultern.

»Dann gehe ich jetzt mal nach Hause«, brummte der Kommissar. »Vielleicht kann ich noch ein paar Stunden schlafen.«

Alfons und Marie, die sich noch ein wenig im Theater umgesehen hatten, kamen aus dem Haus, grüßten die beiden Männer im Vorbeigehen und schlenderten Arm in Arm davon. Robert dachte an Selina, aber es war inzwischen viel zu spät, um noch zu ihr zu gehen. Dann legte sich ein wehmütiges Lächeln auf sein Gesicht. Daheim würde er auch eher zum Schlafen kommen als in Selinas Bett.

»Das ist jetzt nicht dein Ernst, oder?«

Demet Gürsel fuhr im Schritttempo, während ihr Kollege die am Straßenrand geparkten Autos musterte.

»Doch«, erwiderte Markus Zerbe, »fahr bitte in der nächsten Einfahrt rechts ran.«

Sie stöhnte und schüttelte den Kopf, fuhr aber wie gewünscht mit dem Streifenwagen in die Lücke vor ihnen und stellte den Motor ab. Zerbe stieg aus, schaltete die Taschenlampe ein und ging zu dem Wagen zurück, der ihm aufgefallen war.

Seit Beginn ihrer Schicht hatten sie zwei kleinere Einsätze gehabt, die schnell abgehakt waren. Über Funk hatten sie mitbekommen, dass einige Kollegen in die Remslinger Innenstadt beordert worden waren. Eine unbekannte Frau war als flüchtig gemeldet geworden, und rund um den Marktplatz wurde ein Bereich von mehreren Hundert Metern Durchmesser mit Absperrungen und Kontrollpunkten versehen. In diesem Moment waren sie zu weit ab vom Schuss gewesen, und nach einer kurzen Rückfrage in der Zentrale hatte ihnen die Kollegin geraten, einfach mit dem weiterzumachen, was sie gerade taten.

Darüber freute sich Zerbe mehr als Gürsel, denn er hatte es sich zum Ziel gesetzt, auf ihrer nächtlichen Streife alle geparkten Autos, die in Modell und Wagenfarbe zu den Lackspuren an Laura Hemmingers Wagen passten, näher anzuschauen und jeden Schaden, den er an einem solchen Fahrzeug entdeckte, mit dem jeweiligen Kennzeichen zur Überprüfung an die Zentrale durchzugeben. Bisher hatten sie drei solcher Fahrzeuge gemeldet, zu deren Haltern nichts vorlag.

Demet Gürsel hatte ihren Kollegen schon vor zwei Stunden darum gebeten, doch endlich mit dieser sinnlosen Suche aufzuhören, aber er faselte nur etwas von einer Nadel im Heuhaufen und davon, dass er es nicht richtig finde, dass Fahrerflucht in solchen Fällen so gut wie nie geahndet wurde.

In solchen Fällen ersetzte Polizeiobermeisterin Gürsel in Gedanken durch *im Fall einer hübschen jungen Ge-*

schädigten, aber Zerbes Verhalten fand sie nun schon seit einer Stunde nicht mehr lustig. Und so saß sie wieder und wartete, den Blick gelangweilt nach vorne gerichtet. Diesmal riss er die Seitentür auf, beugte sich zu ihr in den Wagen und strahlte triumphierend.

»Das musst du dir ansehen«, sagte er, und mit überschaubarer Begeisterung schnallte sie sich ab und stieg aus. Zerbe wartete, bis sie neben ihm stand, dann leuchtete er die zerkratzten und verbeulten Stellen an dem geparkten Auto so an, dass sie zugeben musste: So gut hatte noch kein anderes Fahrzeug zu den Schäden am Auto von Laura Hemminger und zu den Kratzern an der Turmmauer gepasst. Die beiden Beamten kehrten zum Streifenwagen zurück, und Volker Zerbe gab das Kennzeichen des geparkten Autos durch.

»Kannst du kurz warten?«, fragte die Kollegin in der Zentrale. »Ich schau gleich mal nach, ob was vorliegt. Was sucht ihr eigentlich?«

»Fahrerflucht«, antwortete Zerbe knapp.

»Übel. Warte, dauert nicht lange.«

Es entstand eine kurze Pause, dann hörte Zerbe ein leises Pfeifen.

»Hast du was?«, fragte er, als die Kollegin keine Anstalten machte, ihm zu berichten, was sie offenbar im System gefunden hatte.

»Sagen wir es mal so, die Dame hält offenbar grundsätzlich nicht viel davon, Regeln zu respektieren.«

Klaus Neher reagierte nicht gleich, als er den Klingelton seines Handys hörte. Draußen war es schon hell, aber er war noch todmüde. Dementsprechend brauchte er einen Moment, bis er zu sich kam, dann griff er nach dem Smartphone, das auf dem Nachttisch lag. Lachenmaier hatte es nur einmal klingeln lassen, Neher tippte auf den Rückruf-Button.

»Kollegen auf Streife sind auf eine Frau gestoßen, die in der Nacht zu gestern allem Anschein nach Fahrerflucht begangen hat.«

»Fahrerflucht?«, brummte Neher. »Und deshalb weckst du mich? Was habe ich mit Fahrerflucht zu tun?«

Er kannte seinen Kollegen Lachenmaier schon, seit er selbst damals die Schorndorfer Außenstelle der Kriminalpolizei übernommen hatte, auf deren Leitung sich auch Lachenmaier Hoffnungen gemacht hatte. Sie waren inzwischen trotzdem befreundet, ein gutes Gespann waren sie sowieso, und jeder kannte den anderen in- und auswendig. Lachenmaier klang jetzt, als würde er grinsen, obwohl er sehr amtlich daherredete.

»Um die Fahrerflucht kümmern sich die Kollegen vom Revier. Aber diese Frau ist auch für unseren Fall interessant.«

»Inwiefern?«

»Am besten kommst du gleich ins Büro. Dein Freund, der Buchhändler, ist schon da.«

Im Hintergrund war eine sonore Stimme zu hören, Neher konnte aber nicht verstehen, was sie sagte. Lachenmaier jedenfalls quittierte die Bemerkung mit einem

Lachen, und er fügte hinzu: »Der Puppenspieler ist auch gekommen.«

Neher war verwirrt, aber er konnte nicht mehr nachfragen. Lachenmaier hatte aufgelegt.

9

Trotz der frühen Stunde war in dem Büro, das sich Klaus Neher mit Hannes Lachenmaier teilte, schon ordentlich Betrieb. Der Kollege hatte zusätzliche Stühle organisiert, nun saßen zwei Uniformierte und Lachenmaier sowie Robert Mondrian und Gustaf Kruse eng beieinander und bildeten einen Halbkreis um die Schreibtische der beiden Kommissare. Nur Nehers Bürosessel war noch frei. Er schlurfte zu seinem Platz, setzte sich und quittierte die dampfende Kaffeetasse, die Hannes Lachenmaier ihm hinschob, mit einem dankbaren Kopfnicken.

»So, und jetzt bitte der Reihe nach«, sagte Neher. »Und bitte so, dass ich es um diese unchristliche Zeit auch verstehe.«

Volker Zerbe erzählte von dem Schaden an einem Kleinwagen auf dem Parkplatz am Beinsteiner Tor und davon, dass er der Person nachspürte, die sich nach dem Parkrempler unerlaubt vom Unfallort entfernt hatte. Als er begann, zu sehr ins Detail zu gehen, fiel ihm Demet Gürsel ins Wort und fasste die Punkte geschickt und ver-

ständlich zusammen, die für die Kripo am ehesten interessant waren. Lachenmaier dankte ihr und fuhr dann fort.

»Die Frau, die mutmaßlich Fahrerflucht begangen hat, hat einen Eintrag in unserem System. Unerlaubtes Entfernen vom Unfallort stand dort bisher zwar nicht, aber eine ganze Reihe anderer Vergehen. Neben einigen Erinnerungsfotos durch Radarfallen haben wir mehrere Anzeigen gegen sie wegen Nötigung und Hausfriedensbruch vorliegen. Und auch sie selbst hat schon Anzeige erstattet, nachdem sie und eine Gruppe Gleichgesinnter auf einem Reiterhof tätlich angegriffen wurden.«

Neher blinzelte. Woran erinnerte ihn das? Es fiel ihm schnell ein.

»Sie ist eine der Tierschutzaktivisten?«

»Ja«, sagte Lachenmaier.

Der Kollege wirkte, als habe er noch einen Pfeil im Köcher.

»Was ist noch mit ihr?«

»Das versuchen wir herauszufinden. Jedenfalls haben wir seit etwa zwei Jahren mehrere Einträge zu ihr – aber davor war sie ein absolut unbeschriebenes Blatt. Auch in den Meldeunterlagen sieht es für die Zeit vor dem ersten Eintrag erstaunlich luftig aus. Sie zog um, meldete sich an ihrem damaligen Wohnort in der Nähe von Darmstadt an und meldete sich um, als sie vor ein paar Monaten nach Korb zog. Doch wo sie lebte, bevor sie bei Darmstadt auftauchte, wissen wir nicht.«

Neher stutzte.

»Eine falsche Identität?«

Lachenmaier zuckte mit den Schultern.

»Sieht so aus.«

»Okay«, fasste Neher zusammen. »Sie ist also eine von den Tierschützern, und dass wir sie wegen der Fahrerflucht drankriegen, ist natürlich gut – das wird viel zu oft nicht geahndet.«

Zerbe nickte seiner Kollegin zufrieden zu.

»Aber ihr habt mich nicht wirklich allein deshalb so früh aus dem Bett geklingelt, hoffe ich.«

Lachenmaier zog aus einem Aktendeckel ein großformatiges Foto, das er vor Neher auf den Schreibtisch legte. Dann gab er dem Puppenspieler ein Zeichen. Der hatte neben sich eine Stofftasche auf dem Boden liegen, die er anhob und umständlich öffnete. Kruse zog einen Puppenkopf hervor, der noch nicht fertig poliert und auch nur stellenweise bemalt war. Er zeigte eine Frau, deren Gesicht darauf schließen ließ, dass ihre Statur schlank und sportlich war.

Zerbe und Gürsel machten große Augen, weil die Schnitzarbeit so lebensecht wirkte. Neher aber war vor allem froh, dass der Puppenkopf wenig Ähnlichkeit mit seiner Kollegin Hanna Lier hatte. Die Übereinstimmung mit dem Foto, das auf seinem Schreibtisch lag, war dagegen erstaunlich. Neher schaute den zufrieden grinsenden Lachenmaier an, dann Gustaf Kruse, der nur nickte und auf das Foto zeigte.

»Diese Frau hat mich gefesselt, geknebelt und geschlagen.«

»Das ist ja ein Ding«, murmelte Neher und wandte sich an die Kollegen vom Revier. »Das habt ihr gut gemacht, vielen Dank. Es hat sich gelohnt, dass ihr wegen dieser vermeintlichen Kleinigkeit so hartnäckig geblieben seid.«

Zerbe winkte ab.

»Gern geschehen«, sagte er gönnerhaft, und seine Kollegin rollte mit den Augen.

»Haben wir die Frau hier, oder wollen wir sie jetzt abholen?«, fragte er Lachenmaier.

»Weder noch«, erwiderte der Kollege mit frustrierter Miene.

Klaus Neher ließ sich auf seinem Sessel nach hinten sinken und sah Zerbe und Gürsel mit gerunzelter Stirn an.

»Ihr seid da aber nicht rein, habt die Frau am frühen Morgen wegen der Fahrerflucht aufgeschreckt und konntet dann nicht verhindern, dass sie abgehauen ist, oder?«

»Nein, natürlich nicht«, wehrte Volker Zerbe den Vorwurf ab, als wäre ihm ein solcher Gedanke niemals gekommen.

»Wir hätten das tatsächlich gemacht«, gab Demet Gürsel zu. »Aber als wir gehört haben, was die Frau sonst noch auf dem Kerbholz hat, wollten wir warten, bis Kollegen dazustoßen, die wegen der entführten Haustiere und des Mordes an diesem Staatsanwalt ermitteln.«

»Sehr gut, danke. Und dann?«

»Dann kamen die Kollegen, wir haben geklingelt, aber es war niemand da.«

»Seid ihr rein?«

»Weil Ihre Kollegen es nicht so eingeschätzt haben, als wäre Gefahr im Verzug, haben wir das nicht gemacht.«

Neher hob den Holzkopf mit dem Gesicht der Frau hoch und runzelte fragend die Stirn. Lachenmaier sprang den uniformierten Kollegen bei.

»Den hatte Herr Kruse zu diesem Zeitpunkt noch nicht gebracht. Der Durchsuchungsbeschluss ist aber nur noch Formsache, wir können vermutlich innerhalb der nächsten Stunde rein in ihre Wohnung. Und bis dahin steht auf jeder Seite des Hauses in gut hundert Metern Entfernung eine Streife, die uns sofort informiert, falls die Gesuchte in ihrer Straße auftaucht.«

»Kann ich irgendwie helfen?«, fragte Robert Mondrian, der es nicht gewohnt war, so lange unbeteiligt herumzusitzen. »Vielleicht könnte ich den Namen der Frau erfahren, also den Namen, den sie in Remslingen trägt – gesetzt den Fall, sie lebt tatsächlich mit einer falschen Identität.«

Lachenmaier schaute Neher fragend an, der nickte nur mit dem Kopf.

»Die Frau heißt … oder nennt sich … Monika Riarty.«

Robert stutzte, und als Lachenmaier fortfuhr, musste er sich beherrschen, nicht aufzulachen.

»Von ihren Mitstreitern wird sie nur Mo genannt.«

Mo Riarty? Echt? Robert schüttelte den Kopf. Sein Traum fiel ihm wieder ein. Er in der Rolle des Sherlock Holmes, wie er mit Professor Moriarty am Abgrund erbittert kämpft, die Schlucht unter sich, und wie sie beide am Ende hinabstürzen. Wie gesagt: Fast hätte er aufgelacht, aber nicht, weil er das so lustig fand – es irritierte ihn über alle Maßen, und ein heftiges Stechen grub in seinem Kopf herum.

Monika Riarty … Er hatte diesen Namen schon einmal gehört, und es machte ihn fast verrückt, dass er sich in diesem Moment nicht erinnern konnte, wo und in welchem Zusammenhang.

Robert hatte auf dem Heimweg von der Kripo Wurst und Brot gekauft, nun stand er bei einer Tasse Kaffee und einem Wurstweckle hinter dem Tresen der Buchhandlung und hatte das Laptop vor sich. Den Laden hatte er einigermaßen pünktlich aufgemacht, aber bisher hatte noch kein Kunde vorbeigeschaut. Bis jemand kam, konnte er ungestört recherchieren, und sobald Kunden die Buchhandlung betraten, würde er das Laptop zuklappen, ein, zwei Bücher verkaufen oder eine Bestellung notieren, und danach konnte er seine Nachforschungen fortsetzen.

Er arbeitete sich durch einige Datenbanken, die seit seinem Weggang vom Dienst eigentlich nicht mehr für ihn gedacht waren. Natürlich war sein Zugang gesperrt worden, als er ausschied, aber er hatte beizeiten mehrere Hintertürchen eingerichtet, die er seither ab und zu benutzte, so auch heute.

Der Name Monika Riarty war dort nicht hinterlegt, aber er setzte auch an ihrer ersten Adresse an, für die eine Meldung unter dem heutigen Namen vorlag. Und zugleich suchte er nach Personen, deren Herkunft, Name oder ein langjähriger Wohnort einen Bezug zu der Episode von Holmes und Moriarty aufwiesen. Denn wie war die Frau ausgerechnet auf die Idee verfallen, sich einen so seltenen Namen wie Riarty zu geben, obwohl sie vermutlich sonst darauf bedacht war, unauffällig zu bleiben?

Damit würde er eine ganze Weile beschäftigt sein, und er wusste nicht einmal, ob ihn das wirklich weiterbringen würde. Ein zweiter Ansatz waren die körperlichen Merkmale, die in den Meldeunterlagen von Monika Riarty hinterlegt waren. Er würde auch mit dem Bild der Frau einen Suchlauf starten. Den großformatigen Ausdruck hatte er in Nehers Büro mit dem Handy abfotografiert, als gerade niemand auf ihn achtete.

Die Ladenglocke bimmelte, und Alfons kam herein. Im ersten Reflex wollte er schon das Laptop zuklappen, aber zum einen hatte sein Mitarbeiter längst bemerkt, dass er sehr konzentriert auf den Bildschirm des tragbaren Computers schaute, den er aber nicht für Bestellungen oder für die Buchhaltung benutzte. Und zum anderen mochte er ihn diesmal nicht aus den Recherchen heraushalten. Schließlich war er durch den Verlust eines seiner Kakadus ja selbst betroffen und womöglich eine Zielperson für etwas noch Schlimmeres.

»Darf ich mal sehen, was Sie da haben, Chef?«

Alfons ging schon um den Tresen herum, während er noch seine Frage stellte. Der Blick auf den Bildschirm war für ihn also schon frei, noch bevor Robert hätte antworten können. Was immer Alfons erwartet hatte, er wirkte enttäuscht. Robert musste unwillkürlich grinsen. Die Seite war sehr unspektakulär gestaltet. Als Suchergebnisse wurden Listen ausgegeben, und rief man einen der Einträge auf, wurden die gewünschten Informationen auf der Detailseite ebenfalls ohne nennenswerte Gestaltung angezeigt. Das Ganze hatte so gar nichts von dem, was man mit *CSI* und *007* verband, und natürlich war auch nirgendwo auf der Seite ein Hinweis darauf zu finden, dass es sich um Infos aus der Datenbank von Deutschlands geheimstem Geheimdienst SG7 handelte.

»Was versprechen Sie sich davon, Chef?«

Erst informierte Robert seinen Mitarbeiter darüber, dass die Polizei über die Frau, die Gustaf Kruse gefangen gehalten hatte, keine Informationen hatte, die älter als zwei Jahre waren. Alfons machte große Augen.

»Sie heißt also eigentlich gar nicht Riarty?«

»Jetzt schon, aber irgendwann hat sie diesen Namen angenommen – und die Kripo weiß nicht, wie sie vorher hieß oder wie sie sich vorher nannte.«

»Aufregend!«, entfuhr es Alfons. »Und Sie wollen jetzt herausfinden, wie sie früher hieß?«

»Genau, aber das ist ungefähr so spektakulär und spannend wie diese Internetseite hier.«

»Und was ist das für eine Seite?«

Er kniff die Augen zusammen und versuchte, die Adresszeile des Browsers zu lesen. Doch Robert hatte das Programm so eingestellt, dass es keine URL anzeigte. Er stutzte, sah dann seinen Chef an und grinste.

»Ich vermute, das will ich gar nicht wissen, stimmt's?«

»Stimmt«, erwiderte Robert. »Aber wenn du gerade Zeit hast, könntest du mir ein bisschen helfen.«

»Echt? Au ja!«

Alfons war sofort Feuer und Flamme, und es fehlte nicht viel, dass er die Handflächen gegeneinander gerieben hätte.

»Wenn nachher Kunden kommen, könntest du sie bedienen, und ich hätte damit mehr Ruhe, hier weiter nachzuforschen.«

Sofort gingen die Mundwinkel des jungen Mannes nach unten. Robert lachte.

»Das war nur Spaß, Alfons. Es würde mir zwar wirklich helfen, wenn du wieder in der Buchhandlung mitanpacken könntest, allerdings verstehe ich, dass du dafür gerade keinen Kopf hast. Aber du könntest mit dem Foto von Monika Riarty eine Internetsuche machen.«

Robert zückte sein Handy und zeigte ihm das Bild, das er heimlich gemacht hatte.

»So amtlich, wie das aussieht, hat sie das sicher häufiger genutzt, zum Beispiel um sich Mitgliedsausweise machen zu lassen oder etwas in der Art. Und mit etwas Glück hat sie das auch schon vor mehr als zwei Jahren getan.«

Er überspielte die Bilddatei von seinem Handy auf den Festplatzrechner der Buchhandlung, und Alfons machte sich sofort daran, im Internet nach dem Motiv zu suchen.

Dann fiel Robert ein, woher ihm der Name von Monika Riarty bekannt vorkam. Dass er dafür so lange gebraucht hatte, durfte er niemandem erzählen, wenn er sich nicht lächerlich machen wollte.

Und um den Namen samt Adresse wiederzufinden, musste er keine Datenbank bemühen, die allzu geheim war. Er öffnete die Liste der Buchbestellungen, dort war sie verzeichnet: Monika Riarty mit einer Adresse in Korb. Sie hatte das Buch am Tag vor seinem seltsamen Traum bestellt, und als sie es abholte, zermarterte er sich gerade sein Hirn, was dieser Traum wohl bedeuten mochte. Er war übernächtigt gewesen, völlig in das Nachdenken über die Lektüre von Arthur Conan Doyles Kurzgeschichte *The Final Problem* vertieft und obendrein abgelenkt, weil bis eben noch sein Nachbar Gustaf Kruse dagesessen und versucht hatte, ihm Informationen über seine Vergangenheit zu entlocken.

Trotzdem würde Robert diese Unachtsamkeit lieber für sich behalten. Er hatte inzwischen einen Ruf zu verlieren.

Der Durchsuchungsbeschluss kam recht bald, und zusammen mit Lachenmaier machte Neher sich auf den Weg zur Wohnung von Monika Riarty. Als sie eintrafen, bugsierte ein Kollege gerade den Kleinbus der Kriminaltechnik in den letzten freien Parkplatz vor dem Haus. Lachenmaier musste sich einen anderen suchen, die nächste Lücke war ein Stück entfernt, dementsprechend war die Spurensicherung schon an der Arbeit, als die beiden die Wohnung betraten.

»Einen Moment noch, bitte, mit dem Flur sind wir gleich durch«, rief ihnen ein Kriminaltechniker zu, während sich die anderen nicht in ihrer Arbeit stören ließen.

Neher schaute sich von der Tür aus um. An der linken Wand des Wohnungsflurs war eine Garderobe angebracht, daneben stand ein etwa hüfthohes Schränkchen, auf dem in einer Porzellanschale einige Schlüssel lagen. Der Kollege, der diese Schlüssel gerade einzeln in kleine Plastiktüten verpackte, reichte Neher eines der Tütchen.

»Das scheint zu keinem Schloss hier im Haus zu gehören. Sieht etwas älter aus, vielleicht ein Lagerraum oder so etwas.«

Es handelte sich um einen Bartschlüssel, wie er früher auch für Wohnungstüren üblich gewesen war. Er war klobig, und das dunkle Metall, aus dem er gefertigt war, sah abgegriffen aus. Hier im Haus waren in der Haus- und in der Wohnungstür moderne Sicherheitsschlösser verbaut, die Zimmerschlüssel, von denen er einen von außen im Schloss der Küchentür stecken sah, waren kleiner und silberfarben.

»Ich nehm den mal mit, ja?«

Der Techniker nickte nur, und Neher ging in den Keller des Hauses. Die Tür, die vom Treppenhaus in den Keller führte, hatte ebenfalls ein Sicherheitsschloss, dahinter waren für die Bewohner mit hölzernen Sprossenwänden Lagerbereiche abgeteilt, die wiederum mit Vorhängeschlössern unterschiedlicher Bauart gesichert waren. Der Schlüssel im Tütchen passte zu keinem der Schlösser.

Einer der Kriminaltechniker hatte sich inzwischen den Schlüssel zu Monika Riartys Auto geben lassen und kam nun herunter, um auch dort Spuren zu sichern. Als Neher und Lachenmaier vors Haus traten, machte er sich gerade am Beifahrersitz zu schaffen.

»Eine Bitte«, sprach Neher ihn an. »Wir bräuchten besonders schnell die Daten, die du aus dem Navi ausliest.« Er hob die Tüte mit dem Schlüssel hoch. »Wir sollten wissen, wo dieser Schlüssel passt.«

»Da kommt gleich eine Kollegin, die das besser kann als ich«, antwortete der Techniker und lachte. »Von Elektronik lass ich lieber die Finger.«

Die derzeitigen Lebensverhältnisse von Monika Riarty hatte er schnell recherchiert, doch als er versuchte, Spuren von ihr zu entdecken, die älter als zwei Jahre waren, gelangte Robert in eine Sackgasse nach der anderen. Aber er war es aus früheren Zeiten gewohnt, dass nicht gleich die ersten Versuche zum Erfolg führten, also waren fehlende Geduld und Hartnäckigkeit seine kleinsten Probleme. Auch der Umstand, dass es schon auf Mittag zuging, ohne dass er auf eine vielversprechende Spur gestoßen war, beirrte ihn deshalb nicht.

Eher störte ihn das leise Lamentieren von Alfons, der nicht gut damit zurechtkam, dass seine Suche ebenfalls lange zu nichts führte. Ihm wurden zwar unzählige Fotos angezeigt, die der Suchmaschine zufolge dem Foto von Monika Riarty ähnlich sahen, aber diese Meinung hatte der Algorithmus in den meisten Fällen exklusiv.

»Das ist doch im Leben nicht …«, murmelte Alfons gerade wieder, und Robert versuchte, das häufig wiederkehrende Klagen zu ignorieren. Doch wenige Minuten später klang sein Mitarbeiter ganz anders.

»Da ist sie, Chef!«

Er lächelte triumphierend und deutete auf den Monitor vor sich. Robert stand auf und trat neben ihn. Alfons klickte ein paarmal auf die Maustaste, dann waren zwei Fotos nebeneinander auf dem Bildschirm zu sehen, die zweifelsfrei beide dieselbe Frau zeigten.

»Gut gemacht, Alfons. Und von wann ist das Foto?«

Zwei Klicks später war das Bild vergrößert. Es zeigte die Homepage einer Tierarztpraxis in Esslingen, und das Foto von Monika Riarty war Teil der Mitarbeitergalerie.

»Na, Chef, das hilft uns weiter, oder?«

»Geht so. Dass sie in dieser Praxis arbeitet, weiß ich schon. Sie hat dort ein paar Tage nach ihrem Umzug nach Korb angefangen. Beworben hat sie sich für die Stelle von ihrem vorherigen Wohnort bei Darmstadt aus, wo sie ebenfalls für einen Tierarzt tätig war.«

Alfons blickte betreten drein.

»Ich bin Ihnen keine große Hilfe, was?«

»Doch, du brauchst halt noch etwas Geduld. Das ergeht mir nicht anders. Ich …«

Roberts Handy vibrierte. Er zog es aus der Hosentasche, nahm das Gespräch an und hörte eine Weile zu.

»Danke«, sagte er dann nur knapp und drückte das Gespräch weg.

Alfons war gespannt wie ein Flitzebogen, aber Robert ließ ihn noch kurz zappeln und sah ihn schweigend an.

»Gibt es Neuigkeiten, Chef?«

»Kann man so sagen«, sagte Robert schließlich und lächelte. »Die Polizei hat den Schuppen gefunden, in dem die entführten Tiere eingesperrt gewesen waren.«

»Das ist ja super. Und …« Alfons schluckte, schaute sehr ängstlich aus und ließ den Satz unvollendet.

»Sherlock geht es gut. Wir sollen kommen und ihn abholen. Die Polizei kommt wohl nicht so gut mit ihm zurecht.«

Robert nahm Alfons im Auto mit, und der informierte Marie unterwegs per Textnachricht, dass Sherlock gefunden und wohlauf und er gerade auf dem Weg zu ihm sei. Die Koordinaten, die Neher ihm aufs Handy geschickt hatte, passten zu einem Aussiedlerhof auf der Schurwaldhöhe, der verlassen und etwas verwahrlost aussah. Man hatte von hier aus einen tollen Blick auf das Remstal, in der Ferne konnte man in Richtung Osten die Konturen der Schwäbischen Alb und nach Süden hin die Filderebene und darüber die Flugzeuge sehen, die vom Flughafen gestartet waren oder zur Landung ansetzten. Im Westen grenzte Wald an den Hof, und mit dem großen Abstand zur nächsten Wohnsiedlung war dieser Ort ideal, um Tiere wegzusperren, die niemand schreien hören sollte.

Das Anwesen bestand aus einem Haupt- und mehreren Nebengebäuden, zwischen denen sich ein großzügiger Innenhof erstreckte. Die Gebäude sahen alt aus, das Wohnhaus wies Fachwerk auf, dessen Holzbalken ziemlich marode wirkten. Die Holzschuppen und ein gemauertes Stallgebäude waren ebenfalls in schlechtem Zustand, das Holz rissig und schrundig, die Steine verdreckt und in Bodennähe von Salpeter zerfressen. Einige Türen hingen schief in ihren Angeln, andere waren schon aus ihrer Halterung gefallen. Auf dem Hof standen verrostete Gerätschaften und Anhänger herum, asphaltierte Flächen waren aufgeplatzt und von wuchernden Pflanzen durchsetzt.

Die Seite des Innenhofs, die zur Landstraße zeigte, war offen, aber ein Schweinestall, der vierzig oder fünfzig Jahre alt und damit das jüngste Gebäude auf dem Areal war, wenn auch ebenfalls recht mitgenommen, bildete für den größten Teil der Freifläche einen Sichtschutz. Der Zufahrtsweg verlief nicht gerade, sondern bog um mehrere Ecken, offenbar den Grenzen von Grundstücksparzellen folgend. Wer auf diesem Aussiedlerhof einen Wagen parkte, musste sich schon sehr blöd anstellen, um von der Landstraße oder vom nächsten Ort aus entdeckt zu werden.

Als Robert sein Auto langsam über den schmalen Feldweg steuerte, musste er erst den Schweinestall umrunden, bevor er die Fahrzeuge sah, die auf dem Hof abgestellt waren: zwei Streifenwagen, Nehers ziviler Dienstwagen und der schwarze Kombi der Tierklinik. Alfons scannte die Szenerie nach Hinweisen auf Sherlock, aber das Tier war nirgendwo zu sehen. Robert stellte den Wagen neben Nehers Auto ab, und als sie die Türen aufstießen, konnten sie den Kakadu zwar noch immer nicht sehen … aber an dem spektakulären Durcheinander, das an ihre Ohren drang, war er zweifellos beteiligt.

Der Radau kam aus dem gemauerten Stallgebäude, das sich direkt neben dem Wohnhaus befand. Dort stand ein zweiflügeliges Tor sperrangelweit offen, aber dahinter herrschte dämmriges Licht, in dem sie zunächst nichts erkennen konnten. Robert ging auf den Eingang zu, Alfons war so aufgeregt, dass er auf dem Weg dorthin in eine Mischung aus Trab und Galopp verfiel. Doch so kurios das auch aussah, Robert war zu gespannt auf Sherlocks Zustand, um sich darüber zu amüsieren.

Als Alfons das Tor erreichte, hatte Robert noch die halbe Strecke vor sich. Sein Mitarbeiter kam stolpernd zum Stehen und starrte verblüfft auf das Bild, das sich ihm bot. Nun beschleunigte Robert seine Schritte doch, und als er neben seinem Mitarbeiter anlangte, wusste er nicht recht, ob er helfen oder schallend lachen sollte.

Ein uniformierter Beamter inspizierte eine Verletzung an seiner rechten Hand, ein Kollege verarztete ihn. Zwei Beamtinnen standen zu beiden Seiten des Tors. Eine hatte die Hand auf ihr Waffenholster gelegt, aber sie und ihre Kollegin wussten augenscheinlich nicht, wie sie mit der Situation umgehen sollten. Auf dem Rand eines großen Holztrogs saß Tierarzt Haukes mit verschränkten Armen und beobachtete alles mit einem süffisanten Lächeln. Lachenmaier redete auf ihn ein, aber Haukes gab ihm mit einer Geste zu verstehen, dass sie einfach abwarten mussten.

Der Blick der meisten ging zu Kommissar Klaus Neher.

Er stand stocksteif da. Neben ihm thronte eine altertümliche Voliere auf einem Tisch aus grobem Holz, die

Gittertür stand offen. Auf Nehers linker Schulter saß Sherlock und sah mit blitzenden Augen in die Runde. Er wirkte sehr aufgeregt, plusterte sich immer wieder auf und trippelte auf Nehers Schulter unruhig von einem Fuß auf den anderen. Sein Schnabel hackte mal in diese, mal in jene Richtung, aber dem Kommissar schien er nichts tun zu wollen. Dazu veranstaltete er einen unglaublichen Lärm. Sherlock war nicht Bestandteil des Radaus gewesen, er war der einzige Urheber.

»Aua!«

»Mistvieh!«

»Achtung, Neher!«

»Nicht bewegen!«

So und ähnlich krähte der Kakadu in einem fort, und es schien, als wolle er mit den Rufen auch unterschiedliche Stimmen nachmachen. Dazwischen ließ er die Imitationen eines Martinshorns und aufheulender Motoren hören und von Kies, der unter bremsenden Reifen davonspritzt.

»Lasst ihn einfach«, krähte es schließlich.

Haukes sah zu Robert und hob den Zeigefinger.

»Das war ich«, erklärte er grinsend, und schon fing Sherlock mit der ganzen Litanei von vorne an.

Dazwischen schaute er immer wieder mit erhobenem Kopf in die Runde, wie ein aufgebrachter Betrunkener, der mit den anderen im Raum Streit sucht. Irgendwann fiel sein Blick auf Alfons, und er verstummte. Der Vogel legte den Kopf schief und fixierte den jungen Mann. Der schaute noch kurz zu Jacob Haukes, und als ihm der

Tierarzt aufmunternd zunickte, ging er sehr langsam auf Neher und den Kakadu zu.

»Ruhig, Sherlock, ganz ruhig.«

Alfons sprach mit voller Stimme, und der Vogel verharrte reglos auf Nehers Schulter, die Augen fest auf Alfons gerichtet und den Kopf schräg gelegt.

»Du erkennst mich doch, oder?«

Er kam bis auf etwa zwei Meter an den Gelbhaubenkakadu heran, dann hob er langsam den Arm und hielt ihm die rechte Hand wie zum Handschlag entgegen, den Daumen leicht zur Seite gesenkt, sodass sich dem Vogel eine kleine Landefläche bot.

Als Sherlock plötzlich wieder loskreischte, erschrak Alfons so sehr, dass er zwei schnelle Schritte nach hinten machte, stolperte und unsanft auf dem Hintern landete. Das brachte den Kakadu erneut zum Schweigen, er blinzelte ein paarmal, kippte den Kopf auf die eine, dann auf die andere Seite, dann ließ er eine sehr böse Kopie von menschlichem Lachen hören.

»Jetzt reicht's mir aber, du undankbares Vieh!«, herrschte Alfons den Vogel an, während er sich aufrappelte. Er klopfte sich Staub und Stroh von der Hose, dann stapfte er wütend auf den Kakadu zu. Der Tierarzt stand auf und machte Anstalten, Alfons zu stoppen. Doch der achtete überhaupt nicht auf ihn, sondern blieb etwa einen Meter vor dem Vogel stehen und deutete mit dem Zeigefinger drohend auf ihn.

»Glaubst du denn, ich hätte mich nicht fast zerrissen, um dich zu finden? Tag und Nacht habe ich mir Sorgen gemacht, seit du verschwunden warst! Und jetzt hockst du hier und erschreckst mich? Was glaubst du eigentlich, wer du bist? Wenn du mir so kommst, bringe ich dich gleich heute ins Tierheim! Dann kannst du sehen, wo du bleibst! Und wenn ich Watson erzähle, wie undankbar du dich hier aufgeführt hast, wird er mir recht geben, und er wird am Ende froh sein, ein so böses Vieh wie dich los zu sein!«

Während der Tirade seines Mitarbeiters konnte Robert eine Verwandlung im Verhalten des Kakadus beobachten. Erst trat er erneut von einem Fuß auf den anderen, aber das Tier sank ein wenig in sich zusammen, und als Alfons schwer atmend unmittelbar vor ihm stand und ihn zornbebend ansah, drehte sich Sherlock ein wenig zur Seite und senkte den Kopf.

»Hast du mich verstanden?«

Alfons war völlig außer sich. Der Tierarzt versuchte einzuschätzen, ob dem jungen Mann Gefahr drohte, weil er so dicht bei dem Kakadu stand, aber er ging nicht zu ihm, sondern wartete noch ab.

»Verstanden«, kam es recht leise aus dem Schnabel des Vogels.

Alfons blinzelte und musterte das Tier.

»Verstanden«, wiederholte Sherlock und wandte nun den Kopf halb zu dem Mann, der ihn und seinen Kameraden vor einigen Jahren aufgenommen hatte, als er den Käfig mit den beiden vor seiner Wohnungstür abgestellt vorfand. Alfons beruhigte sich schnell. Er atmete einige Male tief durch, dann wirkte sein Blick wieder weicher.

Er streckte die linke Hand aus, ganz langsam, bis sein Zeigefinger den Schnabel des Vogels erreicht hatte. Jetzt wurde der Tierarzt etwas nervös, aber er vertraute darauf, dass Alfons wusste, was er tat. Der Zeigefinger lag nun direkt an Sherlocks Schnabel, und das Tier ließ es zu, dass Alfons mit leichtem Druck den Kopf zu sich drehte.

»Verstanden?«, sagte nun der junge Mann, und seine Stimme klang sehr versöhnlich.

»Verstanden«, echote Sherlock, und als Alfons zum zweiten Mal die rechte Hand als Landeplatz anbot, hüpfte er hinüber.

Kommissar Neher war noch ganz angespannt, als er neben Robert trat.

»Alles in Ordnung, Klaus?«

»Ja, geht schon wieder. Aber das Jackett muss ich wohl erst mal in die Reinigung geben.«

Robert besah sich die Schulter, auf der Sherlock gesessen hatte. Die Krallen hatten Löcher in den Stoff gerissen, und alles war über und über mit Vogelkot eingesaut.

»Vielleicht wirfst du es lieber weg«, sagte er.

Neher wollte den Schaden selbst in Augenschein nehmen, aber sein Nacken war nach dem langen Stehen mit dem Vogel auf der Schulter noch ganz steif. Also zückte er sein Handy, machte ein Foto von der lädierten Stelle und musterte das Bild.

»Du hast recht, das Jackett ist hinüber. Ich bin nur froh, dass mein Gesicht nicht so zugerichtet wurde. Dieser recht große Vogel direkt neben deinem Kopf wirkt ziemlich bedrohlich, weißt du?«

Sie sahen zu Alfons hinüber, der sich in eine Ecke des Schuppens zurückgezogen hatte. Auf seiner rechten Hand hockte Sherlock und drückte seinen Kopf immer wieder gegen die Linke seines Besitzers, der ihm unablässig über das Gefieder streichelte. Tierarzt Haukes gesellte sich zu ihnen, und als der Kakadu ihn misstrauisch beäugte, redete Alfons ihm gut zu, dass der Arzt ihn nur untersuchen und ihm, falls nötig, helfen wolle.

»Habt ihr eine Spur von Frau Riarty?«, fragte Robert.

»Bisher nicht, aber die Kollegen sind dran.«

»Ich nehme an, an ihrem Arbeitsplatz in Esslingen ist sie nicht aufgetaucht.«

Neher grinste.

»So, so, der Herr Buchhändler ermittelt schon wieder?«

»Das sind Infos, die frei verfügbar sind«, wiegelte er ab.

»Und wie steht es mit Informationen, die nicht ganz so frei verfügbar sind?«

»Sobald ich etwas herausfinde, das euch weiterhilft, gebe ich dir Bescheid. Versprochen.«

Neher nickte, betrachtete noch kurz den Kakadu, der sich inzwischen von Dr. Haukes untersuchen ließ, dann gab er Robert ein Zeichen, er solle ihm nach draußen folgen.

»Der Bauernhof hier verrottet seit Jahren. Die Kinder der verstorbenen Betreiber haben selbst kein Interesse an der Landwirtschaft. Ein Kollege vom zuständigen Revier kennt die Verhältnisse. Die Kinder würden gern verkaufen, aber hier draußen darf man nicht einfach so bauen, wenn man den landwirtschaftlichen Betrieb nicht weiterführen will. Um zu erfahren, dass diese Gebäude leer stehen, braucht es keine Insiderinformationen. Das ist von der Landstraße aus zu erkennen, und dort fährt sie gewöhnlich zur Arbeit. Außerdem kann darüber in der Tierarztpraxis in Esslingen gesprochen worden sein. Das Versteck der entführten Tiere bietet uns also nicht wirklich einen Ansatz für weitere Ermittlungen.«

»Seid ihr mit den Fällen weitergekommen, in denen Jäckel die Staatsanwaltschaft vertreten hat?«

»Wir haben eine engere Auswahl getroffen, da bohren die Kollegen der Ermittlungsgruppe schon nach. Vier Verfahren wegen Mordes, eines wegen häuslicher Gewalt mit einer Schwerverletzten.«

Neher sah sich kurz um. Es war niemand in Hörweite.

»Wenn du willst«, fuhr er mit gesenkter Stimme fort, »kann ich dir die Unterlagen zu den fünf Verfahren gern geben. Vielleicht findest du mit deinen … Methoden auch etwas heraus.«

»Sehr gern.«

»Aber das hast du natürlich …«

»… nicht von dir, Klaus, das versteht sich.«

Robert wartete, bis Alfons mit seinem Kakadu aus dem Schuppen kam.

»Ich kann euch beide nach Hause fahren«, bot er seinem Mitarbeiter an. »Aber brauchen wir nicht einen Käfig, um Sherlock zu transportieren?«

»Nein, der will jetzt nur noch seine Ruhe. Ich setze mich auf die Rückbank und kümmere mich um ihn. Aber vielleicht fahren Sie etwas langsamer als sonst, Chef. Er ist ja eher meinen Fahrstil gewohnt als Ihren.«

Robert grinste. So gemächlich wie Alfons würde er sicher nicht fahren, weil er nicht gern als Verkehrshindernis gesehen wurde, aber er nahm die Kurven hinunter ins Remstal so geschmeidig wie möglich, fuhr vorausschauender als sonst und achtete darauf, dass er nicht zu rasant Gas gab oder bremste. Und wirklich gab es kein Problem mit dem Kakadu, der nach wie vor auf der Hand seines Besitzers saß.

Doch je näher sie der Wohnung von Alfons kamen, desto unruhiger wurde das Tier. Und als Robert von der Bundesstraße abfuhr und kurz darauf in die Beinsteiner Straße einbog, stellte Sherlock die Haubenfedern auf. Im Rückspiegel konnte Robert erkennen, dass der Vogel ihn fixierte, aber verwirrt wirkte, vielleicht weil er am Steuer des Wagens jemand anderen erwartet hatte.

»Halt endlich den Schnabel!«

Sherlock hatte so plötzlich losgekräht, dass Robert beinahe das Lenkrad verrissen hätte.

»Halt endlich … halt endlich … halt endlich …«

Mit jeder Wiederholung wurde der Kakadu ein bisschen leiser, und als sie vor dem Haus parkten, in dem Watson auf seinen gefiederten Kameraden wartete, war nur noch ab und zu ein seltsames Geräusch zu hören.

»Er freut sich auf zu Hause«, erklärte Alfons und öffnete die Autotür.

»Warte noch kurz«, bat Robert ihn und drehte sich zu den beiden um. »Was er da gerade gerufen hat ... für mich klang das, als würde er eine Frauenstimme imitieren wollen.«

»Stimmt, das ist mir auch aufgefallen.«

»Im Moment ist Sherlock ja noch ziemlich durcheinander, aber ... wenn du glaubst, er könnte das aushalten, dann versuch doch mal, ihn dazu zu bringen, noch mehr Sätze zu wiederholen, die er während seiner Entführung aufgeschnappt hat. Vielleicht bringt uns das ja weiter.«

»Mach ich, Chef, gute Idee. Aber jetzt muss ich Sherlock wirklich nach Hause bringen.«

»Und gib mir Bescheid, falls du etwas erfährst, ja?«

Alfons nickte, und dann war er auch schon an der Haustür, schloss mit der linken Hand auf und trug seinen Kakadu nach drinnen, immer damit beschäftigt, ihm beruhigend zuzureden.

Mit der Beruhigung hatte es ein Ende, als Watson und Sherlock sich zum ersten Mal seit der Entführung wiedersahen. Das Geschrei und Gezeter konnte er durchs offene Autofenster sogar hier unten auf der Straße hören. Lächelnd startete er den Motor und fuhr davon.

Monika Riarty ärgerte sich den ganzen Weg den Schurwald hinauf. Sie hätte ein Auto stehlen sollen, das mehr PS hatte, aber der altersschwache R4 war das einzige Fahrzeug gewesen, das halbwegs versteckt vor fremden Blicken geparkt gewesen war. Und das Aufbrechen und

Kurzschließen von moderneren Wagen beherrschte sie ohnehin nicht. In einer engen Kurve kam ihr ein Wagen entgegen, dessen Fahrer gerade abgelenkt war und nach hinten schaute. Gut, dass er trotzdem die Spur hielt und keinen Zusammenstoß provozierte. Und als sie an dem anderen vorbeifuhr, war sie erleichtert, dass der Fahrer keine Zeit gehabt hatte, in den entgegenkommenden R4 zu schauen. Es handelte sich um diesen Buchhändler, im Fond des Wagens saß sein junger Mitarbeiter, und auf dessen Hand hockte dieser blöde Vogel.

Sie fuhr noch ein kleines Stück weiter, während es in ihrem Kopf arbeitete. Schließlich bog sie in den nächsten Waldweg ein, wendete und fuhr wieder Richtung Remstal. Was im Moment auf dem verlassenen Bauernhof los war, konnte sie sich denken. Da brauchte sie kein Zusammentreffen mit der Polizei riskieren.

Offenbar musste sie ihren Plan ändern. Es war höchste Zeit für den nächsten Schritt.

10

Die Schüler, die gestern das englischsprachige Original von *Ulysses* gekauft hatten, wollten diesmal die ersten drei Bände von *Harry Potter* haben, ebenfalls im englischen Original.

»Na, ihr habt ja eine beachtliche literarische Bandbreite in eurem Unterricht«, sagte Robert, als er den Jungs die Bücher über den Tresen reichte.

»Den *Ulysses* hat uns der Lehrer abgekauft«, sagte der Größere der beiden, »damit wollte er uns wohl nur erschrecken. Hat geklappt: Wir haben eine Stunde lang James Joyce zu lesen versucht, und als er dann bekannt gab, dass wir vielleicht doch lieber mit den *Harry-Potter*-Büchern arbeiten sollten, bekam er ordentlich Applaus.«

Robert sah den Schülern nach, da kam Kommissar Neher in sein Blickfeld. Er hatte eine Umhängetasche dabei, und Robert hoffte, dass sie enthielt, was ihm versprochen worden war. Neher enttäuschte ihn nicht, und danach konnte es Robert kaum erwarten, endlich den Laden abzuschließen und sich an seinem Küchentisch durch die Unterlagen jener Fälle zu arbeiten, von denen

sich die Kripo mit Blick auf den Mord an dem pensionierten Staatsanwalt am ehesten etwas versprach.

Weil er nicht einmal mehr die Geduld hatte, sich aus dem *Fontana* etwas zu essen zu holen, kippte er nur schnell etwas Olivenöl und zweierlei Nudelreste in die Wokpfanne, schnippelte Zwiebeln, Pilze und Rauchfleisch dazu und brutzelte das Ganze, während er schon die ersten Dokumente überflog. Während er direkt aus der Pfanne aß, verschaffte er sich einen ersten Überblick über die fünf Verfahren.

Vor knapp dreißig Jahren war eine Frau von ihrem Ehemann dermaßen verprügelt worden, dass sie danach auf einem Auge blind war und mit Knochenbrüchen und inneren Blutungen im Krankenhaus landete. Ihre Schwester hatte sie in der Küche liegend gefunden, der Ehemann saß Bier trinkend im Wohnzimmer. Die Schwester hatte einige Mühe, die Verprügelte überhaupt zum Gang ins Krankenhaus zu bewegen. Und auch zur Anzeige gegen ihren gewalttätigen Mann konnte sich das Opfer nur durchringen, weil ihr außer der Schwester noch ein Oberarzt zuredete: Er war gerade auf Visite ins Krankenzimmer gekommen, als der Ehemann ihr mit neuen Prügeln drohte, falls sie irgendjemandem gegenüber von der Version abweichen würde, sie sei eben unglücklich gestürzt. Es war ein widerwärtiger Fall, und in Robert kochte immer wieder die Wut hoch. Nur einmal musste er lächeln. In einem der Protokolle wurde erwähnt, dass direkt nach der Visite auch der Ehemann notärztlich behandelt werden musste; eine Beschwerde gegen den

Oberarzt, der sich seine rechte Hand nach eigener Aussage bei einer Reparatur verletzt hatte, wurde mangels ausreichender Beweise fallen gelassen.

Staatsanwalt Heinrich Jäckel hatte für den prügelnden Ehemann die höchste Strafe gefordert, die für seine Vergehen möglich war. Er hatte sich durchgesetzt, und der Verurteilte hatte im Hinausgehen wüste Beschimpfungen gegen den Richter und den Staatsanwalt ausgestoßen. Doch kurz nachdem er seine Haftstrafe verbüßt hatte, gab er sich in einer Kneipe nicht weit von seiner früheren Wohnung die Kante, setzte sich betrunken ans Steuer und starb, als er in einer lang gezogenen Linkskurve von der Landstraße abkam und den Wagen in vollem Tempo gegen einen Baum setzte.

Die Anklage in seinem ersten Mordfall durfte Heinrich Jäckel vor fünfundzwanzig Jahren vertreten. Er hatte es wohl als Beförderung aufgefasst, dass ihm dieses Verfahren am Landgericht Stuttgart übertragen worden war, und entsprechend hartnäckig kämpfte er für die Verurteilung des Angeklagten. Ein alleinstehender Handlungsreisender hatte eines Abends eine junge Frau als Anhalterin mitgenommen, sie in einem Waldstück vergewaltigt, erwürgt und verscharrt. Es gab keine Zeugen, aber die Indizien waren erdrückend, und als Jäckel den Beschuldigten vor Gericht ins Gebet nahm, brach der Angeklagte regelrecht zusammen und gestand seine Tat. Ihm wurden wenig später noch weitere Morde nachgewiesen, und den Unterlagen zufolge war für den Verurteilten nach Verbüßung seiner Haftstrafe die Sicherheitsverwahrung angeordnet worden. Bis heute war er nicht auf freiem Fuß.

Bald war Jäckel als harter Hund bekannt, den kein Verteidiger gern zum Gegner hatte. Er trat herrisch auf, war penibel und hartnäckig, und wenn er sich einmal in einen Fall verbissen, wenn er einmal Witterung aufgenommen hatte, ließ er nicht mehr locker. So auch im nächsten Mordfall, den die Remslinger Kripo in ihre engere Wahl genommen hatte. In einem Maislabyrinth bei Alfdorf war eine sehr engagierte Tier- und Naturschützerin tot aufgefunden worden, und die Frau, die sie in ihrem Hass mit einer Handsichel getötet und danach noch übel zugerichtet hatte, war zwar schon bei ihrer Verhaftung geständig gewesen, aber ihr Anwalt versuchte mit allen möglichen Anträgen und juristischen Winkelzügen, das Beste für seine Mandantin herauszuholen. Jäckel zerlegte seinen Gegner genüsslich, und am Ende blieb das Gericht in seinem Urteil nur knapp unter der von Jäckel vehement geforderten Strafe. Die Mörderin führte sich gut hinter Gittern, sie wurde kurz nach dem frühestmöglichen Zeitpunkt aus der Haft entlassen, aber mit ihrer Tat kam sie nicht zurecht. Eines Morgens fand sie ein Spaziergänger erhängt, ganz in der Nähe des Bauernhofs, auf dem ihr Opfer gelebt hatte.

Fünfzehn Jahre lag ein Prozess zurück, in dem eine Frau angeklagt worden war, einen Nachbarn getötet zu haben, mit dem sie seit Jahren einen erbitterten Nachbarschaftsstreit ausgefochten hatte. Die beiden hatten in einer ruhigen Straße in Leonberg gewohnt, ihre Gärten grenzten aneinander, und die Liste der Verfehlungen, die sie sich bis zum Tod des einen gegenseitig vorgeworfen hatten, war sehr lang. Mal hatte der Hund der Frau ein Häufchen auf dem Rasen des Mannes hinterlassen, mal hatte der Mann den Wagen der Frau zugeparkt, und so ging es über mehrere Jahre hin und her.

Oberstaatsanwalt Jäckel hielt es für erwiesen, dass es der Frau eines Tages zu bunt geworden war. Am Tag nachdem der Nachbar Anzeige gegen sie erstattet hatte, weil sie ihm nach einem beinahe handgreiflich verlaufenen Streit mit dem Auto den Restmülleimer demoliert habe, soll die Frau nach Jäckels Überzeugung am späten Abend mit einem schweren Brecheisen in das Haus des Nachbarn eingedrungen sein und den bereits im Bett schlafenden Mann so lange mit dem Werkzeug auf den Kopf geschlagen haben, bis sie keine Kraft mehr hatte. Erst danach, so schlussfolgerte Jäckel aus den gesicherten Spuren, sei der Frau bewusst geworden, was sie angerichtet hatte. Sie habe in ihrer aufkeimenden Panik das Brecheisen an Ort und Stelle fallen lassen und sei in ihr Haus zurückgegangen. Als am nächsten Morgen die Polizei bei ihr klingelte, gab sie an, in der Nacht keine verdächtigen Geräusche gehört zu haben. Die Beamten hatten in ihrem Bericht notiert, dass die Frau sehr verwirrt auf sie gewirkt habe. Auch konnte sie für die Tatzeit kein glaubhaftes Alibi vorweisen. Angeblich sei sie mit dem Hund rausgegangen und habe danach Fernsehen geschaut bis spät in die Nacht. Allerdings verhaspelte sie sich im ersten Gespräch mit den Polizisten mehrmals, als es darum ging, die Sendungen zu benennen, die sie gesehen hatte. Und einen Zeugen, dass sie daheim gewesen war, hatte sie nicht, da sie wie ihr Nachbar allein lebte. Es blieben einige Ungereimtheiten, wie es nicht unüblich ist in Fällen, die ohne Tatzeugen und ohne Geständnis verhandelt werden, aber am Ende stand die Verurteilung der Frau.

Robert blätterte durch die Unterlagen: Die Frau hatte ihre Strafe verbüßt, die wegen guter Führung und positiver Prognose verkürzt worden war, und sie war seit etwas mehr als zwei Jahren wieder auf freiem Fuß. Zwei Jahre – diesen Fall legte er zur Seite, um die Akten später noch einmal gründlicher durchzuarbeiten.

Ein weiteres Verfahren wegen Mordes, das Nehers Kollegen genauer prüfen wollten, war vor vierzehn Jahren mit der Verurteilung eines mutmaßlichen Mörders abgeschlossen worden. Zwei Kleindealer waren im Stuttgarter Schlossgarten in Streit geraten, der eine verprügelte den anderen und nahm ihm alles ab, was er an Drogen bei sich hatte. In der übernächsten Nacht lauerte der Unterlegene dem anderen nahe der Bahngleise auf, schlug ihn hinterrücks nieder, schleifte ihn in ein Gebüsch, fesselte und knebelte ihn und wartete dort, bis der andere wieder aus seiner Ohnmacht erwachte. Dann begann er, ihm mit seinem Taschenmesser am ganzen Körper Wunden zuzufügen, er nahm ihm mehrere Finger ab, und die Obduktion ergab, dass der Täter die Quälerei unterbrach, sobald sein Opfer vor Schmerzen die Besinnung verlor, und erst weitermachte, wenn der andere wieder zu sich gekommen war. Nach etwa drei Stunden hatte es der Geschundene hinter sich.

Auch für diesen Mörder forderte Jäckel die Höchststrafe. Den Versuch des Verteidigers, auf Schuldunfähigkeit wegen einer akuten Belastungssituation zu plädieren, und der dazu auch ein Gutachten beibrachte, konterte er nicht nur, er leitete aus dem Ergebnis des Gutachtens sogar ab, dass der Angeklagte nach Verbüßung einer Strafe weiterhin eine Gefahr für die Allgemeinheit darstelle. Der Mörder saß noch immer ein, und dem Anwalt hatte die Niederlage gegen Jäckel einen schmerzhaften Karriereknick beschert. Auch diesen Fall legte Robert beiseite, um ihn später noch einmal unter die Lupe zu nehmen.

Der letzte Fall, zu dem Neher ihm Kopien der Unterlagen überlassen hatte, war der Mord an einem erfolgreichen Geschäftsmann in Schlat bei Göppingen. Die Tat lag erst fünf Jahre zurück, und das Verfahren dazu war eines der letzten, die Jäckel als Oberstaatsanwalt bestritten hatte. Erst hatte die Ehefrau des Opfers, die von der Polizei neben dem Leichnam angetroffen wurde, in seinem Blut sitzend und die Tatwaffe, ein Messer, in der Hand, den Mord gestanden und war dafür in Untersuchungshaft gegangen. Später hatte die Kripo ermittelt, dass sie mit ihrem Geständnis erreichen wollte, endlich einmal als eigenständige Person und nicht immer nur als Anhängsel ihres Mannes wahrgenommen zu werden – dass der Fabrikant aber von einem jungen Mann getötet worden war, der als Ergebnis einer lange zurückliegenden

Affäre des Mannes zur Welt gekommen war. Den Mörder musste Jäckel während des Verfahrens gar nicht übermäßig unter Druck setzen. Der Verteidiger hatte seinem Mandanten von Anfang an geraten, aus freien Stücken zu gestehen und sich auch sonst kooperativ zu zeigen. Das wurde vom Gericht gewürdigt, die Strafe fiel deutlich weniger schwer aus, als vom Oberstaatsanwalt gefordert. Robert verstand nicht, warum dieser Fall in die engere Wahl gekommen war – vielleicht weil das Urteil so kurz vor Jäckels Pensionierung gefällt wurde. Einen Zusammenhang mit dem Mord am ehemaligen Staatsanwalt hielt Robert hier für eher unwahrscheinlich.

Monika Riarty hatte sich nach dem Zwischenfall im Haus des Puppenspielers erst einmal beruhigen müssen. So stressige Situationen mochte sie nicht, und sie gefährdeten auch das Gelingen ihres Plans. Mit dem gestohlenen R4 hatte es etwas länger gedauert, das Wohnhaus zu erreichen, dessen Bewohner ihr die Schlüssel überlassen hatten. Ihnen hatte sie versprochen, die Blumen zu gießen und regelmäßig die Tageszeitungen und die Post aus dem Briefkasten zu nehmen, damit nicht womöglich noch Einbrecher erkannten, dass hier für eine Weile niemand zu Hause war.

Sie musste lachen. Als wären Einbrecher das Schlimmste, was in diesem Haus sein Unwesen treiben konnte. Die Blumen goss sie tatsächlich, und auch den Briefkasten leerte sie regelmäßig. Sie war ohnehin mindestens zweimal am Tag vor Ort, denn ihre Gefangene sollte ja weder verdursten noch verhungern – und es konnte auch nicht schaden, regelmäßig ihre Fesseln zu überprüfen.

Das hatte sie gerade wieder gemacht, es war alles in bester Ordnung. Die Frau würde sich nicht befreien können. Auch den Knebel hatte sie diesmal sorgfältiger angebracht als im Fall des Puppenspielers. Nun zog sie die schwarze Skimaske gerade, die der Frau außerdem die Sicht auf ihr Gefängnis nahm und die verhindern sollte, dass sie ihre Peinigerin später beschreiben konnte. Wobei, sie peinigte die Frau ja nicht. Sie setzte sie fest, zog sie vorübergehend aus dem Verkehr, und sobald alles fertig und sie bereit war unterzutauchen, würde sie ihre Gefangene aus diesem Keller – gefesselt und geknebelt, aber wohlauf – an einer Stelle ablegen, an der sie bald gefunden werden würde.

Nach einem letzten Blick in die Runde war sie zufrieden. Hier würde sie erst morgen früh wieder gebraucht. Jetzt konnte sie sich um den Nächsten kümmern.

Dann ließ sie Hanna Lier im Keller zurück, schloss die Kellertür sorgfältig ab und stieg in den R4. Sie hatte inzwischen neue Kennzeichen angeschraubt, die von einem Wagen stammten, der etwas versteckt in einem Gewerbegebiet in der Nähe des Stuttgarter Flughafens abgestellt war. Dort parkten meistens Fluggäste, die sich die Kosten für einen der offiziellen Langzeitparkplätze sparen wollten. Bis das Fehlen der Nummernschilder entdeckt wurde, würde sie längst ganz woanders sein.

Die Rushhour war vorüber, der Verkehr floss wieder, und sie kam gut voran. Nur Steigungen bremsten den leistungsschwachen Motor ihres Fahrzeugs aus, aber das war nicht zu ändern. Sie fuhr von der Bundesstraße ab und suchte sich nahe der Remslinger Rundsporthalle einen Stellplatz, der etwas versteckt lag und möglichst unauffällig war. Von hier aus hatte sie knapp einen Kilometer zu laufen. Gut, dass alles, was sie brauchte, in ihren Rucksack passte.

Während Robert die Akten durchgesehen hatte, war es dunkel geworden. Er stand auf, streckte sich und trat ans Fenster. Er ließ die frische Abendluft herein und stützte sich mit den Händen auf dem Fenstersims ab. Auf dem Marktplatz herrschte noch reges Leben, und die Altstadt sah mit ihrer stimmungsvollen Beleuchtung recht hübsch aus. Auch vor dem *Ristorante Fontana* tauchten Lampen den Eingang und die draußen aufgestellten Tische in sanftes Licht, und die gedämpfte Helligkeit, die durch die Fenster drang, wirkte sehr einladend und gemütlich. Der Stuhl neben dem Eingang, auf dem der Seniorchef tagsüber gern saß und rauchte, war verwaist. Robert hob den Blick zum Dachgeschoss. Er konnte Pasquale Fontana auf diese Entfernung zwar nicht erkennen, aber es war sehr wahrscheinlich, dass er dort oben am Fenster stand und mit dem Fernglas nach dem Rechten schaute. Auf gut Glück hob Robert eine Hand zum Gruß. Lange musste er nicht warten, bis drüben am Fenster eine Taschenlampe mehrmals kurz nacheinander aufblitzte.

Lachend wandte er sich ab, schloss das Fenster, weil es ihm zum Nachdenken doch zu laut war, und beugte sich wieder über Nehers Kopien.

Die beiden Papierstapel, die er noch einmal genauer durchsehen wollte, hatte er vor sich auf den Tisch gelegt, die anderen hatte er einstweilen weggeräumt.

In einem Fall – Kleindealer quält Kollegen in den Tod – boten weder Täter noch Opfer einen auffälligen Anknüpfungspunkt zu dem Mord an Jäckel. Beide Männer hatten schon lange keinen Kontakt zu ihren Familien gehabt, das Opfer hatte bis wenige Tage vor seinem Tod einen Hund gehabt, der dann allerdings von einem Auto angefahren wurde und seinen Verletzungen erlag. Das mochte den Ausschlag dafür gegeben haben, dass er in seiner Wut über den Verlust des vierbeinigen Gefährten seinen dealenden Konkurrenten ausraubte, aber zum eigentlichen Mord gab es keine Verbindung.

In Roberts Augen blieb nur der Anwalt, der einen so großen Hass auf Jäckel entwickelt haben konnte, dass daraus ein Mordmotiv werden konnte. Er las alles, was in den Unterlagen über den Juristen zu finden war, danach recherchierte er den Werdegang des Mannes seit dem Verfahren, das er so krachend gegen den Oberstaatsanwalt verloren hatte. Es war sein letztes Mandat in einem Strafverfahren gewesen, also hatte Jäckel ihn tatsächlich die damalige Karriere gekostet. Doch heute war der Mann Partner einer angesehenen Kanzlei, die eine ganze Reihe großer Firmen vertrat. Obendrein hatte der Anwalt vor acht Jahren geheiratet und bewohnte mit Frau und zwei Kindern ein schönes Häuschen in einer teureren Stuttgarter Gegend. Würde man das für die Rache in einer so alten Geschichte aufs Spiel setzen?

Robert legte den Packen Unterlagen zur Seite und wandte sich dem letzten Fall zu. Eine Frau tötet ihren Nachbarn, beteuert ihre Unschuld sogar noch in der Haft, wird dann wegen guter Führung vorzeitig entlassen und ist seit gut zwei Jahren wieder auf freiem Fuß. Ein guter Zeitpunkt, um ein neues Leben zu beginnen. Und eines unter neuem Namen, wenn man die richtigen Leute kannte. Gut gefälschte Dokumente, eine schlüssige Geschichte – in Haft konnte man Leute kennenlernen, die sich darauf verstanden. Oder die Kontakt zu solchen Leuten hatten.

Das passte dazu, dass es zu Monika Riarty keine Informationen gab, die älter als zwei Jahre waren.

Aber waren die damals Verurteilte, eine Frau namens Rita Meiringer, und Monika Riarty wirklich ein und dieselbe Person?

Robert betrachtete die Fotos, die den Unterlagen beigefügt waren, und legte das Bild von Monika Riarty daneben. Als Erstes stachen ihm die Unterschiede ins Auge. Meiringer hatte ein eher rundes Gesicht, sah untersetzt und etwas füllig aus, während Riarty schlank und durchtrainiert war. Er versuchte, sich die Verurteilte schlanker vorzustellen. Sie wäre nicht die Erste gewesen, die hinter Gittern stark abgenommen hätte. Aber genauso gut wie in die sportliche Monika Riarty hätte sich Rita Meiringer in die Kommissarin Hanna Lier oder jede andere Frau ihrer Körpergröße verwandeln können. In einem Bericht über Meiringer war von einer Tätowierung die Rede, aber die befand sich oberhalb des linken Knöchels, wurde also von der Kleidung meistens verdeckt, und Gustaf Kruse hatte auch kein Tattoo erwähnt. Die Tätowierung stellte ein Herz dar mit dem Namen Cora darin. So hatte den Unterlagen zufolge der Hund geheißen.

Er studierte noch die weiteren Informationen, die über die wegen Mordes verurteilte Frau in den Unterlagen zu finden waren. Cora, die Hündin, war offenbar kein Rassetier, sondern eine Promenadenmischung gewesen, wenn auch ungefähr in der Größe eines Schäferhunds. Die Hündin war wohl schon älter gewesen, und wenn sich ihr Frauchen ihren Namen hatte stechen lassen, hatte sie wohl sehr an dem Tier gehangen. Einmal hatte Meiringer ausgesagt, sie habe Cora nach dem Tod der Eltern von diesen übernommen. Dazu, was aus dem Tier geworden war, fand er keinen Eintrag.

Rita Meiringer hatte bis zu ihrer Haft in Leonberg gewohnt, wo sie ein paar Jahre zuvor das Haus neben dem Mann gekauft hatte, den sie umgebracht haben soll. Geboren worden war sie im Krankenhaus Plochingen, das heute nicht mehr existierte. Ihre Eltern hatten in Reichenbach an der Fils gelebt, und nach deren Tod hatte der Verkaufserlös des Elternhauses der Tochter den Hauskauf in Leonberg finanziert.

Robert suchte nach Informationen über ihren beruflichen Werdegang. Sie hatte eine kaufmännische Lehre gemacht und danach für verschiedene Firmen in und um Stuttgart gearbeitet. Als ihr Nachbar erschlagen wurde, war sie seit einigen Jahren in einem Leonberger Unternehmen angestellt, einer namhaften Arzneigroßhandlung. Wegen des Jobs hatte sie zunächst eine Wohnung gemietet und schließlich das Haus gekauft. Robert ging die Liste der Firmen durch, für die sie gearbeitet hatte. Es war eine stattliche Liste, auf der sich alles Mögliche fand, eine Spedition, ein Autozulieferer, eine Privatklinik und ein Dienstleister, der Buchhaltungsaufgaben für Tierärzte und -kliniken übernahm.

Die Frau mit dem Rucksack gab sich diesmal mehr Mühe als voriges Mal, niemandem aufzufallen. Sie wollte nicht, dass der Mann, der dort oben wohnte, sie erneut verfolgte. Er sollte in seiner Wohnung bleiben, und das möglichst nicht nur für ein paar Stunden, sondern so lange, wie es zu ihrem Plan passte.

Sie beobachtete einige Zeit, wer das Haus betrat und verließ, und sie observierte die Fenster der Wohnung, in der ihre Zielperson lebte. Als sie schließlich überzeugt war, dass der Mann zu Hause war und keinen Besuch hatte, machte sie sich auf den Weg. Sie marschierte zunächst zügig den Gehweg entlang, im letzten Moment bog sie zum Eingang des Gebäudes ab und schaute sich unauffällig um. Das Schloss hielt sie nicht lange auf, schnell schlüpfte sie ins Innere des Hauses und drückte die Tür hinter sich zu. Sie lauschte, aber im Treppenhaus war es still. Langsam ging sie die Treppe hinauf, und erst als sie schon fast vor der Wohnungstür ihrer Zielperson stand, waren von drinnen die Geräusche zu hören, die ihr verrieten, dass der Mann wieder alle seine Begleiter bei sich hatte.

Es war zum Verrücktwerden. Robert massierte seine Schläfen. Vieles schien zusammenzupassen, aber vieles konnte ebenso gut Zufall sein. Er brauchte eine Pause. Nachdem er schon allein gegessen hatte, wollte er nun doch unter die Leute. Ein Blick durchs Fenster zeigte ihm ein paar freie Plätze vor dem *Café Journal* und komplett besetzte Tische vor dem *Ristorante Fontana,* damit war die Entscheidung gefällt. Er setzte sich auf einen Stuhl, von dem aus er den Eingang des Cafés sehen konnte, um der Bedienung ein Zeichen geben zu können, aber auch einen guten Blick auf seine Buchhandlung hatte. Er bestellte ein Viertel Rotwein, und nach einer Weile fiel ihm auf, dass im ersten Stock von Gustaf Kruses Haus im Wohnzimmer Licht brannte. Er schrieb dem Puppenspieler eine kurze Nachricht, und noch bevor eine Antwort einging, kam Kruse auf ihn zu. Er hatte sich nicht einmal die Zeit genommen, Straßenschuhe anzuziehen, aber die paar Meter von seiner Haustür zum Café konnte man auch gut in gemütlichen Puschen bewältigen.

»Für mich dasselbe«, rief er der jungen Frau zu, die gerade an Roberts Tisch vorbeihuschte. Und kurz darauf stießen die beiden Nachbarn mit ihren Weingläsern an.

»Hast du dich wieder einigermaßen erholt?«, fragte Robert.

»Meine Handgelenke schmerzen noch etwas, aber sonst geht's. Jetzt hoffe ich halt, dass die Frau bald gefasst wird. Wer weiß, was die sonst noch für Blödsinn anstellt.«

Das beschäftigte auch Robert. Nach wie vor wusste

niemand, wo Kommissarin Lier steckte, und ebenso wenig konnte er abschätzen, ob Alfons Gefahr drohte.

»Die Kripo hat einige Fälle herausgesucht, mit denen Jäckel zu tun hatte. Vielleicht ergibt sich daraus eine Spur, und das Ganze hat am Ende gar nichts mit den entführten Tieren zu tun.«

»Purer Zufall, dass erst Jäckels Hund verschwindet, und kaum ist er wieder da, liegt das tote Herrchen am Hundekorb? Ich weiß nicht recht.«

Robert zuckte mit den Schultern.

»Aber wenn ich mir diese Tierschutzaktivisten als Mörder vorstelle ... da reicht meine Fantasie nicht ganz. Das sind doch größtenteils harmlose Leute, die es noch nicht mal schaffen, ein Steakhaus an einem Tag zu blockieren, an dem es geöffnet hat.«

Kruse lachte und nahm noch einen Schluck.

»Aber wäre es von dieser Frau Riarty nicht etwas übertrieben, mich gefangen zu nehmen, wenn sie nicht mehr verbrochen hätte, als drei Haustiere zu klauen?«

»Stimmt auch wieder«, gab Robert zu. »Und ich glaube ja auch, dass es da einen Zusammenhang gibt. Aber es hakt halt vorn und hinten. Wieso entführe ich erst das Tier, lasse es dann wieder frei und töte das Herrchen? Und wieso geben einige der Tierschützer inzwischen zwar zu, dass die Entführung der Haustiere eine Aktion ihrer Gruppe war – aber von einer Beteiligung an Jäckels Ermordung wollen sie nichts wissen?«

»Das würde ich an deren Stelle auch abstreiten.«

»Neher hat erzählt, dass sie die Aktivisten ganz schön

gegrillt haben. Von denen verplapperte sich einer nach dem anderen, doch was den Mord angeht, scheinen sie wirklich keine Ahnung zu haben.«

»Also hätte Monika Riarty an den Entführungen der Tiere mitgewirkt, den Mord aber hätte sie allein ausgeführt?«

»Ja, oder sie hatte Helfer außerhalb der Gruppe.«

»Oder es gibt Mitglieder in der Gruppe, die dichthalten und Neher täuschen können.«

Alfons hatte mehrmals versucht, Sherlock zu ermutigen, seine Entführung noch einmal nachzuempfinden, um sich dadurch vielleicht wieder an Sätze zu erinnern, die seine Entführerin gesagt hatte und die der Polizei eventuell hilfreich sein konnten. Die Versuche scheiterten schon daran, dass Sherlock zu nichts anderem mehr Lust hatte, als zu fressen, zu dösen und zwischendurch mit Watson zu schmusen. Außerdem hatte Alfons eigentlich keine Ahnung, wie man einen Kakadu dazu bringen sollte, Sätze aus seiner Erinnerung nachzukrähen.

Das hatte nicht nur den Vogel ermüdet. Alfons war schließlich auf dem Sofa eingeschlafen.

Seine Mitbewohner Ivanka und Basti waren zusammen weggegangen, um Freunde zu treffen. Mit ihnen war so schnell nicht wieder zu rechnen. Ab und zu schreckte er noch auf, weil er glaubte, im Traum die Stimme von Sherlock gehört zu haben. Die Voliere hatte er vom Flur ins Wohnzimmer geholt, damit er sie immer im Auge behalten konnte, und als er sich nun im Liegen zum Käfig wandte und dort beide Vögel auf ihren Stangen sitzen sah, konnte er beruhigt weiterschlafen. Es war kein Traum gewesen, dass Sherlock wieder wohlbehalten zurück war.

Poirot schlief zwar gern in seinem Hundekorb, aber weil jetzt niemand mehr im Flur war, hatte auch er sich ins Wohnzimmer begeben und sich quer über die Füße seines aktuellen Herrchens gelegt. Anfangs fand Alfons das ein bisschen unbequem, weil das Tier recht schwer war, doch irgendwann hatte er die Beine ein wenig auseinander genommen, damit der Hund auf dem Sofa Platz hatte.

Jetzt waren alle zufrieden. Der Hund schnarchte leise, Alfons schnarchte etwas lauter, und die beiden Kakadus dösten in ihrem Käfig.

Niemand bemerkte, dass sich jemand ganz leise am Schloss der Wohnungstür zu schaffen machte. Und als kurz darauf die Tür aufschwang, waren da nur ein paar schnelle, vorsichtige Schritte, danach wurde die Wohnungstür zugedrückt. Das alles hätte kein Mensch gehört, schon gar kein schlafender. Poirot wäre vielleicht etwas aufgefallen, aber erstens war er mit den Geräuschen, die in diesem Haus üblich waren, nicht vertraut, und zweitens war es zwischen den Beinen seines neuen Herrchens so gemütlich, dass er keine Lust hatte, hier den Wachhund zu spielen.

Und die Vögel? Sie wären sonst sicher aufmerksamer gewesen, aber die Entführung und die Aufregung während seiner Befreiung hatte Sherlock sehr mitgenommen, und Watson hatte beschlossen, sich aus Loyalität zu seinem Artgenossen genauso schlapp zu fühlen.

So kam es, dass kurz darauf ein Mensch, ein Hund und zwei Vögel betäubt waren, und als Alfons Weber wieder erwachte, fand er sich gefesselt und geknebelt und an den Heizkörper unter dem großen Wohnzimmerfenster gebunden. Auch sehen konnte er nichts. Kurz stieg Panik in ihm auf, aber dann merkte er, dass er frei durch die Nase atmen konnte. Das kratzige Gefühl auf Nase und Wangen deutete darauf hin, dass ihm eine wollene Kapuze übergezogen worden war.

Robert dachte über Kruses Einwand noch nach, als sie sich schon voneinander verabschiedet hatten und auf dem Heimweg waren.

Von den Aktivisten schien ihm noch am ehesten Lino Fontanas Freundin in der Lage, der Polizei etwas zu verschweigen, aber hatte auch sie etwas gegen Jäckel? Klar, sie war für den Zwischenfall in den Remsauen im Protokoll erwähnt, als Jäckel seinen Hund auf die Tierschützer gehetzt hatte – aber das war doch kein ausreichendes Motiv für einen Mord. Nicht einmal für Beihilfe zum Mord. Und falls doch, dann würden auch die Männer in Lebensgefahr schweben, die auf dem Reiterhof auf die Aktivisten losgegangen waren. Aber da hatte keiner der Tierschützer ein Messer gezückt, diese Männer waren angezeigt worden und würden deswegen demnächst vor Gericht stehen.

Der Anrufbeantworter blinkte, als er seine Wohnung betrat, und als er aufs Handy schaute, das er nicht mehr gecheckt hatte, seit sich Gustaf Kruse zu ihm gesetzt hatte, sah er, dass auch dort eine Nachricht eingegangen war. In beiden Fällen beschwerte sich Selina Brand, warum er sich nicht meldete.

»Jetzt brauchst du übrigens nicht mehr zu kommen. Das ist mir zu spät. Vielleicht klappt es ja morgen.«

Ihr Tonfall war schon freundlicher gewesen, und Robert konnte sie ja verstehen. Auch diesmal nahm ihn der Fall, in den er gestolpert war, so sehr in Anspruch, dass er sich stundenlang den Kopf zerbrach – und darüber vergaß, was er viel Schöneres mit dieser Zeit hätte anfangen können. Einen Moment lang dachte er daran, Selina eine kurze zerknirschte Textnachricht zu schicken. Die konnte sie ja auch erst morgen früh lesen, wenn sie jetzt schlafen wollte. Aber dann entschied er sich dagegen. Er würde sich morgen bei ihr melden, und mit einem Blumenstrauß, einem schönen Essen und allem, was sich danach ergeben mochte, würde er sie bestimmt besänftigen können.

Er ging zu Bett, auch die Unterlagen auf dem Küchentisch würden bis morgen warten können. Mit den Gedanken an seine Freundin glitt er langsam in den Schlaf hinüber, er stellte sich Selina vor, wie sie lächelte und ihn küsste und …

Aber bald überlagerte das Gesicht einer anderen Frau die schöne Szene. Monika »Mo« Riarty, eine nicht unattraktive Frau von zweiundfünfzig Jahren, der das Leben aber erkennbar zugesetzt hatte, die Dinge erleben und aushalten musste, durch die sich ein bitterer Zug um ihren Mund eingegraben hatte.

Angenommen, sie und Rita Meiringer waren dieselbe Person, warum hatte sie sich dann einen neuen Namen gegeben, der sich mit einer kleinen Änderung als »Moriarty« lesen ließ? Konnte er einen Zusammenhang finden, der darauf hinwies, dass es wirklich Rita Meiringer war, die sich nun so nannte?

Eine Weile lag er noch im Bett, rollte sich hin und her, aber er war wach, und es fühlte sich an, als würde er das auch noch lange bleiben. Also stand er auf, machte Kaffee und setzte sich mit der dampfenden Tasse wieder an den Küchentisch. Noch einmal ging er die Akten durch, die für das Verfahren gegen Rita Meiringer zusammengestellt worden waren.

Er stand lange auf der Leitung, dann fiel es ihm auf. Rita Meiringer. *Meiringer* – wie Meiringen, der Ort im Berner Oberland, in dessen Nähe sich Sherlock Holmes und Professor Moriarty einen Kampf geliefert hatten. Und aufgewachsen war sie in Reichenbach an der Fils – und in die Reichenbachwasserfälle bei Meiringen waren Holmes und Moriarty am Ende ihrer Auseinandersetzung gestürzt. Konnte das noch Zufall sein? Zumindest wurde eine Verbindung zwischen Meiringer und Riarty in Roberts Augen damit wahrscheinlicher.

Doch warum gab sie sich einen Namen, der auf eine Krimifigur hindeutet – und dann heißt ausgerechnet das erste entführte Haustier Poirot? Das wäre ein sehr seltsamer Zufall – was andererseits aber bedeuten konnte, dass Meiringer/Riarty den Namen des Hundes schon gekannt hatte, als sie sich ihre neue Existenz aufbaute und den Plan fasste, den pensionierten Oberstaatsanwalt zu töten, der sie hinter Gitter brachte.

»Neher fragen, wie lange Jäckel seinen Hund schon hatte«, notierte Robert auf einem Zettel. Dann öffnete er das Küchenfenster und hoffte darauf, dass die kühle Luft ihn müde genug machen würde, sodass er doch bald würde einschlafen können.

Am Ende des Gesprächs war es wieder einmal zu einem heftigen Streit gekommen. Lino Fontana wollte seiner Freundin kein bisschen entgegenkommen. Und dass sich sein Vater immer wieder in ihre Debatten einmischte, machte die Sache nicht besser. Linos Pastagerichte waren ungemein beliebt bei seinen Gästen, und er selbst war stolz darauf, dass er für seine Spaghetti al'matriciana ausschließlich *guanciale* verwendete, einen sehr fetten Speck aus Schweinebacke oder -hals. In die Spaghetti Carbonara wiederum durfte seiner Ansicht nach nur *pancetta* gegeben werden, ebenfalls luftgetrocknet, aber aus Bauchspeck hergestellt.

Was hätte es ihn schon gekostet, stattdessen mal mit geräuchertem Tofu oder Seitan zu kochen? Aber nein, es musste ja die Tradition über allem stehen. Und so gab ein Wort das andere, ein unschönes ein noch unschöneres, und am Ende warf sie ihm »Du Neandertaler!« an den Kopf und stürmte wütend aus der Küche.

Draußen auf dem Marktplatz ging sie ein paarmal vor dem Lokal auf und ab, aber sie verspürte keine Lust, sich noch heute Abend wieder mit Lino zu versöhnen. Und als sie ihn ein wenig ängstlich durch ein Fenster zu sich herausschauen sah, hob sie den Kopf, warf ihm einen kühlen Blick zu und wandte sich ab. Morgen würde ihr Freund vor ihr im Staub liegen, wenn sie nur mit den Fingern schnippte. Dann würden sie eine schöne Zeit haben, aber auf fetten Speck würde er trotzdem nicht verzichten wollen.

Immer noch ein bisschen wütend machte sie sich auf den Heimweg, allerdings wollte sie jetzt nicht allein zu Hause zu sitzen. Also marschierte sie los, um daheim nicht in die Wohnung zu gehen, sondern das Auto zu nehmen und Mo in Korb zu besuchen. Sie hätte vorher anrufen können, aber manchmal ließ sie sich am Telefon von Mo abwimmeln, und wenn sie einfach vor ihrer Tür stand, würde sie Maren natürlich hereinbitten. Es war mal wieder höchste Zeit für ein Gespräch unter Freundinnen. Und die fortgeschrittene Uhrzeit war kein Problem, Mo war oft bis spät in die Nacht noch wach.

Die frische Abendluft hob ihre Stimmung, und als sie ihren Wagen startete, waren Lino und sein blöder Speck schon fast vergessen. Korb war von Remslingen aus schnell erreicht, aber als sie in die Straße einbog, in der ihre Freundin seit ein paar Monaten wohnte, bremste sie ab, blieb kurz mitten auf der Straße stehen, bevor sie in die nächste Parklücke einfädelte.

Was war hier los?

Eine Frau, die aus dem *Fontana* stürmte und nach einigem Zögern den Marktplatz überquerte, machte Roberts

Hoffnung, bald einschlafen zu können, zunichte. Unten stapfte Maren Sattmann vorbei, der er von allen Tierschützern der Remslinger Gruppe noch am ehesten zutraute, etwas über die Pläne von Monika Riarty zu wissen. Sie war erkennbar schlechter Stimmung, und allem Anschein nach hatte sie ein Ziel, zu dem es sich lohnte, sich zu beeilen.

Vorsichtig schloss er das Fenster, folgte der Frau durch die Scheibe mit seinem Blick, bis er sicher sein konnte, in welche Richtung sie ging. Dann zog er sich an und beeilte sich hinunterzukommen. Von den Unterlagen schwirrte ihm der Kopf, und er hatte Schwierigkeiten, in diesem Zustand die richtigen Schlussfolgerungen zu ziehen. Sonst hätte er niemals so lange gebraucht, die Bezüge zwischen Rita Meiringer und Mo Riarty zu entdecken. Da war eine kleine Verfolgung zu Fuß eine willkommene Abwechslung. In Momenten wie diesem konnte er verstehen, dass Alfons so gern den Spuren krimineller Machenschaften nachspürte. In solchen Augenblicken erging es ihm nicht anders.

Es bereitete ihm keine Mühe, der Frau zu folgen, ohne von ihr bemerkt zu werden. Während ihm für körperliche Auseinandersetzungen zugutekam, dass er seinen Tag oft mit Fitnessübungen begann, war das Verfolgen zu Fuß wie Fahrradfahren, von dem man ja auch sagte, dass man es nicht verlernte.

Robert genoss die Abendluft, sie beflügelte und erfrischte ihn, und er hätte gute Lust gehabt, die Verfolgung der Frau etwas aufwendiger zu gestalten, mehr Vorsicht an den Tag zu legen, als nötig war, um sich etwas mehr unter Anspannung zu setzen. Aber wenn auch nur noch wenige Nachtschwärmer unterwegs waren, die obendrein sehr damit beschäftigt schienen, ohne sichtbares Schwanken durch die Stadt zu kommen: Er wollte in Remslingen nicht dadurch auffallen, dass er über Mauern kraxelte, von Deckung zu Deckung flitzte und andere Fertigkeiten aus alten Zeiten anwandte, die eine aufmerksamere Zielperson erforderlich gemacht hätte.

Schließlich erreichte er in einigem Abstand zu Maren Sattmann die Straße, in der sie wohnte. Hierher war er ihr schon einmal gefolgt, aber diesmal ging sie nicht ins Haus. Vor einem der Gebäude hielt sie auf einen Kleinwagen zu, schloss auf und setzte sich hinein. Geschickt fuhr sie aus der Parklücke auf die Straße, und kurz darauf war sie weg.

Robert hatte sich aus Gewohnheit das Kennzeichen eingeprägt, natürlich war es mit einem »E« am Ende versehen, aber das half ihm nichts. Diese Frau hatte ihn abgehängt.

Mit einem leisen Fluchen trat er den Heimweg an.

Maren Sattmann saß in ihrem Wagen und dachte nach. Ein Stück vor ihr stand ein Streifenwagen am Straßenrand, und er schien dort schon länger zu stehen, denn auf dem Gehweg neben dem Polizeiauto vertrat sich ein uniformierter Beamter die Beine und rauchte eine Zigarette. Vermutlich parkte am anderen Ende der Straße auch eine Streife, also wurde Mo observiert. Aber betrieb die Polizei einen solchen Aufwand wirklich wegen einiger entführter

Tiere, von denen zwei schon wieder freigelassen worden waren? Das konnte sie sich nicht vorstellen. Und wofür der Aufwand sonst betrieben werden konnte … das wollte sie sich nicht vorstellen.

Für ihre Aktionen hatte sich jeder in der Gruppe ein Prepaidhandy zugelegt, das er sonst nicht benutzte. Darüber rief sie Mo jetzt an. Es klingelte durch, ohne dass sie dranging. Maren Sattmann wartete fünf Minuten, dann versuchte sie es erneut.

»Ja?«

Mo meldete sich nie mit ihrem Namen, aber diesmal wirkte sie etwas außer Atem.

»Wo bist du?«, fragte Maren.

»Ich bin zu Hause und wollte gerade ins Bett gehen.«

»Und dass deine Straße von Streifenwagen observiert wird, hält dich nicht wach?«

»Was, ich … äh …«

Maren fand ihre Stimme viel zu wach, als dass Mo wirklich gerade auf dem Weg ins Bett gewesen wäre. Warum belog ihre Freundin sie? Oder bildete sie sich das nur ein? Sie beschloss, Mo zu testen.

»Hast du die Polizei denn noch gar nicht bemerkt? Seltsam, direkt vor deinem Haus steht sogar einer mit Blaulicht. Das musst du doch sehen. Geh lieber mal kurz ans Fenster.«

»Ja, okay«, kam es lahm zurück. »Kann ich machen.«

Maren Sattmann wartete, bis die andere fortfuhr.

»Ja, jetzt seh ich's auch. Das ist ja ein Ding! Mitten in der Nacht so eine Lightshow zu veranstalten!«

Da platzte Maren der Kragen.

»Erzähl keinen Quatsch! Du bist gar nicht zu Hause! In deiner Straße steht zwar mindestens ein Streifenwagen, aber der parkt ein Stück von deiner Wohnung entfernt, und die verhalten sich unauffällig und haben ganz sicher kein Blaulicht eingeschaltet. Wo steckst du? Und warum lügst du mich an?«

»Sag mal, spinnst du? Du rufst mich mitten in der Nacht an, stellst mir eine Falle und beschimpfst mich dann? Schöne Freundin!«

»Selber schöne Freundin! Warum steht in deiner Straße die Polizei? Das machen die doch nicht nur wegen unserer Tieraktionen!«

»Woher soll ich das wissen?«

»Wer sonst sollte es wissen?«

»Ach, hör doch auf, das wird mir jetzt zu blöd.«

»Mo, du hattest die Idee, dass wir den Hund dieses alten Ekels entführen. Und als wir herausfanden, dass dieser Köter Poirot heißt, wie dieser Detektiv von Agatha Christie, hast du das doch schon gewusst, stimmt's? Mir kam das gleich komisch vor, dass du so gut über diesen Pensionär Bescheid gewusst hast und dass du so schnell einen nachgemachten Schlüssel zu seinem Haus präsentieren konntest. Und jetzt ist der Alte tot, und die Polizei befragt uns, als hätten wir ihn auf dem Gewissen.«

»Jetzt spinn hier nicht rum. Du reimst dir da was völlig Absurdes zusammen, Maren.«

»Sicher? Ich habe eher das Gefühl, dass du uns in eine ganz miese Sache mit reingezogen hast.«

Schweigen am anderen Ende.
»Wo bist du, Mo?«
Maren Sattmann wartete kurz.
»Mo?«
Die andere hatte aufgelegt.

11

Dass diese dämlichen Tierschützer ihr jetzt noch in die Suppe spuckten, konnte sie gar nicht brauchen. Bisher war vieles nach Plan gelaufen, und die Sache mit diesem Puppenspieler musste nicht zwingend dazu führen, dass sie aufflog. Er wusste nicht, wer sie war, und selbst auf eine Beschreibung von ihm hin würde die Polizei nicht die wahren Hintergründe der Geschichte erkennen.

Sie grinste. Ja, es konnte noch alles gut gehen. Noch ein, zwei Tage musste sie durchhalten, und dann konnte sie wieder so spurlos verschwinden, wie sie in Remslingen aufgetaucht war. Sie konnte ein anderes Leben haben, unbehelligt und friedlich. Sie würde in dem Haus wohnen, das sie sich schon vor zwei Jahren gekauft hatte, und niemand würde die Ereignisse in dieser Kleinstadt mit ihr in Verbindung bringen. Und Maren und ihre dämlichen Veganer konnten sehen, wo sie blieben – und wie sie der Polizei klarmachten, dass sie wirklich nichts mit dem Mord an Jäckel zu tun hatten.

Monika Riarty gönnte sich ein böses Grinsen und steckte ihr Handy weg.

Sie hatte sich für das Telefonat mit Maren Sattmann in die Küche der Wohnung zurückgezogen, und als sie sich nun in dem Raum umsah, fiel ihr auf, dass einige Regal- und Schrankfächer mit kleinen Zetteln markiert waren, auf denen die Namen Alfons, Ivanka und Basti standen. Auch der Kühlschrank schien so unterteilt zu sein, dass drei Personen ihre Lebensmittelvorräte gegeneinander abgrenzen konnten.

Scheiße, schoss es ihr durch den Kopf, *lebt dieser Endzwanziger tatsächlich noch in einer WG?*

Jetzt rächte sich ihre Annahme, dass Alfons Weber mit seinen Tieren allein in der Wohnung sei. Sie checkte das Badezimmer, dann sah sie die beiden zusätzlichen Schlafzimmer, in denen offenbar jemand geschlafen hatte.

Einen Moment überlegte sie noch, dann war es entschieden. Und wieder einmal zeigte sich, dass es gut war, wenn man sich selbst auf unwahrscheinliche Komplikationen vorbereitete.

In einem ersten Schritt musste sie verhindern, dass jemand mit einem Zweitschlüssel in diese Wohnung gelangte. Sie holte das Nötige aus ihrem Rucksack, dann öffnete sie vorsichtig die Wohnungstür, lugte hinaus und vergewisserte sich, dass niemand im Treppenhaus war. Der Rest ging schnell. Den Wohnungsschlüssel fand sie in einem Kästchen im Flur. Mit dem Schraubenzieher löste sie die Stulpschraube, steckte den Schlüssel ein und drehte ihn um ein paar Grad, schon ließ sich der Schließzylinder des Sicherheitsschlosses herausziehen. Sie schob den Zylinder hinein, den sie mitgebracht hatte, fixierte ihn mithilfe der Stulpschraube, drückte die Tür zu und schloss ab.

Das überzählige Material und der Schraubenzieher landeten in ihrem Rucksack, dann ging sie ins Wohnzimmer, um nach dem Handy ihres Gefangenen zu sehen. Es war ein modernes Smartphone, aufgeladen und eingeschaltet. Im Ruhezustand hatte es sich verriegelt, aber nachdem sie die rechte Hand des Mannes neben dem Heizkörper genommen und seinen Daumen auf die entsprechende Stelle des Displays gedrückt hatte, war das Handy freigeschaltet.

Jetzt konnten Webers Mitbewohner zwar nicht mehr in die Wohnung, aber sie würden sich natürlich wundern, dass plötzlich das Schloss ausgetauscht war und ihre Schlüssel nicht mehr passten. Also musste sie dafür sorgen, dass die beiden nicht so schnell hierherkamen. Sie erinnerte sich an den Zwischenfall im Haus des Puppenspielers. Da hatten dieser Buchhändler und Alfons Weber nach ihr gesucht, und ihnen hatte eine junge Frau geholfen, die altersmäßig eher zu Weber passte.

In seinem Handy war eine Marie gespeichert, der er zahlreiche Textnachrichten geschickt hatte, die vor Herzen und Küsschen nur so wimmelten. Das musste seine Freundin sein. Außerdem gab es eine Gruppe mit dem Namen WG, als deren Mitglieder außer ihrem Gefangenen noch eine Ivanka und ein Basti hinterlegt waren. Auch hier las sie den jüngsten Chatverlauf, es schien sich um die Mitbewohner zu handeln.

Sie dachte einen Moment nach, glich den Tonfall mit

den früheren Textnachrichten von Weber ab und schrieb den beiden, sie könnten sich ruhig Zeit lassen mit dem Nachhausekommen, Marie sei bei ihm, und es wäre schön, wenn sie nach der jüngsten Aufregung etwas Zeit und Ruhe für sich haben könnten.

Das sollte reichen.

Robert war zu Bett gegangen, aber er fand nicht in den Schlaf. Dann klingelte sein Handy.

»Herr Mondrian?«

Robert hatte Mühe, die Frauenstimme einer Person zuzuordnen, die er kannte. Im Hintergrund waren Gespräche und Gelächter zu hören, es lief Musik.

»Ich bin's, Ivanka, die Mitbewohnerin von Alfons. Ich habe Sie hoffentlich nicht geweckt.«

»Nein, was gibt's denn?«

»Basti und ich sind auf einer Party, und bevor wir gegangen sind, haben wir Alfons noch gesagt, dass es spät werden kann – was in unserem Fall bedeutet, dass wir wohl erst gegen Morgen wiederkommen.«

Er hatte zwar noch nicht geschlafen, aber für Berichte von jungen Leuten auf Partys war er doch etwas zu müde. Doch Ivanka redete wie ein Wasserfall.

»Jetzt hat er uns eine Textnachricht in die WG-Gruppe geschrieben, dass wir uns ruhig Zeit lassen könnten. Er habe Marie da und würde sich freuen, wenn sie etwas Zeit zu zweit hätten.«

»Ja, und? Das kann ich verstehen, zuletzt war ja recht viel los, das dürfte Alfons etwas mitgenommen haben.«

»Mag sein, aber wenn sonst Marie zu ihm kommt, sind die beiden in seinem Zimmer, und wenn noch jemand in der Wohnung ist, stört das die beiden kein bisschen.«

Langsam wurde Robert wach. Ihm saß ohnehin die Angst im Nacken, Alfons könnte Gefahr drohen, deshalb schrillten jetzt alle Alarmglocken. Doch das konnte auch an überreizten Nerven liegen oder daran, dass er dringend Schlaf brauchte.

»Herr Mondrian?«

Ivanka war wohl die Pause zu lang geworden.

»Gut«, sagte Robert, »ich kümmere mich drum. Ihr könnt ruhig weiterfeiern, und Ihre Nummer habe ich ja jetzt.«

»Danke«, sagte die junge Frau und legte auf.

Sofort rief er Marie auf dem Smartphone an. Es dauerte, bis sie das Gespräch entgegennahm.

»Beck?« Ihre Stimme klang verschlafen, dann war ein Rascheln wie von Bettzeug zu hören, und nach einer kurzen Pause war sie schon etwas wacher: »Ach, Sie sind's, Herr Mondrian. Ich hab erst jetzt aufs Display geschaut. Was gibt's denn so spät?«

»Bist du gerade bei Alfons?«

»Äh, nein, ich liege in meinem Bett in Beinstein. Warum fragen Sie?«

Diese Antwort hatte er befürchtet. Noch während er sprach, suchte er schon die passende Kleidung zusammen.

»Dann brauche ich jetzt deine Hilfe. Zieh dich bitte an, etwas Sportliches, in dem du dich gut bewegen kannst. Ich hole dich gleich in Beinstein ab.«

Erst hatte sie vorgehabt, Alfons Webers Wohnung sofort zu verlassen, sobald er verschnürt war. Mit etwas Glück würde vor morgen früh niemand merken, dass er gefesselt war. Und dann würden ihn entweder seine Mitbewohner oder seine Freundin besuchen wollen und würden vor der Tür mit dem ausgetauschten Schloss stehen. Spätestens dann würde die Polizei alarmiert werden, und mit etwas Glück würden sie die Spuren finden, die sie platziert hatte – und sich noch einmal die Tierschützer vornehmen.

Schon zu diesem Zeitpunkt würde sie über alle Berge sein, und bis sich die Aktivisten vom Verdacht befreien konnten, einen Mord begangen und mindestens zwei weitere geplant zu haben, hatte sie sich vermutlich bereits in ihrem neuen alten Leben eingerichtet.

Aber sie beschloss, zur Sicherheit noch eine weitere falsche Spur zu legen. Sie hatte zwei Überwachungskameras in ihrem Rucksack, die positionierte sie im Wohnzimmer und in der Küche, richtete sie allerdings so aus, dass weder die Kakadus noch der Hund, noch sein Herrchen zu sehen waren. Dann verband sie über das Internet die Kameras mit demselben Handy, mit dem sie auch schon zwei weitere kleine Kameras verbunden hatte, die bei Hanna Lier im Keller installiert waren. Sie selbst konnte die Bilder der Kameras nicht sehen, und genau so sollte das auch sein.

Mit einem zufriedenen Grinsen ließ sie ihren Blick noch einmal über das Wohnzimmer schweifen. Es war Zeit zu gehen.

Da ließ sie ein Geräusch in der Nähe zusammenzucken.

Auf der kurzen Fahrt nach Beinstein hatte Robert Kommissar Neher angerufen und ihm seinen Verdacht mitgeteilt, dass sein Mitarbeiter Alfons womöglich in akuter Gefahr schwebte.

»Aber das ist bisher eher ein Gefühl, Klaus, deshalb schlage ich vor, dass ich mich erst einmal vor Ort umsehe. Ich geb dir dann Bescheid. Unternehmt also noch nichts, ja?«

Robert hatte das Gespräch schon getrennt, bevor Neher antworten konnte. Marie stand auf dem Gehweg vor ihrem Elternhaus. Sie hatte sportliche, eng anliegende Kleidung an. Seinen Hinweis hatte sie offenbar richtig gedeutet: Sie sollte sich nicht nur gut bewegen, sondern notfalls sollte sie auch gut kämpfen können. Dabei würden ihr die Kenntnisse als Karateka helfen, zur Sicherheit hatte sie noch einen schmalen Gürtel umgeschnallt, in dem ein Schlagstock und eine schmale Taschenlampe steckten.

Bis sie die Beinsteiner Straße erreicht hatten, war auch Marie gebrieft. Sie stellte keine Fragen, und dass sie sich Sorgen um ihren Freund machte, war ihr zwar anzusehen, aber nervös machte sie das nicht. Robert war froh, sie mitgenommen zu haben. Sie würde ihm eine große Hilfe sein.

Er stellte den Wagen fünfzig Meter von Alfons' Adresse entfernt so ab, dass er von dessen Wohnung aus nicht gesehen werden konnte. Sie folgten auch nicht dem Gehweg, sondern schlichen durch den Garten des Hauses, vor dem sie parkten. Ein Bewegungsmelder reagierte und tauchte die Garageneinfahrt, die sie gerade überquert hatten, in gleißendes Licht. Doch da waren sie schon über einen Zaun in den benachbarten Garten geklettert, und es kümmerte sich auch niemand um die aufgeflammte Beleuchtung. Offenbar waren hier nachts Katzen unterwegs, und die Bewegungsmelder alarmierten niemanden mehr.

Marie und Robert arbeiteten sich zügig auf das Grundstück zu, das von hinten an die Parzelle von Alfons' Wohnhaus grenzte. Unterwegs war Marie gegen einen Plastikeimer getreten, der im Garten etwas versteckt neben einer Feuerschale gelegen hatte, und sie waren sofort in Deckung gegangen, als das blöde Ding umfiel und mit leisem Scheppern über die Betonplatten kullerte. Doch daraufhin hatte sich in der Wohnung nichts getan, das Geräusch war wohl zu leise gewesen, um im Inneren des Hauses bemerkt zu werden. Und dann überwanden sie den letzten Zaun.

In der Wohnung seines Mitarbeiters sah Robert Licht. Das Wohnzimmer war erleuchtet, im Bad wurde gerade die Beleuchtung angeschaltet. Marie und er verständigten sich, auf welche Weise sie aus zwei Richtungen eindringen wollten. Marie würde ein Fenster von Ivankas Zimmer aufhebeln, Robert gab ihr dazu einen großen Schraubendreher, den er im Rucksack mit sich trug. Er selbst wollte eigentlich durchs Badfenster klettern, aber wenn sich dort gerade jemand befand, würde er es über die Küche versuchen. Er holte einen Glasschneider und einen kleinen Saugnapf aus dem Rucksack, steckte noch ein Messer in die Hosentasche, dann konnte es losgehen.

Noch bevor er Marie anbieten konnte, die Räuberleiter zu machen, war die junge Frau schon emporgeschnellt, hatte die Fingerspitzen um das Fensterbrett vor Ivankas Zimmer gekrallt und zog sich hoch, als wäre das nichts Besonderes. Vorsichtig spähte sie durchs Fenster, und als sie den Raum menschenleer fand, schwang sie ein Bein aufs Fensterbord, stützte den anderen Fuß gegen den stählernen Außenschornstein, der dort angebracht war, und begann sofort damit, das Fenster frei zu hebeln.

Marie musste langsam vorgehen, wenn sie möglichst leise sein wollte, und es war Robert nur recht, dass sie dadurch mehr Zeit benötigte als er. Sie mochte eine Hilfe sein, aber die Hauptarbeit wollte er schon selbst erledigen. Er kam etwas weniger elegant in den ersten Stock hinauf als die junge Frau, aber dort fand er ebenfalls schnell Halt, und er machte sich ohne Zögern ans Werk. Sekunden später zog er mit dem Saugnapf das kreisrund ausgeschnittene Glasstück aus der Fensterscheibe und öffnete das Fenster. Er schlüpfte in die Küche, deren Tür einen Spaltbreit offen stand, wodurch etwas Licht vom Wohnzimmer in den Raum fiel. Er konnte sich aber im Schatten halten, und nachdem er den Saugnapf und den Glasschneider vorsichtig auf der Küchenzeile abgelegt hatte, schlich er zur Tür, um sich einen Überblick zu verschaffen. Keinen Laut gab er von sich, allerdings war auch sonst nichts in der Wohnung zu hören.

Monika Riarty erstarrte. Sie hatte etwas gehört, das sie nicht zuordnen konnte. Sie trat in der dunklen Küche ans Fenster, ging in das Schlafzimmer von Alfons Weber und in eines der anderen. Dann fasste sie in Gedanken zusammen, welche Schlüsse zu ziehen waren. Mehrere Grundstücke entfernt war vor wenigen Augenblicken ein helles Licht ausgegangen. Das konnten Strahler sein, die durch einen Bewegungssensor eingeschaltet worden waren – also hatte sich dort vor Kurzem möglicherweise etwas bewegt, und jetzt nicht mehr. Das Geräusch, das sie gehört hatte, war aus dem Garten hinter dem Haus gekommen, also aus größerer Nähe.

Näherte sich von dort jemand?

Gut möglich, dass ihr in der Textnachricht an die Mitbewohner ein Fehler unterlaufen war, den sie nicht bemerkt hatte, die Mitbewohner dagegen sehr wohl. War draußen nun also die Polizei? Eher nicht, die Beamten würden das Haus vielleicht umstellen, um ihr Fluchtwege abzuschneiden – aber sie würden ganz brav von vorn ins Haus gehen und an der Wohnungstür ihr beliebtes »Polizei! Aufmachen!« loswerden wollen.

Wer also war es dann? Wieder der Buchhändler und die junge Frau? Dazu vielleicht die beiden Mitbewohner? Mo Riarty dachte kurz nach. Sie hatte gerade gehen, die Wohnung hinter sich lassen und in ihr neues Leben flüchten wollen. Das wäre jetzt auch ihr erster Reflex gewesen – was aber, wenn sich die anderen aufgeteilt hatten? Dann würden sich der Buchhändler und die junge Frau, wahrscheinlich Marie, die Freundin ihres Gefangenen, vermutlich von hinten nähern, und vorne würden die Mitbewohner warten, ob sie auf diesem Weg entkommen wollte.

Hatte sie eine Chance, die beiden vor dem Haus einfach umzurennen, an ihnen vorbei zu flüchten, sich irgendwo ein neues Auto zu beschaffen und so davonzukommen? Aber die beiden würden sie sehen, würden sie vielleicht beschreiben können – und noch mehr Zeugen als den Puppenspieler konnte sie nicht brauchen.

Wenn sie blieb und sich den beiden Eindringlingen stellte, sie zu übertölpeln versuchte, konnte sie zwar auch gesehen und beschrieben werden, aber vielleicht hatte sie Glück, konnte einen der beiden von hinten niederschlagen und dem anderen entwischen, bevor er oder sie ihr Gesicht richtig zu sehen bekam.

Wäre es also besser, sich in der Wohnung auf die Lauer zu legen und die beiden auszuschalten? Was hatte sie, durchtrainiert, wie sie war, schon von einem schmalen Mädchen und einem Buchhändler zu befürchten? Und danach konnte sie ungesehen aus dem Haus verschwinden, konnte sich über die angrenzenden Gärten davonmachen. Und bevor die beiden Mitbewohner vorne auf der Straße auch nur begriffen hätten, dass sie auf der Flucht war, und dann endlich die Polizei rufen würden, wäre es schon viel zu spät, noch wirksame Straßensperren um die Stadt herum einzurichten und sie daran zu hindern, auf Nimmerwiedersehen zu verschwinden.

Sie grinste. Ja, so würde es gehen.

Millimeterweise schob sich Robert vor. Erst konnte er Teile des Flurs überblicken. Der Vogelkäfig stand nicht an seinem üblichen Platz, und der Hundekorb war leer. Dann rückte das Wohnzimmer in sein Blickfeld. Das große Fenster, davor die Polstermöbel und der Couchtisch. Auf dem Sofa lag Poirot, er schien zu schlafen. Hinter dem Sofa ragten zwei Beine hervor, die sich nicht bewegten. War das Alfons? Und falls ja: Ging es ihm gut? Sonst schien niemand im Raum zu sein. Robert schlich einen Schritt weiter, jetzt konnte er das gesamte Wohnzimmer überblicken – inklusive des Vogelkäfigs, in dem die beiden Kakadus ebenfalls zu schlafen schienen.

Waren die Tiere betäubt und Alfons gefesselt und geknebelt? Waren sie dann gerade noch rechtzeitig eingetroffen, um den Mord an Alfons zu verhindern? Und war Kommissarin Hanna Lier dann womöglich schon tot? Doch was war das Motiv von Monika Riarty, nicht nur Jäckel, sondern auch die anderen beiden zu töten? Zwei Morde zu begehen, um für die Ermittlungen wegen eines anderen eine falsche Spur zu legen, das war doch ein ungewöhnlich hoher Einsatz.

Beschäftigt mit diesen Gedanken schlich er noch ein Stück weit ins Wohnzimmer hinein, und hätte er sich nicht so große Sorgen um Alfons gemacht, wäre ihm das kaum hörbare Streifen von Stoff am Türrahmen sofort aufgefallen. So aber war er einen Moment lang vom Anblick seines Mitarbeiters gebannt, der sich nicht regte und ihn wegen der schwarzen Stoffhaube auf seinem Kopf auch nicht sehen konnte.

Das Erste, was er endlich wahrnahm, war ein zischendes Geräusch hinter ihm, als würde etwas sehr schnell durch die Luft schneiden.

Der Buchhändler war gut. Er erreichte das Wohnzimmer, ohne das geringste Geräusch zu verursachen. Sie hatte im Badezimmer das Licht inzwischen wieder gelöscht und beobachtete den anderen durch den Türspalt. In der Hand hatte sie den klobigen Föhn, mit dem sie ihn gleich niederschlagen würde. Und wirklich kam Mondrian näher, und anstatt die Badezimmertür im Blick zu behalten, hinter der er sie doch vermuten musste, schaute er einen Moment lang gebannt zu ihrem Gefangenen.

Einen Moment, der ihr reichen würde.

Sie schlüpfte durch den Türspalt in den Flur und von dort aus ins Wohnzimmer, machte zwei, drei lautlose Schritte und war nur noch zwei Armlängen von dem Buchhändler entfernt. Im Näherkommen holte sie aus, dann sauste der Föhn in ihrer Faust auf den Hinterkopf des Mannes zu.

Robert warf sich gerade noch rechtzeitig herum, aber es war so knapp gewesen, dass er den Luftzug des fehlgegangenen Schlags deutlich spüren konnte. Der Föhn, der eigentlich durch den Aufprall auf seinem Kopf hätte gestoppt werden sollen, beschrieb weiter einen Bogen nach unten, was die Angreiferin einen Teil ihrer Standfestigkeit kostete. Die Drehbewegung, die Robert ausgeführt hatte, brachte ihn seitlich neben die Frau, und mit beiden Händen versuchte er, sie zu Fall zu bringen. Doch auch sie war gewandt und konnte seinem Stoß teilweise ausweichen. So kam sie zwar ins Stolpern, aber sie blieb stehen. Und als Robert weiter auf sie eindrang, nahm sie den Föhn in die eine und das Ende des Kabels in die andere Hand. Geschickt bildete sie mit einer kurzen Bewegung eine Schlaufe, die sie Robert über den Kopf warf, bevor der reagieren konnte.

Mo Riarty warf sich rückwärts zu Boden und riss ihn mit, und nach einigem Gerangel saß sie hinter ihm und zog mit beiden Händen an Kabel und Föhn. Das Kabel spannte sich immer mehr um seinen Hals, und mit seinen Händen konnte er weder eine ihrer Hände noch sie selbst erwischen. Langsam wurde ihm die Luft knapp, und mit einer plötzlichen Kraftanstrengung stieß er seinen Oberkörper nach hinten und prallte mit dem Kopf gegen ihren. Er war etwas benommen, sie vermutlich auch, aber ihr Griff um Föhn und Kabel lockerte sich für einen Sekundenbruchteil. Zu kurz, um sich befreien zu können. Dann ließ der Druck um seine Kehle doch nach, er rollte sich sofort zur Seite, und als er aufsprang, um die Frau anzugreifen, hatte sie den Föhn und das aus dem Gerät gerissene Kabel weggeworfen und ließ sich auf den Ringkampf ein.

Sie war eine schwierige Gegnerin. Etwas kleiner als er

hatte sie in gewissen Situationen einen günstigeren Hebel, und ihm war es auch, als sei sie in manchen, vermutlich lange eingeübten Bewegungen flinker als er. Doch allmählich hatte er das Gefühl, als würde er die Oberhand gewinnen. Er drängte sie aus dem Wohnzimmer und in den Flur, dann flog sie krachend durch die Badezimmertür, die aufgestoßen wurde und mit der Klinke laut gegen die Wandfliesen schepperte. Er sprang ihr nach, um sie nun hoffentlich vollends bezwingen zu können, da sah er aus den Augenwinkeln Marie aus einem der WG-Schlafzimmer kommen. Im engen Badezimmer konnte sie ihm nicht helfen.

Das erkannte sie wohl auch, also kümmerte sie sich um ihren Freund. Sie fühlte ihm den Puls, dann nahm sie ihm die Haube ab, löste den Knebel und nahm ihn heraus. Dann sprach sie ihn an. Alfons war benommen, auch die Fesseln schmerzten ihn an den Handgelenken, aber sonst ging es ihm gut.

All das bekam Robert nicht mit. Er musste alles geben, um gegen seine Widersacherin zu bestehen. Die Badtür war inzwischen wieder etwas zugeschwungen, und Riarty hatte blitzschnell einen der Bademäntel, die innen an der Tür hingen, vom Haken gerissen und ihn Robert übergeworfen. Ein Strahler im Wohnzimmer war so eingestellt, dass er bis ins Badezimmer leuchtete, und halb verhüllt von dem übergeworfenen Bademantel sah Robert Mondrian im Gegenlicht fast aus wie ein Mann, der in einem altmodischen Ausgehmantel kämpft. Der Schatten, den die Szene an die Badezimmerwand warf, erinnerte Robert dann auch an seinen Traum, in dem er in der Rolle des Sherlock Holmes mit Professor Moriarty kämpft und sie beide am Ende vor dem Panorama der Reichenbachwasserfälle in die Schlucht stürzen.

Viel Zeit war jetzt für solche Gedanken nicht. Robert musste den Bademantel loswerden, und um nicht zu riskieren, dabei von einem Angriff von Mo Riarty getroffen zu werden, schleuderte er den Bademantel in ihre Richtung, sobald er sich aus dem Frotteestück befreien konnte. Und wirklich hatte sie zu einem neuen Schlag ausgeholt, nun purzelte die Shampooflasche, die ihr durch den Gegenangriff aus der Hand geglitten war, auf den Boden, und Riarty taumelte irritiert nach hinten. Sie verlor ihren Stand, griff auf der Suche nach Halt um sich, bekam den Duschvorhang zu fassen, der aber sofort ratschend aus seiner Halterung gerissen wurde. Mit der anderen Hand kam sie an den Wasserregler, und während sie sich dadurch wieder fing, prasselte sofort Wasser auf sie nieder.

Robert stürmte auf sie zu, doch wieder konnte sie ausweichen, und daraufhin waren sie erneut in einen wilden Ringkampf verwickelt, während das Wasser um sie toste. Zeitweise spürte Robert mehr, wo sie sich befand, als dass er sie hätte sehen können. Wasserfälle, ein erbitterter Kampf. Noch einmal kam ihm sein Traum in den Sinn, und dann fiel ihm die letzte Bewegung ein, die er im Schlaf vor sich gesehen hatte. Wie er breitbeinig um einen sicheren Stand kämpfte, der andere ihn aber umklammert und mit in die Tiefe riss.

So breitbeinig stand jetzt auch Robert da, und er hatte

keinen besseren Stand als seine Gegnerin. Sie wollte ihm an die Gurgel gehen, stach zwischendurch in Richtung seiner Augen und versuchte, ihn mit überraschenden Bewegungen ihres Oberkörpers, den er umklammert hielt, aus dem Gleichgewicht zu bringen. Da ließ er plötzlich los, wich einen kleinen Schritt zurück und säbelte mit dem unbelasteten linken Bein kräftig gegen den rechten Knöchel der Frau.

Roberts Ausweichen und sein Fußtritt kamen für sie so unerwartet, dass ihr auf dem glitschigen Boden die Füße wegrutschten. Sie versuchte zwar noch, sich an ihm festzuhalten, aber er wich einen Schritt zurück, ihr Griff ging ins Leere, und sie schlug hart auf der Duschwanne auf, die Hüfte knallte gegen den Wannenrand, die Schulter landete auf dem gefliesten Boden. Einen Sekundenbruchteil später krachte ihr Kopf ebenfalls auf die Fliesen, dann blieb sie liegen.

Als Robert die Frau, die nicht tot, aber ziemlich benommen war, ins Wohnzimmer schaffte, hatte Marie ihren Freund von allen Fesseln befreit. Seine Beine gehorchten ihm wohl noch nicht, deshalb saß er zitternd und bleich auf dem Sofa, wo der Hund regungslos lag, und rieb sich die Handgelenke. Aus dem Vogelkäfig war ein raues, sehr leises Krächzen zu hören, die Kakadus kamen allmählich wieder zu sich.

»Ist mit dir alles in Ordnung, Alfons?«, fragte er, während er Monika Riarty in einen Sessel schob, sie aber keinen Moment aus den Augen ließ.

Alfons nickte, dann schaute er ängstlich zu der Frau hin, die ihm gegenüber schlaff in den Polstern hing.

»Hätte Sie mich umgebracht, Chef?«

»Das würde meiner Meinung nach keinen Sinn ergeben. Ich glaube eher, dass sie dich aus dem Verkehr ziehen wollte, bis sie flüchten konnte. Es kann allerdings sein, dass sie alles so inszeniert hat, als hätte deine Ermordung bevorgestanden.«

»Warum das denn?«

»Vielleicht wollte sie ja eine falsche Spur legen.«

Marie war eine der kleinen Kameras aufgefallen, sie machte Robert auf das Gerät aufmerksam. Er sah einen Rucksack im Flur liegen. Marie übernahm es, die Frau in Schach zu halten, und Robert kramte ein Handy aus dem Rucksack. Es war darauf zwar eine App zu finden, mit der die Kameras programmiert und eingestellt werden konnte, die Bilder der Kameras wurden aber offenbar auf ein anderes Handy übertragen.

Robert nickte. Das passte zu seinem Verdacht, sie wolle den Mord an Jäckel jemand anderem in die Schuhe schieben. Jemandem, der angeblich schon die nächsten Morde vorbereitet hatte. Oder den an Hanna Lier womöglich schon begangen hatte. Schnell baute sich Robert vor der Frau im Sessel auf. Sie hatte die Augen geöffnet, und es war genug Wut in ihrem Blick zu erkennen, dass Robert einen Sinn darin sah, sie zu befragen.

»Wo halten Sie Frau Lier gefangen?«

Riarty schwieg, nur ein leichtes spöttisches Lächeln spielte um ihre Lippen. Im ersten Reflex ballte Robert seine Fäuste und wiederholte seine Frage in einem deutlich schärferen Ton.

»Aber Sie werden doch keine Frau schlagen ...«, raunte sie noch immer lächelnd.

Da brachte Robert ein kräftiger Schubs in die Seite etwas aus dem Gleichgewicht. Er machte zwei schnelle Schritte zur Seite, dann stand an seiner Stelle Marie vor dem Sessel, das Gesicht rot vor Zorn und die Augen zusammengekniffen.

»Ich schon«, zischte sie, und bevor Robert etwas unternehmen konnte, hatte sie der Peinigerin ihres Freundes zwei so kräftige Ohrfeigen verpasst, eine links, eine rechts, dass deren Kopf nur so zur Seite flog. Das laute Klatschen schreckte auch den Schäferhund auf, der seinen Kopf hob und sich verwundert umsah.

Und aus Richtung des Vogelkäfigs kam jetzt der Ruf: »Polizei! Aufmachen!«

Robert musste lachen, doch als er sich zu den Kakadus umdrehte, saßen die noch immer bedröppelt auf ihren Stangen und sahen nicht aus, als hätten sie gerade gerufen. Dann donnerte es gegen die Tür, und der Ruf wurde wiederholt. Robert flitzte zur Wohnungstür, schloss auf und an ihm vorbei stürmten Neher, Lachenmaier und einige Kollegen in die Wohnung.

Zwei uniformierte Beamte sicherten das Treppenhaus.

»Siehst du, Demet«, sagte der Mann mit einem triumphierenden Grinsen, »manchmal ist es doch gut, wegen einer vermeintlichen Lappalie hartnäckig an einer Ermittlung dranzubleiben.«

»Schon recht, Volker«, gab die Polizistin zurück. »Das erzählst du so am besten auch Laura Hemminger. Das bringt sicher Pluspunkte.«

Volker Zerbe wollte seiner Kollegin Demet Gürsel schon widersprechen, aber sie legte ihm lächelnd eine Hand auf den Arm. Zerbe schwieg und wurde ein bisschen rot.

Zwei Tage später saßen einige Beteiligte am späten Vormittag in der Leseecke zusammen. Die Buchhandlung blieb für die Zeit der Besprechung zu, Alfons hatte das »Geschlossen«-Schild aufgehängt. Und nun hatten sich er und sein Chef, dessen Freundin Selina Brand, Marie Beck und Kommissar Neher bei Kaffee und süßen Stückle versammelt. Den Süßkram hatte Gustaf Kruse spendiert, der auch dabei sein durfte, weil er ja ebenfalls Leidtragender der aufregenden Ereignisse rund um den Mord an Heinrich Jäckel gewesen war.

»Frau Lier geht es wieder gut«, berichtete Klaus Neher. »Wir haben sie im Keller eines Hauses gefunden, in dem auch Überwachungskameras installiert waren. Unsere Techniker konnten die Kameras lokalisieren.«

»Und über welches Handy konnte man die Bilder dieser Kameras sehen?«, fragte Robert.

Neher grinste, bevor er antwortete.

»Die Tierschutzaktivisten haben sich für die Kommunikation während ihrer bescheuerten Aktionen Prepaidhandys gekauft. Sie haben wohl nicht daran gedacht, dass sie auch für diese Handys ihre Daten hinterlegen mussten – ohne kommst du ja inzwischen nicht mehr so einfach an einen Mobilfunkvertrag.«

»Aber die Kameras waren nicht mit all diesen Handys verbunden, richtig?«

»Alle Prepaidhandys der Tierschützer hatten die betreffende App geladen. Vermutlich haben sie für ihre anderen Aktionen auch schon mal Kameras eingesetzt. Aber die Kameras in Herrn Webers Wohnung und die im Keller, in dem Frau Lier gefangen war, waren nur mit einem Handy verbunden. Und das ist auf Maren Sattmann registriert.«

»Dann hat sie mit den Morden zu tun?«, wollte Alfons wissen.

»Eher nicht«, widersprach Neher. »Ich gehe davon aus, dass Frau Sattmann nichts von diesen Kameras wusste. Unsere Theorie ist: Monika Riarty hat Jäckel ermordet, sie wollte danach untertauchen, und zuvor hat sie noch falsche Spuren gelegt, die zu ihren Tierschutz-›Freunden‹ führen. Vor allem auf Maren Sattmann hatte sie es abgesehen, in ihrem Auto fanden wir im Kofferraum Stricke aus demselben Material, mit dem Sie, Frau Lier und Herr Kruse gefesselt worden waren. Auch der Rest des Flokatis, von dem schon Stücke an den Tatorten der Tierentführungen und des Mordes an Jäckel gefunden wurden. Und schließlich auch noch ein Fläschchen mit dem Betäubungsmittel, das für die entführten Tiere eingesetzt wurde. Frau Sattmann konnte uns die Anwesenheit der Gegenstände im Kofferraum ihres Wagens nicht erklären, sie behauptete, dass sie da schon ein paar Tage nicht mehr reingeschaut habe. Ich fand, sie wirkte dabei ziemlich glaubwürdig. Das Haus wiederum, in dessen Keller Frau Lier gefangen gehalten worden war, gehört Bekannten von Maren Sattmann, die ihre neue Freundin Monika Riarty einmal zu ihnen zum Essen mitgebracht hatte. Solche Spuren sollten uns wahrscheinlich so lange beschäftigen, bis sie sich in Sicherheit gebracht hatte.«

»Und was für eine Art von Sicherheit sollte das sein?«

»Tja, Herr Weber, da kann Ihnen Ihr Chef weiterhelfen. Mit dem habe ich mich gestern schon dazu ausgetauscht, er ist ähnlich schnell wie wir zu demselben Ergebnis gekommen.«

Alfons schaute Robert an, und der tat ihm den Gefallen. Er erzählte von dem Mordfall, in dem eine Frau namens Rita Meiringer verurteilt wurde. Die Frau beteuerte noch in der Haft ihre Unschuld, und abgesehen von Staatsanwalt Jäckels Überzeugung und seinem Eifer, sie hinter Gitter zu bringen, gab es nur Indizien, die sie verdächtig machten, die aber nicht ausschlossen, dass auch jemand anders den Mord begangen haben könnte.

»Klar, da hat sie natürlich einen Hass auf Jäckel entwickelt«, stimmte Alfons zu. »Aber was sollte die Sache mit dem Hund, warum wurde Sherlock entführt?«

Neher übernahm.

»Monika Riarty beziehungsweise Rita Meiringer plante wohl schon länger, sich an Jäckel für das erlittene Unrecht zu rächen. Sie zog Erkundigungen über ihn ein, und dabei erfuhr sie auch von dem Hund und davon, dass Jäckel ihn nach der Krimifigur Hercule Poirot benannt hatte. Sie stachelte die Tierschützer, die händeringend nach einer neuen Aktion suchten, auf, den Hund zu entführen. Und als sie die anderen darauf hinwies, mit wem sich das Tier seinen Namen teilt, wusste jemand aus der Runde, dass meine Kollegin eine Katze namens Wisting hat – und dass Ihre beiden Kakadus Sherlock und Watson heißen, weiß vermutlich ganz Remslingen.«

Alfons lächelte wehmütig.

»Ich bin so froh, dass es den beiden wieder gut geht«, sagte er.

»Und du kannst sie ab morgen auch gern wieder in die Buchhandlung mitbringen«, fügte Robert hinzu. »Die beiden und ihr Lärm fehlen mir.«

»Wird gemacht, Chef.«

Dann kam Alfons ein Gedanke, und er wandte sich erneut an den Kommissar.

»Sie sagten vorhin, dass sich Frau Riarty, oder wie immer sie heißen mag, in Sicherheit bringen wollte. Wo wollte sie denn hin? In die Karibik?«

»Nein, nach Geestland. In dieser Nachbarstadt von Bremerhaven hatte sie unter ihrem richtigen Namen ein Häuschen gekauft, schön an einem kleinen See gelegen. Bezahlen konnte sie es mit dem Erlös, den der Verkauf ihres Hauses in Leonberg ihr eingebracht hat.«

»Und wenn unsere Kripo nicht so auf Zack wäre«, merkte Robert an, »hätte sie dort sicher für immer oder mindestens für einige Zeit in Ruhe ihr altes Leben weiterführen können. Dann hätte niemand, der Monika Riarty sucht, nach Rita Meiringer gefahndet.«

»Die Kripo dankt für das Lob«, versetzte Neher grinsend. »Aber ganz ohne Hilfe von außen konnten wir diese Nuss auch nicht knacken.«

Robert winkte ab.

»Ach, lass stecken, Klaus. Ich bin doch nur ein einfacher Buchhändler.«

»Wenn du das sagst …«

ENDE

DANKSAGUNG

Allen, die dieses Buch möglich gemacht haben, möchte ich auch diesmal herzlich danken – für Anregungen, Informationen und tatkräftige Mitarbeit. Und auch wenn nicht alle Tipps, die ich während des Schreibens bekommen habe, schon in diesen vierten Teil der Krimireihe um Robert Mondrian eingeflossen sind: Vielleicht werden Sie genau diese Details in einem der nächsten Teile der Serie finden.

Wer die bisherigen Bände der Krimis um meinen etwas speziellen Buchhändler gelesen hat, weiß es schon: In jedem der Bücher sind Hinweise auf den jeweiligen literarischen Bezug versteckt, mal mehr, mal weniger auffällig. Auch die Zahl der Kapitel ist ein solcher Hinweis: Sieben waren es in *Schneewittchen und die sieben Särge*, vierzehn in *Sein oder Totsein* (die Zahl der Zeilen in Shakespeares Sonetten) und neun in *Frodo war's nicht* (so viele Ringe der Macht ließ Sauron von den Elben für die Menschenfürsten schmieden). Diesmal sind es elf Kapitel, passend zur Zahl der Kurzgeschichten in der Anthologie *The Memoirs of Sherlock Holmes* – dort findet sich die Erzählung *The Final Problem*, in der Arthur Conan Doyle seinen genialen Detektiv am 3. Mai 1891 im Kampf mit Professor Moriarty in den Tod stürzen ließ. In den vermeintlichen Tod, denn Doyle ließ seinen Helden 1905 wiederauferstehen – wegen neuer Ideen und lukrativer Verlagsangebote.

Für alle, die aus meiner Heimatregion stammen, dem Rems-Murr-Kreis, ist unschwer zu erkennen, dass mich die Kreisstadt Waiblingen zum fiktiven Remslingen inspiriert hat. Aber obwohl es auch in Remslingen ein Beinsteiner Tor gibt, eine Kurze und eine Lange Straße: Alle, wirklich alle Personen und die allermeisten Lokale und Ladengeschäfte sind frei erfunden, auch wenn sich ab und zu eine augenzwinkernde Verbeugung vor manchen Originalen findet, die sich mit etwas Fantasie aus ihrem Namen im Roman herauslesen lässt.

Zwei Beispiele, die den Unterschied zwischen fiktiven Remslinger Figuren und Personen des realen Waiblinger Lebens deutlich machen: Der echte Puppenspieler (sein *Theater unterm Regenbogen* lohnt einen Besuch auch für Erwachsene) hat die Bühne im Keller eingerichtet und führt Stücke mit Marionetten auf, nicht mit Handpuppen wie der erfundene Gustaf Kruse – und in Wirklichkeit befindet sich eine wunderbare Buchhandlung am Marktplatz genau gegenüber der fiktiven und ein Stück weiter südlich eine zweite, und beide zeichnen sich (soweit ich weiß) auch nicht durch einen ehemaligen Geheimagenten als Chef aus, sondern durch gute Beratung und ein vielseitiges Sortiment.

Auch gibt es in der Nähe des Beinsteiner Tors keinen Scottish, sondern einen Irish Pub – in dem viel gute Musik läuft, aber sicher nicht Nazareth zu jeder vollen Stunde. Und obwohl der Remslinger Stadtführer in Waiblingen nicht Wolle Wieber heißt, sondern Wolfgang Wiedenhöfer: Seine Touren sind spannend, unterhaltsam und immer ein Gewinn. Und was hiermit ausdrücklich zum Testen empfohlen sei: Im Thai-Imbiss in der Kurzen Straße wird wirklich frisch und lecker gekocht – und in den Remsauen lässt sich gerade an lauen Sommerabenden wunderbar spazieren. Fragen Sie Marie und Alfons.

Oder mich unter *medien@seibold.de*.

Den Ring gilt's zu finden, den Mord zu ergründen

Coveränderungen vorbehalten

Jürgen Seibold

Frodo war's nicht

Kriminalroman

Piper Taschenbuch, 288 Seiten
ISBN 978-3-492-31765-8

Juwelier Gollmann ist fassungslos. Sein wertvollster Ring wurde gestohlen, und sein Mitarbeiter liegt blutend vor der Vitrine. Ausgerechnet jetzt, da Hunderte verkleidete Mittelerde-Fans anlässlich von Tolkiens 130. Geburtstag zum Cosplay-Event in der Stadt sind. Die Täterbeschreibung der Augenzeugen bringt die Kripo nicht weiter: Frodo soll's gewesen sein, unterstützt von Gandalf und zwei Orks. Nur wie findet man die Täter unter all den Maskierten? Buchhändler Robert Mondrian müsste eigentlich den Ansturm in seinem Laden bewältigen, doch nun wartet ein neuer Fall auf Remslingens scharfsinnigsten Ermittler.

Leseproben, E-Books und mehr unter www.piper.de